Friedrich Georg Jünger
Werke
Autobiographische Schriften

Klett-Cotta

Friedrich Georg Jünger

SPIEGEL DER JAHRE

Erinnerungen

Klett-Cotta

Verlagsgemeinschaft Ernst Klett – J. G. Cotta'sche Buchhandlung
Nachfolger GmbH, Stuttgart

Gestaltung: Heinz Edelmann, Den Haag
Gesamtherstellung: Hieronymus Mühlberger, Augsburg
ISBN 3-12-904061-7

Fulmentana scandunt lectum ?
(Varr. b. Non. 206, 24)

Wer den Ort wechselt, der spürt, daß Vergangenes zurückbleibt und Zukünftiges, das ihn beansprucht, noch nicht da ist. Die Netze und Gespinste, an denen wir haften, werden lockerer. Mir ging es so, als ich Leipzig im Winter des Jahres 1928 verließ, und nichts Beschwerliches war daran, eher Erleichterung, wie sie aus Zwischenzeiten und Zwischenräumen kommt. Mich plagten keine Vorahnungen, weder heitere noch trübe. Nichts hielt mich mehr, und der Abschied schmerzte mich nicht. Indem ich zurückblickte, sagte ich mir, daß mein Leben in der Stadt wenig Glückhaftes hatte, daß der Ort nichts hinzugetan hatte, um es glückhafter zu machen. Daß ich fleißig an ihm gewesen war, mehrte meine Heiterkeit nicht; auch in Laboratorien sind wir, wie schon das Wort sagt, fleißig, und sie hatten nichts Anziehendes für mich. Ich entsinne mich, daß ich manchmal, im Gewühl der Straßen, im Gedränge von Geschäft und Betrieb, unter Fremden Trakls Verse vor mich hinmurmelte:

> Am Abend wieder über meinem Haupt
> Saturn lenkt stumm ein elendes Geschick.

Verse, denen einige Dunkelheit anhaftet, da dunkel bleibt, welches fremde Geschick Saturn über das eigene Haupt lenkt. Dabei fiel mir der vergoldete Merkur ein, der als Giebelzier auf einem Warenhaus der Stadt seinen Flügelfuß aufschwang und gewiß der Hauptgott war, der ihre Geschicke lenkte.

Leicht war der Abschied schon deshalb, weil mein Gepäck das allerleichteste war und keine Gefahr bestand, daß es schwerer werden würde. Wunderlich mochte scheinen, daß nach langem Verweilen in einer großen Stadt das Abschiednehmen so kurz war und nichts Festliches und Feierliches hatte. Doch lehrt die Erfahrung, daß wir aus einem Dorf schwerer fortkommen als aus einer großen Stadt, in der die Verknüpfungen mannigfacher, aber auch flüchtiger sind. Die Flasche Wein, zu der ich Luise einlud, die wir gemeinsam in einer kleinen Weinstube tranken, war kein Abschiedstrunk. Mir schien, als ich sie dort sitzen sah, als ob ihr Leipziger Leben leichter als meines wäre. Damals hatte sie den Bankier, in dessen Hause sie gewesen war, verlassen, und die Nachbarschaft, die den Grund zu unserer Bekanntschaft gelegt hatte, bestand nicht mehr. Wir sahen uns nicht mehr in die Fenster und tauschten keine Grüße mehr über die Straße hin. Sie wohnte in einem Viertel der Stadt, das ich nur flüchtig kannte, und führte den Haushalt eines reichen, kinderlosen Ehepaares. Der Mann war Chemiker, und seine Chemie war spezieller Art. Ein Teil des Leipziger Kommerzes bestand in dem Umschlag von Rauchwaren, welches Wort nichts mit Tabak zu tun hat, sondern Felle und Pelze bezeichnet, und dieser Chemiker war mit dem Einfärben von Pelzen beschäftigt. Gefärbt werden nur die billigsten Pelze, und aus dem, was Luise mir darüber erzählte, nahm ich ab, daß seine Chemie einträglich war. Auch endete sie nicht, da die Farben und ihre Nuancen mit der Mode wechselten. Ich sah dieses Ehepaar, das Luise mir rühmte, nie, doch kannte ich es aus ihren Erzählungen besser als manches andere, das ich oft gesehen hatte. Merkwürdig war, daß es mir um so fataler wurde, je mehr sie zu seinem Lobe vorzubringen wußte. Das Gewerbe des Mannes mußte einen Anteil daran haben; widrig war mir die Vorstellung, daß es Leute gab, welche Kaninchenfelle rosa und himmelblau einfärbten. »Ist in dem Haushalt nichts Lebloses?« fragte ich sie.

»Wie denn Lebloses?«

»Nun eben Chemie, Anilin und dergleichen, tote Materie.«

Sie lachte und sagte, daß sie davon noch nichts gemerkt hätte. »Vielleicht langweilt sich die Frau«, fügte sie hinzu.

»Das wäre nicht wunderlich. Ich verstehe, daß sich jemand mit Fellen beschäftigt und mit Farben beschäftigt, aber daß jemand sein Leben damit verbringt, minderwertigem Pelz einen besseren Anschein zu geben, ist schwer zu verstehen.«

Sie hielt das für einen Scherz, und gewiß war, daß sie über das harte Problem der Arbeitsteilung nie nachgedacht hatte und auch nicht nachzudenken brauchte. Sie war in Trauer um ihre Mutter und trug ein schwarzes Kleid, das ihr etwas Ernsthaftes gab, aber gut zu ihrem Haar und ihrer Hautfarbe paßte. Wir hatten keine Verpflichtungen gegeneinander und verabschiedeten uns wie Freunde, denen eine kürzere oder längere Trennung nichts ausmacht. Doch genügte meine Abreise, um sie mit Gleichgültigkeit gegen die ihr vertraute Umgebung zu erfüllen.

Ich suchte auch Pistor auf, und mir schien, als ich zu ihm ging, daß mein Gespräch mit ihm nicht beendet war, sondern nach einer Fortsetzung verlangte. Vielleicht war in diesem Gespräch kein Ziel; es hatte nichts Bestimmtes und glich einem Kreisen um unbestimmte Schwerpunkte. Es war oft eine Art von Trance in ihm, ein traumhafter Zug, aber auch etwas Neues, das mich anzog. In mir war ein Vorgefühl, daß ich ihn wiedersehen würde, und es sollte nicht täuschen. Er schrieb mir, besuchte mich, wenn ich bei meinen Eltern war, ich traf ihn auf Besuchen in Leipzig, und er kam später nach Berlin.

Bevor ich abfuhr, verabschiedete ich mich auch von der Stadt, indem ich noch einmal an alle die Orte ging, die mir in den vergangenen Jahren vertraut geworden waren, vertraut durch Gewohnheit, Begegnungen und Ereignisse, welche nachwirkten. Die Universität gehörte zu ihnen. Ich betrat sie durch den hinteren Eingang, ging über den Hof, auf dem ich das Denkmal von Leibniz betrachtete, und sah in die Wandelhalle hinein. Prellers Wandgemälde, Prometheus, der den Menschen das Feuer bringt, hatte ich jahraus, jahrein an jedem Tag gesehen, oft auch bedacht, daß der mächtige Vorgang hier, an einer Wand des Augusteums, sich seltsam ausnahm. Offenbar ist, daß Prometheus zu aller Wissenschaft in freundlicher Beziehung steht, doch sagte ich mir auch jetzt, daß unter den Promethiden, die mit Mappen und Heften aus und ein gingen, mancher tüchtige Mann war – einem Feuersohn war ich dort nie begegnet. In der Aula des Mittelbaus, die über der Vorhalle liegt, war damals noch ein zweites Monumentalgemälde, das die griechische Geisteswelt darstellte, ein riesenhaftes Bild, dessen Roheit in einem seltsamen Gegensatz zu aller attischen Feinheit und Luzidität stand. Inzwischen ist es, wie vieles andere dort, zerstört worden. Ich schenkte mir seine Betrachtung und ging noch einmal durch das Rosental und den Albertpark.

Der kalte Januartag, an dem ich in Berlin ankam, haftet in meiner Erinnerung; mit ihm begann ein neues Kapitel. Ortsveränderungen haben oft den Anschein des Zufälligen; dann zeigt sich, daß der Einschnitt, den sie machen, ihnen vorausging. Ich war noch nie in Berlin gewesen, war auch in den Monaten, die ich im Lager Döberitz verbrachte, nicht hingefahren, so nahe das Lager der Stadt lag. Ich kam, weil Ernst dort war, weil unser Gespräch keine Unterbrechung duldete und wichtiger wurde, da neue Wahrnehmungen, neue Gedanken unablässig in ihm auftauchten. Dieses Gespräch geht in meiner Erinnerung weit zurück, bis in die frühe Zeit, in der wir in der gleichen Kammer schliefen und er mir Märchen und selbsterfundene Geschichten erzählte, Geschichten, die viele Fortsetzungen hatten und so fesselnd waren, daß auch unsere Schwester Hanna ihre Kammer verließ und zu uns herüberschlüpfte. In einem Gespräch, das lange Zeiten hindurch geführt wird, weckt jeder Gedanke Erinnerungen, jede Erinnerung Gedanken. Ein solches Gespräch setzt vieles gemeinsam Bekannte und Vertraute voraus, und die leiseste Andeutung genügt, um Türen zu weiten Bereichen zu öffnen. Mein Vater war ein Ohrenmensch, meine Mutter ein Augenmensch, und Ernst hatte die Augen von ihr bekommen. Auf unseren Gängen entging ihm nichts; er sah mit Indianeraugen. So wie der Indianer auf dem Kriegspfad, zog er aus winzigen Spuren Schlüsse, die mich erstaunten. Sein waches Sehen, das mit einem sehr hellen Bewußtsein zusammenhing, vermochte diejenigen zu beunruhigen, die ihm nicht gewachsen waren, und konnte sie verletzen, denn ein dumpfes Bewußtsein leidet schon durch die Nähe des helleren, ein Verhältnis, auf dem viele Feindschaften beruhen. Doch bewährte sich bei ihm der Spruch: Salus ab inimicis nostris.

In den ersten Wochen wohnte ich bei ihm, in der Gegend des Nollendorfplatzes, und wir machten von diesem wenig anmutenden Viertel der Stadt aus weite Streifzüge, die der Erkundung und meiner eigenen Einrichtung in ihrem Bauplan dienten. Er kannte die Stadt und zeigte sie mir. Sie beschäftigte uns als Ganzes, in ihren Vierteln und Straßen; wir unterhielten uns darüber und tauschten unsere Wahrnehmungen aus. Berlin kam mir mächtig und labyrinthisch vor. Der feste Kern, von dem alles seinen Ausgang genommen hatte, war unverkennbar, doch schien mir, daß er aufgezehrt und verbraucht worden war; nicht zufällig konnte sein, daß in ihm die Museen lagen. Ein Nachlaß an Ordnung und Symmetrie lag in der unübersehbaren Häufung der Vorstädte, die peripher angestückt worden waren. Stunden um Stunden konnte ich durch die Vorstädte gehen, mit der gleichen Neugier, die eine fremde, orientalische Stadt in uns erweckt. Etwas Chimärisches drang dann in mich ein, und die Frage: »Wozu gibt es Menschen? Wozu so viele? Was tun sie hier?« beschäftigte mich. Bei dem hastigen Bauen waren Maß und Ordnung verlorengegangen, und so schob sich alles aneinander und durcheinander. Viertel, die jedes Charakters entbehren, die nur für das flüchtige, wechselnde Mieten und Wohnen und den Verdienst daran gebaut worden sind, gibt es in jeder großen Stadt; hier waren sie weitläufiger und konnten mich bedrücken, weil ich in ihnen wohnte. Das Auge nimmt von den Einzelheiten nicht viel wahr, denn wer hat Zeit und Lust, Häuser zu betrachten, die, für sich genommen, nicht mehr als ein Stück grauer Straße sind. Jeder lebt in einer solchen Stadt zunächst als Passant, geht an Menschen und Häusern immer wieder achtlos vorbei, so daß in der Erinnerung wenig oder nichts zu haften scheint, so wenig wie von den unzähligen Menschen, denen wir tagaus, tagein begegneten. Unbekannte sind es, die an uns immer wieder vorbeigehen. Wer im dritten oder vierten Stock eines Miethauses ein Zimmer bewohnt, der haust in einem Kubus von Raum, ohne Beziehung zu einer Umgebung, ohne Nachbarn, abstrakt, isoliert, unabhängig. So wohnte auch ich Jahre hindurch in der Stadt.

Neue Wahrnehmungen drängten sich mir auf und gaben meinem Nachdenken eine neue Wendung. Gemeinsam ist ihnen wohl, daß die flüchtige Bewegung mich am meisten anzog. Nicht der steinerne Bau der Stadt fesselte mich, son-

Menschen als Passanten

dern die Vergänglichkeit, das spurlose Vergehen der menschlichen Bewegung in ihr. So beschäftigte mich etwa der Passant als solcher, der Mensch, der zum Bestandteil des Verkehrs geworden ist und nur noch als solcher Bestandteil wahrgenommen wird. Ich betrachtete die Gesichter der Passanten und suchte den Zug von Kräften zu ergründen, der sie voranbrachte. Daran knüpften sich für mich viele Erwägungen, so die, wie ein solcher Passant seine Passanteneigenschaft verlieren könne, wie er nur durch eine Verkehrsstörung zu einem Wesen wurde, das eine neue Teilnahme erweckte, und anderes. Mir fielen die leeren Flächen auf, die Brandmauern, Fassaden, Dachstühle, Flächen, die für das Auge nichts abwarfen, über die es gleichgültig dahinglitt, die aber, indem sie sich ausdehnten, bemerkt und genutzt wurden, so daß Schriftzeichen, Bilder, Plakate auf ihnen sich ansiedelten. Ließ sich nicht am Vordringen der Reklame genau abmessen, wie die leeren Bereiche, die überklebt und überpinselt wurden, unaufhaltsam zunahmen? Der Anteil, den das Plakatierte an der Stadt hatte, verwunderte mich, am Tage und mehr noch im künstlichen Licht der Nacht, wenn die Leuchtschrift aufflammte, Lichttropfen von leuchtendem Sekt in leuchtende Gläser fielen, Schokoladetafeln und andere Erfindungen gewitzter Köpfe, die einen starken Reflex auf der Netzhaut hinterließen, weithin schimmerten. Nachts schien mir die Stadt leichter und gewichtloser zu sein. Elektrisches Licht machte die steinerne Stadt so leicht und schwebend wie einen stofflosen Traum und drang in den Traum ein. In einem meiner Träume, die ich damals aufzeichnete, sah ich das Wort *Zusammenhang*, das mir so erschien, wie wir eine Leuchtschrift in der Nacht sehen, nicht aufgetragen auf einen Hintergrund, sondern frei schwebend. Die Schrift gab kein Licht an das Dunkel ab, erhellte ihren Umkreis nicht und blieb in ihrem Glanz auf sich selbst beschränkt. Das war merkwürdig, da sie frei schwebend mit nichts einen Zusammenhang zu haben schien. Doch lag in diesem Widerspruch die Stärke der Figur begründet. Ich sagte mir, daß alles Ordnen sich am Ungeordneten vollziehe, daß des Zusammenhangs nur das Unzusammenhängende bedürfe. Der Traum hatte etwas Leichtes und beseitigte einen Zustand der Verwirrung, in dem ich mich befand.

Drang mit dem starken Licht nicht zugleich etwas Elektrisches in Gedanken, Begriffe, Bewegungen ein? Gewiß, sagte ich mir, dieses Licht, das vom Bewußtsein hervorgebracht ist, muß an ihm auch abzulesen sein, muß anders als das Sonnenlicht in die Augen eindringen, in die Sprache und den Satz, muß eine andere Wachheit zur Folge haben. Ich ging gern allein durch das nächtliche Berlin, des künstlichen Lichts wegen, in dem sich die Menschen bewegten. Ich genoß die Farben um ihrer selbst willen, und manchmal sah ich in diesem kalten, bunten Licht Bilder, die sich mir tief einprägten. So die stumme Prozession der Straßenmädchen auf dem Asphalt, auf dem sie als rote, grüne und blaue Lichtsäulen langsam entlanggingen. Dieses Bild war von außerordentlicher Kälte, war so kalt wie die Prostitution selbst; ich vergaß es daher nicht, vergaß auch nicht das Mechanische der pendelnden Bewegung. Heute noch tauchen in meiner Erinnerung solche Bilder auf, scharf herausgestanzt im künstlichen Licht, überdeutlich, wie es Stücke sind, Fragmente, Sektoren. Offenbar entspricht dieser Überdeutlichkeit ein Vorgang der Zerstörung, da die Deutlichkeit eines Ganzen in der angemessenen Verteilung von Licht und Schatten liegt und ein überhelles Licht unser Sehen selbst zerstört. Mir tauchen in solcher Helle Schnitte und Teile von Häusern auf, Stücke von Straßen, Wortzusammensetzungen, Buchstaben, Zahlen und Leuchtfiguren, die sich von aller euklidischen Geometrie weit zu entfernen scheinen.

Nie zuvor hatte ich solche Massen von Menschen gehäuft gesehen wie etwa im Osten der Stadt, vor allem in den Morgen- und Abendstunden, in der Zeit also, in welcher Betriebe und Geschäfte geöffnet und geschlossen wurden. Oft ging ich nach dem Alexanderplatz, nur um diese Menschen, ihre Gesichter und Bewegungen zu betrachten. Dort, wo Massen erscheinen, verstärkt sich unser Glaube an Notwendigkeit und Unfreiheit; wir nehmen abhängige Bewegungen wahr. Gesetze der Statistik, Probleme der Wahrscheinlichkeitsrechnung sind es, die bei ihrem Anblick sich aufdrängen. Die Menschen, die hastig, erschöpft und blind gegeneinander vordrängten, liefen wie auf Schienen, und eben diese gegenläufige Bewegung, die sich aufzuheben schien, setzte mir zu und beschäftigte mich. Indem ich die rastlose Prozession betrachtete, bemerkte ich, daß sie einem genauen Uhrwerk gehorchte, und die Mechanik fiel mir auf, der sie unterworfen war. Was soll die ganze Geschäftigkeit? fragte ich mich. Worauf läuft sie hinaus? Und welche verborgene, mächtige Kraft treibt diese Unzähligen um? Mich konnte der Gedanke vergnügen, daß ich als Unbekannter, ja als Unsichtbarer umherging, da niemand hier über den Moment an Zeit und Teilnahme frei verfügte, der hinreicht, um ein Gesicht auch nur wahrzunehmen. Eine solche Überlegung vermag unsere Unabhängigkeit zu mehren, kaum aber unsere Freiheit. Der Mensch und der Anblick des Menschen galt nichts mehr, und Kälte und tiefe Entfremdung lag in den Bewegungen. Da tauchte die Gestalt des Fremden, die mich lange beschäftigt hatte, wieder vor mir auf, und mir war, als ob er sich in diesem Gewühl befinden müßte und seine Bewegungen steuerte. Mir schien, daß ich in einer Traumstadt war. Es bedurfte eines entfremdeten Blicks, um eine solche Überzeugung zu gewinnen, denn unserer eigenen Geschäftigkeit, in die wir bewußtlos eingeschlossen sind, entzieht sie sich. Doch ganz unbeschäftigt ging ich durch die Straßen, und traumhafte Bilder drangen von allen Seiten auf mich ein. Der Anflug des Phantastischen wurde so stark, daß ich ihn abschütteln mußte. Alltägliche Anblicke, wie der eines Cafés mit seinen großen Glasscheiben, wurden mir mit einem Schlage unverständlich, weil die Beziehungen sich auflösten, die wir kraft Gewohnheit und Gewöhnung mit einem solchen Anblick verbinden. Hinter den Glasscheiben von Aquarien saßen die Menschen in blauer, flüssiger Luft, und nahe lag der Gedanke, daß sie wie Schleierschwänze, Karpfen und Barben auf und nieder zu schweben begannen. Sah ich hinein, so fragte ich mich wieder: wie kommen diese Menschen hier zusammen, und welche Folge von Bewegungen war nötig, um sie hier zu vereinen? Wissen sie überhaupt wirklich, daß sie hier sitzen, oder träumen sie es nur? In dieser Verwunderung lag eingeschlossen, daß alle Kausalität und Zweckmäßigkeit als Erklärung nicht hinreicht, daß sie etwas Nachträgliches, in Bewegungen Hineingestecktes ist. Es gibt einen Punkt, an dem die verständige Ordnung des Lebens uns fragwürdig wird, an dem seine rationale Steuerung zerbricht, und an ihn gelangte ich jetzt oft.

Unruhe drang in das wache Leben und in den Traum ein. Ein Traum, der mir zu denken gab, war dieser. Ich kam in ein Zimmer, dessen Einrichtung sich in großer Unordnung befand, und sie beunruhigte mich, als ich eintrat. Sogleich begann ich über sie nachzudenken; genau genommen, ich dachte nicht über die Unordnung nach, sondern darüber, warum sie mich beunruhigte. Ordnungsgemäßer Gebrauch von Dingen, sagte ich mir, schafft auch Unordnung, aber darin liegt nichts, was uns ängstigen könnte. Das sind Lebensspuren, so wenn Kinder in einem Zimmer gespielt haben oder wenn ein geliebtes Mädchen gerade aufgestanden ist. Solche Zimmer haben einen Zauber; es ist, als ob wir den

Menschen, der sie verlassen hat, noch atmen hören, als ob wir die Wärme seines Körpers noch spüren. Warum also verstört dich die Unordnung, die du hier siehst? Indem ich darüber nachsann, erkannte ich, daß ich mich in einem Zimmer befand, in dem Wahnsinnige gespielt hatten. Mir wurde an der Lage, in der die Dinge auf dem Boden verstreut waren, das Kranke und Bösartige ihres Geistes deutlich; ich sah den Wirrwarr, die Spuren der Zerstörung in den umhergeschleuderten Dingen. Auch hielt ich den Anblick nicht aus; ich öffnete die Schubladen der Möbel und fegte den Krimskrams hinein. Viele Puppen waren darunter. Endlich hatte ich alles beseitigt, nichts lag mehr umher, und jeder, der jetzt in das Zimmer gekommen wäre, hätte an ihm nichts auszusetzen gehabt. Doch fühlte ich mich nicht erleichtert; mir war, als hätte sich durch meine Arbeit nichts verändert, als wäre alles beim alten geblieben. Offenbar war dieses Ordnen falsch, falsch wie Systeme, deren äußere Symmetrie uns besticht, während drinnen die Unordnung bleibt. Lange überlegte ich, was zu tun wäre. Die einfachste Lösung fiel mir zuletzt ein; ich verließ das Zimmer.

Mich beschäftigte die Berliner Untergrundbahn. Ich zog sie allen anderen Mitteln des Verkehrs vor und fuhr oft kreuz und quer in ihren Gängen, nicht um ans Ziel zu kommen, sondern um die Gesichter der Menschen zu betrachten. Kühle, schale, stehende Luft war in ihren Gängen; ein Wirbel toter Luft, der von den Zügen aufgerührt wurde, kam aus ihren Öffnungen. Unter der Erde zu fahren, bei künstlichem Licht, die von künstlichem Licht erhellten Gesichter der Menschen zu betrachten, elektrische Gesichter, die nah waren und zugleich sehr fern, das beschäftigte mich. Etwas Waches und zugleich Starres fesselte mich an diesen Gesichtern; wie Puppen aufgereiht sah ich die Menschen auf den Bänken sitzen und den Lebenstraum träumen, in dem sie sich absonderten und für sich hielten. Hier war weder Landschaft noch Himmel mehr, hier begegneten sich der Mensch und seine Maschine. Nicht die Landschaft war es, in der er sich bewegte, sondern ein System von Schnittpunkten, das in der zerschnittenen Erde angebracht war. Dieses System vergrößerte ich in Gedanken und machte es noch künstlicher, indem ich es in zahlreichen Stockwerken staffelte und in die Waagerechten senkrechte Schächte hineinarbeitete, in denen elektrische Aufzüge auf und nieder stiegen, so daß die Anlage zuletzt einem riesenhaften Pumpwerk glich, das wie ein Blutkreislauf arbeitete. Nahm ich nun den Zweck weg, dem das alles diente, und machte es selbständig, dann kehrte sich die Bewegung um; das Leben wurde zu ihrem Mittel und stand in ihrem Dienst. Während ich daran dachte, wurden Massen von Menschen durch die Schleusenkammern hindurchgeschleust, die Türen öffneten und schlossen sich automatisch, und wie Heringe, die in Büchsen gelegt werden, preßten sich die Menschen aneinander. Ganz nah waren sie jetzt und doch unendlich fern und nicht füreinander vorhanden. Die Hände hielten sich an den Riemen, die von der Decke herabhingen, die Köpfe berührten sich, und die Augen sahen nichts, denn sie sahen in eine eigene, innere Bewegung hinein. In diesem Gewühl preßten sich die Körper aneinander, ohne sich zu suchen und zu finden; sie bewegten sich nicht, sondern wurden bewegt und folgten dem mechanischen Druck und Stoß, der sie hin und her rüttelte.

Ich sah einmal einen Mann die Treppe hinunterspringen. Er lief an mir vorbei, lief, als ob von seiner Eile alles abhinge und jede Verzögerung gefährlich sei. Als ich hinunterkam, war der Verkehr gestört; der Eilige hatte sich auf die Schienen geworfen und war zermalmt worden. In jeder Minute fährt dort irgendein Zug. Wozu also die Eile, und warum hatte er die Leute rücksichtslos und gewaltsam zur Seite gestoßen? Fürchtete er, daß er in seinem Entschluß wankend werden würde? Oder wurde jede Sekunde des Säumens ihm unerträglich? Ich wußte es nicht. »Was ist?« fragten die ungeduldigen Passanten, die hinzukamen, und der Beamte gab die höfliche Auskunft: »Ein Verkehrshindernis.« Solche Begebenheiten wiederholen sich in einer großen Stadt, doch was sie festhält, ist etwas anderes, ist ein Stoß, der uns selbst trifft. Er hat etwas Leeres, kommt aus der Leere und schafft sie in uns, so daß wir anhalten in unserer Bewegung.

Ernst wurde in der Untergrundbahn von einem Unbekannten angesprochen, von einem Leser, der ihn nach einem Bild wiedererkannte. Ich sah das Bild, das nicht eben deutlich war, und sagte mir, daß nicht nur wache Beobachtung, sondern auch Muße und Schlüsse dieses Erkennen möglich gemacht hatten. Das Gespräch war anziehend und wurde wieder aufgenommen; auch ich lernte Tibor kennen. Auf den Gängen, die wir durch die Stadt machten, begleitete er uns. Seine Neugier, seine Wißbegier, sein Bedürfnis nach Mitteilung waren groß; auch war er mit nichts anderem beschäftigt, als diesem Hange nachzugehen, sich umzusehen, seine Augen zu gebrauchen und Schlüsse aus seinen Wahrnehmungen zu ziehen. So wurde er unser erster Begleiter, nahm teil an unserem Gespräch und steuerte manches dazu bei. Ich muß daher über ihn einiges sagen.

Tibor war der Sohn eines deutschen Fabrikanten in Polen, das Kind einer Familie, die ganz in ihrem Geschäft und Handel aufging, es zu Wohlstand gebracht hatte und inmitten einer katholischen Bevölkerung zäh an ihrem Protestantismus festhielt. Von seiner Familie wurde er mit Sorge und Verwunderung betrachtet, da er eine vollkommene Gleichgültigkeit gegen Kaufmannschaft und Erwerb zeigte und zu den Söhnen gehörte, an denen Eltern und Geschwister fremde, unvertraute und deshalb unheimliche Züge entdekken. Sein Hang zu selbständiger Ausbildung, seine zweckfreie Wißbegier entfernten ihn von jedem Beruf und Geschäft; er ging seinen eigenen Weg. Soldatische Neigungen, die in seinen Vorfahren lange geschlummert hatten, erwachten in ihm. Nach dem Kriege, der zur Wiederherstellung Polens führte, trat er in ein polnisches Regiment ein, das aus Tataren bestand und gegen die Russen zog. Dieses Unternehmen war das Mittel für ihn, sich selbständig zu machen; er blieb in einer so fremden Umgebung nicht, desertierte und floh nach Deutschland. Hier begann er ein Studium, brach es ab, heiratete und zog nach Berlin, wo er ohne eigene Mittel, aber unterstützt von seiner Familie ganz seinen Neigungen lebte. Ein solcher Mensch, dachte ich manchmal, ist nicht zu erfinden; du mußt ihn gesehen haben, mußt mit ihm gesprochen haben, um ihn dir denken zu können. Er war mittelgroß und hatte ein blasses, ovales, wohlgeformtes Gesicht, das in der Sonne kaum Farbe annahm und etwas Lunarisches in Erinnerung brachte. Sein Gesicht war ruhig, sarmatisch weich und verschlossen, weshalb es in Menschen, die vergeblich darin zu lesen versuchten, Unruhe hervorzurufen vermochte. Er hatte wache, prüfende Augen, die den scharfen Beobachter anzeigten, der rasch und sicher auffaßte, dem auch Wahrnehmungen gelangen, die anderen wegen ihrer Verstecktheit und Entfernung entgingen. Dieser feinen, durchdringenden Wahrnehmung entsprach das Verständnis, das er für Sprache, Umgang und Bewegung anderer hatte. Im Erraten und Verbinden von Figuren, die sich im Gespräch bilden, im Vermuten und Kombinieren war er stark, ein Spürer und Witterer. Wenn an ihm noch etwas an den Vater und dessen Textilfabrik erinnerte, dann war es dieses Weben, Spinnen, Flechten und Verknüpfen von Wahrnehmungen, aus denen er eine neue Art von Teppich und Mustern fertigte. Erst im Umgang mit anderen lebte er auf, und wo der Umgang fehlte, erlosch er und verdunkelte sich gleich einem Trabanten, der kein Licht mehr erhält. Was sogleich an ihm auffiel, war seine Höflichkeit, die sich von der üblichen unterschied und etwas Eigenes, Beunruhigendes, wohl auch Östliches hatte. Etwas zeitlich und räumlich Weitläufiges war darin; ich brachte sie in Beziehung zu der Landschaft, in der er aufgewachsen war. Seine Höflichkeit war nicht konventionell, sondern verbindend, ja bindend; sie schien den anderen zu verpflichten und Netze um ihn zu legen. Mir fiel sie auf. Höflichkeit ist heute, wo es keine Höfe mehr gibt, oft nichts anderes als zweckmäßiges Verhalten; sie ist ohne Zeremoniell. Die Mechanik, mit der wir uns umgeben, tut das ihre, um alle umständliche Höflichkeit zu beschneiden, denn Maschinen wollen genau und schnell bedient werden und dulden keinerlei Zeremoniell. Tibor war von einer Höflichkeit, die nichts Mechanisches hatte. Dazu paßte gut, daß er auf sein Äußeres große Sorgfalt verwandte; etwas von einem Dandy war damals an ihm.

Seine Frau war eine zarte, lichte Blondine, die etwas Scheues hatte und von einer fast wächsernen Anmut war. Ihr Gesicht blieb still und hatte, bei gesenkten Lidern, einen nachdenklichen Zug, der nach innen ging; Träumerei war in ihrem Gesicht, oft auch etwas Schmerzliches, das ganz flüchtig darüber hinhuschte. Ich sehe sie noch, wie sie vom Fenster ihrer Wohnung in der Düsseldorfer Straße herabsah, sich vorneigte und mir zuwinkte. Die Locken fielen ihr ins Gesicht; das war ein anmutiges Bild. Sie hatte eine schöne, unverheiratete Schwester, die manchmal aus Sachsen zu Besuch kam. Waren beide zusammen, dann kamen mir die Zimmer der kleinen Wohnung sehr hell vor. Zu ihnen gesellte sich hin und wieder ein großes, schlankes Mädchen, das Beate hieß, aus Bromberg kam und in Berlin eine Schule besuchte. Sah ich sie, so mußte ich immer an eine Hirschkuh denken, die sichernd und lugend aus dem Wald tritt. Ihre braunen Augen und das lauschende Aufwerfen des Kopfes mochten dieses Bild hervorrufen. Mir fällt dabei ein, daß eine meiner Träumereien damals war, daß nachts in die schlafende Stadt die Hirschkühe hereintrabten und sie rasch durchquerten. Sie beschäftigte mich, wenn ich nachts durch die Parks ging.

Zuerst mietete ich mich in Steglitz ein, in einem neuen Hause, bei einer Blumenhändlerin. Ihr Laden lag unter der Wohnung, und der Geruch von Blumen, Pflanzengrün und Sprengwasser drang die Treppe herauf. Sie bezog ihre Pflanzen aus den Gärtnereien, und in der Winterzeit beschäftigte mich, was sie auswählte und wie ihr die Blumen, Zweige und Blätter geliefert wurden. Noch rieche ich den Duft der goldgelb blühenden Akazien, die als Mimosen in den Handel kommen und ihr in Hüllen von Seidenpapier gebracht wurden. Mir schien, daß ein Freund ihr den Laden eingerichtet hatte; er lag abseits und warf nur eine bescheidene Rente ab. Sie stellte mir jeden Tag frische Blumen auf den Tisch, und ich bewunderte das Geschick, mit dem sie die kleinen Sträuße ordnete. Auf diese Kunst verstand sie sich, und ihre runden, sternförmig oder pyramidal gebundenen Sträuße zeigten mir, daß sie über Farben und Formen nachsann. Ist es nicht angenehm, bei einer jungen Blumenhändlerin zu wohnen, die so anmutige Gebilde herstellt? Sanfte, braune Augen hatte meine Wirtin, und in ihren Augen lag ein Schimmer von weiblicher Schwäche und Hilfsbedürftigkeit. Wenn sie mich ansah, kam sie mir wie ein Medium vor, und die Vermutung stieg in mir auf, daß eine Geste, ein Wort, eine Bewegung hinreichten, um sie in Trance zu versetzen. Etwas Ziehendes, Gezogenes war darin, und ich fragte mich, was störend war, warum ich in der Zeit, in der ich bei ihr wohnte, zerstreut war, keinen Gedanken fassen konnte und den Tag vertrödelte. Das Zimmer war überheizt, war ein kleines Treibhaus, und so sehr mich die Treibhäuser anzogen, wohnen und leben läßt sich in ihnen nicht. So zog ich aus, zog einige Straßen weiter zu einer strengen, altpreußischen Jungfer, in deren Umkreis sich nichts anderes regte als trockene Rechtschaffenheit.

An das Zimmer, das sie mir vermietete, knüpft sich eine bestimmte Erinnerung. In der Frühe, wenn ich aufstand, ans Fenster trat und auf das gegenüberliegende Haus sah, auf ein Zimmer, dessen Vorhänge geschlossen waren, wurden die Vorhänge plötzlich zur Seite gezogen, und zwischen ihnen erschien, frei von jeder lästigen Hülle, ein weibliches Wesen, das sekundenlang in die Morgendämmerung hinaussah. Die Vorhänge wurden dabei mit den Händen festgehalten und ebenso plötzlich geschlossen, wie sie geöffnet worden waren. Meerjungfrauen mögen so auftauchen und verschwinden. Auch mußte ich an einen Torso oder Aufsatz denken, da die Fensterbrüstung bis zu den Hüften alles verbarg und nur das Obere freiließ, einen vom Schlaf noch verwirrten Kopf mit gelöstem Haar, runde Arme und Schultern und eine wohlgeformte Brust, die so fest wie die Kuppel einer Moschee war. Dieser Anblick wiederholte sich, und so erwartete ich ihn, trat morgens ans Fenster und verweilte, bis mein Gegenüber sich zeigte. Ohne Zweifel gewann dadurch der Morgen an Reiz, und etwas fehlte ihm, wenn ich vergebens gewartet hatte. Was mich damals beschäftigte, werde ich noch andeuten und schicke hier etwas voraus. Manches verknüpft sich, das keiner Verknüpfung fähig scheint; im Erinnern wird es uns deutlich. So stand ich eines Morgens am Fenster, und während ich auf das Erscheinen der Unbekannten wartete, sann ich über eine Frage nach, die wunderlich klingt, doch wunderlich nur in diesem Zusammenhange ist. Kann eine vorgestellte Ziege, so fragte ich mich, gemolken werden? Das, sagte ich mir, leidet keinen Zweifel, da die Lehre von der Vorstellung uns sagt, daß zwischen einer vorgestellten Ziege und einer wirklichen Ziege kein Unterschied ist, ja daß die Wirklichkeit der Ziege für uns eben darin besteht, daß sie vorgestellt ist. Als der Gegenstand (objectum), als der sie erscheint, ist sie vorgestellt; darin, daß Gegenstand und Vorstellung in der Erscheinung eins werden, liegt ihre Wirklichkeit. Ich kann sie nicht melken, wenn ich sie mir nicht vorstelle. Aber ich kann sie mir vorstellen, ohne sie zu melken oder melken zu können. Auch eine gedachte oder erinnerte Ziege ist vorgestellt, und diese kann ich nur im Gedächtnis, nur in der Erinnerung melken. In der Lehre von der Vorstellung wird nicht unterschieden, ob das Vorgestellte da ist, zur Hand ist, so daß ich sogleich eine Praxis daran knüpfen kann, oder ob es nicht zur Hand ist.

Soweit war ich gekommen, als der Vorhang, auf den ich hinsah, zur Seite geschoben wurde und mein Gegenüber erschien. Schon tagte es früher, ich sah sie deutlicher und fand, daß sie untadelig gewachsen war, wenn auch nicht ganz nach dem polykletischen Kanon, der von der weiblichen Brust Apfelgröße verlangt, so daß sie von der Höhlung einer Hand umspannt wird. Aber Äpfel und Hände haben verschiedene Größe. Was lockte sie an jedem Morgen so pünktlich hervor? Offenbar nichts anderes als die Frage, welches Wetter der Tag brachte, ob er heiteren Himmel oder Regen anzeigte. Nach ihrer Gewohnheit verweilte sie nur einen Augenblick, und als sie die Vorhänge zusammengezogen hatte und hinter ihnen verschwand, sagte ich mir, daß in der Lehre von der Vorstellung etwas Dürftiges liege und daß unsere

Einbildungskraft, wo sie Leben hat, anderen und mächtigeren Gesetzen folge, die von einem starren Schema her nicht zu durchdringen sind. Über den Bereich der Neigung sagt alles Vorstellen nichts aus.

Das Zimmer war klein, mehr eine Zelle als ein Zimmer. Ich verbrachte den Vormittag darin und verließ es am Mittag, um in die Stadt zu gehen und zu essen. Hier muß ich auf mein juristisches Studium noch einmal zurückkommen. Offenbar lag ein Luxus darin, daß ich von einer so langen, umständlichen und kostspieligen Vorbereitung nicht den vorgesehenen Gebrauch machte. Dabei wiederholte sich, was bei meiner Ausbildung zum Soldaten und Offizier geschehen war; sie endete dort, wo sie bei anderen beginnt. Unruhe schuf mir das nicht, da ich für meinen Unterhalt wenig brauchte und mit geringen Summen auskam, so daß in dem Plan, mich selbständig zu erhalten, keine Schwierigkeiten steckten. Wenn es not tut, sagte ich mir, wenn du eine Anstellung und bezahlte Beschäftigung brauchst, wirst du überall unterschlüpfen können. Nun war es nicht nur der Hang nach Selbständigkeit und Unabhängigkeit von einem Beruf, dem ich nachgab; ich war auch mit meiner Ausbildung nicht recht zufrieden und sagte mir, daß nichts verloren war, wenn ich sie einige Jahre verlängerte. Ich hatte zwar manches gelernt und viel gelesen, doch waren überall Lükken, die größten wohl dort, wo ich sie gar nicht wahrnahm. So wurde mir verdächtig, daß die meisten Autoren, die ich las, solche des neunzehnten Jahrhunderts waren. Darin konnte eine Voreingenommenheit liegen, die zu schiefen Betrachtungen führte. Was mich darauf brachte, war eine Belesenheit, die ich an anderen wahrnahm, eine Belesenheit, die sehr verzweigt und dabei ohne Stamm und Wurzel war.

Wenn das Lesen nicht eigene Fähigkeiten entwickelt, führt es zu nichts. Sie müssen mitgebracht werden, aber sie wachsen nur durch Wiederholungen, Übersicht und Vergleich. Dabei gedachte ich meines alten Lehrers, dachte an den Doktor Dietrich, mit dem ich in Leipzig das Corpus iuris gelesen hatte. Dieser bescheidene Mann saß täglich in seinem Arbeitszimmer, las einige Seiten im Homer, las eine horazische Ode, einen Abschnitt im Thukydides oder Tacitus und hielt im Jahresgang an dieser Lektüre unverbrüchlich fest, nicht in dem Turnus, den ein katholischer Geistlicher beim Lesen des Breviers wahrt, sondern mit der Gewissenhaftigkeit des Philologen. Wenn er nun nach seiner Gewohnheit mir die Überlegungen mitteilte, die ihm seine Lektüre erweckte, verwunderte mich die Ruhe dieses Lesens. Er liebte die lateinischen Sprichwörter und hatte eine kleine Sammlung davon herausgegeben, die mir ein getreuer Spiegel seines Wesens zu sein schien. Auch über die Sprichwörter stellte er Erwägungen an, so einst, als ich zu ihm kam, über das *res severa magnum gaudium*, das über dem Portal eines Leipziger Theaters stand. »Sie werden oft hören«, sagte er mir, »daß dieser Spruch übersetzt wird: eine ernste Sache ist eine große Freude. Wie denken Sie darüber?«

»Ich denke«, sagte ich ihm, »daß eine ernste Sache durchaus keine große Freude ist oder zu sein braucht.«

»Ganz recht, deshalb muß man anders übersetzen, muß sagen, daß eine große Freude eine ernste Sache ist.«

Ich behielt seine Worte, weil sie mir gefielen. Weder war ich Philologe noch wollte ich einer werden, aber die Sammlung, mit der er las, ging mir nach; ich sah den Gewinn, den das tägliche Lesen eines Textes bringt, und hielt mich daran. Auch war ich ja als Jurist daran gewöhnt worden, einen Satz, wenn auch auf andere Weise, so doch mit Sorgfalt zu prüfen.

Was mich damals, in meinem kleinen, rechteckigen Zimmer, beschäftigte, waren griechische Metrik und kantische Philosophie, zwei sehr verschiedene, vielleicht unvereinbare Dinge. Auf die Metrik ließ ich mich ein, weil ich mir den Unterschied zwischen griechischem und deutschem Gedicht, die in ihren Baugesetzen stark voneinander abweichen, deutlicher machen wollte. Einträglich ist ein solches Studium nicht, doch davon, daß wir Dinge treiben, die zu unserem Fortkommen nicht unmittelbar beitragen, hängt manches ab. Auch dort, wo wir nicht fordern, werden wir gefördert. Ich suchte zu ergründen, was es mit Rhythmus und Rhythmizomenon auf sich hatte und welche Gesetze den logaödischen Metren zugrunde lagen; diese Beschäftigung vergnügte mich.

Weniger die andere. Mit der Lektüre Kants hatte ich in Leipzig begonnen, hatte mir bei einem Aufenthalt in München auch seine gesammelten Werke gekauft, eine große Ausgabe für mich. Mein Gedanke dabei war, daß ich mich doch in eines der philosophischen Systeme einarbeiten müsse, und ich wählte das letzte geschlossene, denn das hegelsche sah ich nicht mehr als ein solches an. Weniges las ich mit zäherem Widerstreben, und darin lag der Vorteil dieser Lektüre, da Bücher, die uns keinen Widerstand leisten, auch wenig Gewinn bringen. Ich begann mit den »Prolegomena« und der »Kritik der reinen Vernunft« und las allein, da ich niemand hatte, der mit mir gelesen hätte, auch niemanden fand. Ernst hatte wenig Neigung zu solchen abstrakten Kursen, und Pistor hing in Leipzig anderen Gedanken nach. Da zum Nüsseknacken ein Nußknacker unentbehrlich ist, mußte ich ihn selbst herbeischaffen, das heißt, mich in der Terminologie und im Schema des kantischen Denkens einüben. Seine Sprache schien mir nicht dunkel, wohl aber schwierig durch Einschachtelungen zu sein, sein Satz so tot wie der Satz aller scharfen Beobachter. Welche Kluft zwischen Anschauung und Begriff reißt ein solcher Beobachter auf, genau die Kluft, die er braucht, um seine Synthesis hineinzustecken. Eine wunderliche Bitterkeit überschlich mich manchmal bei dieser Lektüre. Das ist, sagte ich mir, wenn der Dualismus seiner Begriffe – die Dichotomie, würde Hamann sagen – mich unmutig machte, die säkularisierte christliche Dogmatik und nichts anderes. Seine Noumena waren undurchdringliche Larven, sein Ding an sich ein nihile album, und ich konnte ihm vorwerfen, daß eine Welt, wie er sie konstruierte, der Ausgang der bodenlosen Gegenwart war, in der alle Erscheinungen belauert und auf das abgehorcht wurden, was in und hinter ihnen steckte. So, sagte ich mir, wie die Metriker sich zur Dichtung, die Grammatiker sich zur Sprache verhalten, so verhalten sich die Theoretiker der Erkenntnis zum Erkennen. Aus der Metrik geht keine Dichtung, aus der Grammatik keine Sprache, aus der Theorie der Erkenntnis kein Erkennen hervor. Umgekehrt wird ein Schuh daraus.

Einen Umschlag, den ich erwähnen will, rief dieses Denken in mir hervor. Vielleicht war auch daran die Meerjungfrau beteiligt, die mir doch etwas ganz anderes zeigte. Ich saß im Zimmer und dachte über den Unterschied analytischer und synthetischer Urteile nach, dachte über die synthetischen Urteile a priori nach. Er gewinnt sie doch nur, sagte ich mir, durch ein Verfahren, welches die Einheit des Satzes auseinanderreißt. Was ist magerer als die Theorie der Erkenntnis, und was kann es dir in der Lage, in der du dich befindest, helfen, daß du ihre Werkzeuge säuberlich auseinandernimmst. Das ganze Werkzeug von Erkenntnissen a priori, reinlich auseinandergenommen und blitzblank gerieben, ist hohe Uhrmacherei. Ein Uhrmacherwissen ist es. Diese Werkzeuge sind als solche ohnmächtig, ja nicht einmal vorhanden. Es gibt keine reine Vernunft, keinen reinen Verstand, keine reine Urteilskraft. Weder begegnest du ihnen auf deinen Spaziergängen durch Feld und Wald noch in deinem Denken. Das alles sind Trennungen, sind Präparate des Verstandes, die durch Schnitte entstehen, und eine solche Maschinerie einzelner Vermögen macht nicht deutlicher, wie ein Gedanke entsteht, ein Bild zustande kommt. Und wie wäre das möglich, da der Gedanke, das Bild schon da sein müssen, bevor ich anfange zu isolieren und Bewegungen in sie hineinzudenken, die wie Flaschenzüge miteinander und gegeneinander arbeiten. Erleichterung spürte ich da, und sie kam, weil ich mich gegen ein Denken befestigte, in dem ein Zwang steckte.

Warum aber plagte ich mich damit, warum beschäftigte es mich? Ein Gewinn mußte doch daraus hervorgehen, und er blieb nicht aus. Die kantische Kritik hat es mit den Prinzipien der Urteile zu tun, mit ihrer formalen Gesetzlichkeit, wie sie denn formal ist. An Stoff der Erfahrung fehlte es mir nicht; er war in solcher Menge vorhanden und drang mit solcher Kraft auf mich ein, daß ich wenig Bedürfnis spürte, ihn zu vermehren, mich vielmehr von ihm zu befreien suchte. Das Rohe der unmittelbaren Erfahrung ist unsere Nahrung und erweckt wie alle Nahrung Unlust, wenn wir zu viel von ihr aufnehmen. So widern die Romane an, welche die rohe, grüne Materie der Erfahrung in immer gleichen Verbindungen zusammensetzen. Ein Mensch, der lebendig ist, wird nicht den beständigen Wunsch haben, etwas zu erleben und belebt zu werden, sich also von anderen, von außen her Leben zuzuführen. Das mehrt den Lärm, nicht aber die Erkenntnis. Auch wird dabei mehr von anderem Leben gezehrt, als daß eigenes mitgeteilt wird.

Was ich zuerst als eine Entdeckung des subtilen Scharfsinns bei Kant bewunderte, war die Antwort, die er auf die Frage nach Freiheit und Notwendigkeit gibt. Warum wohl, da dieses Kapitel eines der dunkelsten ist? Der Grund dafür mag sein, daß mich der Streit über die Willensfreiheit oder Wahlfreiheit auf recht harte Weise beschäftigt hatte. Luthers Schrift »De servo arbitrio« las ich. Ich fand heraus, daß diese Polemik sich in dem Briefwechsel zwischen Friedrich dem Großen und Voltaire wiederholt, worin Voltaire die Sache des Erasmus, Friedrich die Luthers verteidigt; er stützt sich dabei auf die leibniz-wolffische Philosophie. Daß die Frage ebenso künstlich ist wie die nach dem Ursprung der Sprache, begriff ich erst nach und nach. Mir schien die transzendentale Ästhetik das Klarste, Faßlichste und Gedrängteste zu sein, was Kant geschrieben hat; auch blieb sie der Teil, der mich am meisten beschäftigte. Es ist etwas Starres, Geschichtsloses in seinen Begriffen von Zeit und Raum, und es kommt daher, daß er Zeit und Raum vorverlegt, im Denken isoliert und von aller Erfahrung absondert, so daß sie gleichsam zu unveränderlichen Behältern werden. Meine Zeit, mein Raum schienen mir etwas ganz anderes zu sein, etwas von allen Zeiten und Räumen Verschiedenes, das ich von mir nicht absondern konnte, das sich in mir entfaltete und zugleich von mir hervorgebracht wurde. Sein linearer Zeitbegriff hatte etwas ganz Totes für mich. Endlich ging mir bei der kantischen Ethik auf, daß ich die Ethik als eigene Disziplin aus meinem Denken nicht abzusondern vermochte, auch kein Bedürfnis danach spürte. Ich will noch eine Wahrnehmung hinzufügen: es ist eine Erleichterung für den Leser, wenn er von der kantischen Ethik zur nikomachischen des Aristoteles übergeht. Er atmet leichter in ihr.

Zwei Monate hatte ich in Berlin verbracht, als Luise mir ihren ersten Besuch ankündete; sie bat mich, ihr Zeit und Ort unseres Zusammentreffens zu bestimmen. Ich weiß nicht mehr, wo wir uns trafen, weiß nur noch, daß der Treffpunkt ein Ort starken Verkehrs war. Züge von Menschen schoben sich mehr die Straße hinauf und hinunter, als daß sie gingen, und während ich auf sie wartete, inmitten des mechanischen Gedränges, war mir, als ob ich mich an einem imaginären Punkt befände. Die Frage, ob an ihm ein Treffen gelingen könne, beschäftigte mich. Ich mußte in dem nicht endenden Strom fremder Gesichter jedes einzelne prüfen, und als sie in dem Menschenstrom auftauchte, als ich ihr vertrautes Gesicht vor mir sah, berührte mich das Wiedersehen stark. Sie errötete, als wir uns begrüßten, was bei ihr oft geschah und mir gut gefiel, denn zu gleicher Zeit senkten sich ihre langen Wimpern, und ihr Gesicht bekam etwas Zärtliches. Dann, als hätte sie sich einer Schwäche schuldig gemacht, pflegte sie eine stolze, unabhängige Miene anzunehmen und mich mit einem eigentümlich schrägen Blick anzusehen. Wir gingen durch die Stadt und saßen in einem Café: sie berichtete mir über ihr Leben in Leipzig und machte mich mit den Plänen vertraut, die sie mir schon in ihren Briefen angedeutet hatte. Hauswirtschaft war die Beschäftigung, der ihre Neigung gehörte, und nach Berlin kam sie, um die selbständige Führung eines Haushalts zu übernehmen. Daß sie meinetwegen kam, war nicht zu verheimlichen, doch sprachen wir auch jetzt darüber mit keinem Wort. Ich fragte sie, ob es ihr nicht schwerfalle, ihre Leipziger Freunde und Bekannten zu verlassen und in eine neue, fremde Umgebung überzusiedeln, doch wollte sie davon nichts wissen. »Warum sollte mir das schwerfallen?« sagte sie. »Mein Gepäck und meine Erinnerungen nehme ich an jeden Ort mit.«

»Das reicht hin«, erwiderte ich, »und wiegt manchmal schon zu schwer.«

»Es geht an, ich kann es gut tragen.« Sie lächelte dabei.

»Berlin ist eine Stadt, die mir gut gefällt.«

»Was gefällt Ihnen an Berlin?« fragte ich.

»Nun, das was jedem hier gefällt, das rege Leben und die Unabhängigkeit, die jeder hat.«

»Sie möchten also nicht abhängig sein?«

»Ich weiß nicht. Abhängig sind wir doch immer. Es fragt sich nur wovon. Ich lebe überall gern.«

Wir trennten uns, da sie sich aufmachen mußte, um die Stellen zu prüfen, die ihr angeboten worden waren. Am nächsten Tage reiste sie wieder ab, und auch ich verließ für kurze Zeit die Stadt, um zu meinen Eltern zu fahren. Meine Brüder Hans und Wolfgang reisten nach Peru ab; ich verbrachte die letzten Tage vor der Abfahrt mit ihnen und brachte sie an den Zug. Ich sah, daß ihnen so zumute war wie mir selbst manchmal, wenn alles sich verschließt, die Türen zugehen und nur in der Ferne sich ein Weg zu öffnen scheint. Sie brachten gute Laune für dieses Abenteuer mit, zu dem mein Vater die Mittel stiftete, kehrten aber bald zurück, nicht ohne Erfahrungen mitzubringen, zu denen ein Schiffbruch auf der Rückreise gehörte. Eingeprägt hat sich mir, daß ich, als sie fort waren, auf ihr Zimmer ging, und es in einer Unordnung des Aufbruchs fand, die etwas Lebendiges, Lebensvolles hatte und mich ergriff. Ich stand im Zimmer und dachte: wie geht es zu, daß dieser leere Raum dich stärker bewegt als der bewohnte, in dem du oft mit ihnen zusammen warst und gesprochen hast? Nicht die Leere des Raums ist es, die dir zusetzt; das Erinnern schafft diese Leere erst und bringt sie in dir hervor. Du findest das nicht wieder, was da war, findest nur die Hohlform und Lücke, in der es gewesen ist. Diese Wahrnehmung, die jedem vertraut ist, ging mir nach, und mir scheint, wenn ich zurückdenke, daß sie einen der Keime bildete, aus denen manches hervorging, das Erinnern und das Nachdenken darüber, zuletzt ein

Buch, in dem ich mir darüber ins reine zu kommen suchte.

Luise kam im Mai wieder und blieb. Sie führte den Haushalt eines Sängers, der mit Frau und Kind in der Stadt wohnte, einen Teil des Jahres aber auf Gastspielen unterwegs war. Wir trafen uns, in der Stadt oder im Grunewald, wo wir unter den Kiefern saßen. Sie brachte die Tochter des Sängers mit, ein lebhaftes Kind, das mit seinen Puppen und Bällen spielte und uns zum Mitspielen aufforderte. Im Chorus sangen wir das Lied »Fuchs, du hast die Gans gestohlen«, wobei die Kleine, die quecksilbern beweglich war, in ihrem bunten Rock umherhüpfte. Sie hatte eine mimische Begabung, und bei der Strophe

> Seine lange, große Flinte
> Schießt er auf dich los,
> Daß dich färbt die rote Tinte,
> Und dann bist du tot –

schlich sie wie ein Jäger, der das Gewehr anlegt, und machte ein finsteres Gesicht dazu. Sonntags fuhren wir manchmal aus der Stadt hinaus und wanderten, wie schon in der Umgebung Leipzigs, weit umher. Mir gefiel die Landschaft, gefielen vor allem die Seen mit ihren Röhrichtgürteln und Schilfwäldern. Sie erzählte mir Geschichten aus ihrer Kindheit und dem kleinen brandenburgischen Städtchen, in dem sie aufgewachsen war. Dorthin fuhr sie manchmal. Sie besaß noch das Haus, das ihre Eltern ihr hinterlassen hatten, und ein kleines Vermögen. Was an Geschäften damit zusammenhing, wurde von einer verwandten Familie für sie besorgt. Aus dem, was sie mir erzählte, gewann ich ein genaues Bild der geordneten und friedlichen Verhältnisse, in denen sie aufgewachsen war.

War es damals oder später, daß sie mir in einem Gespräch,

von dem ich sonst nichts behalten habe, sagte: »Mein Gewissen ist mein Gott und meine Kirche.« Mir prägte sich der Satz ein, weil ich ihn nicht hätte sagen können, da der Gedanke, das Gewissen zu einer Kirche zu machen, mir ganz fern lag, so fern wie seine Umkehr. In der Art, in der sie ihn aussprach, war nichts von einem Anspruch, eher Bescheidung. Doch läßt sich der Protestantismus, der die dogmatischen Schranken hinter sich gelassen hat, kaum entschiedener formulieren. Ich scherzte darüber und sagte ihr: »Auch die Glocken läuten Sie wohl selbst, Luise?«

»Gewiß«, antwortete sie. »Wer sollte es sonst tun?«

Ihre innere Ruhe war groß, und ich merkte, daß ich der einzige war, der diese Ruhe zu stören vermochte, merkte es zuerst an einem merkwürdigen Traum, den ich von ihr hatte. Wir sprachen in diesem Traum miteinander, und sie gab mir Aufschlüsse über unser Verhältnis, die mir neu waren.

»Es ist kein Zufall«, sagte sie, »daß wir uns getroffen haben, und du darfst keinen daraus machen. Unsere Nachbarschaft zeigte es schon. Daß wir uns getroffen haben, muß dir zu denken geben, denn wer trifft sich in dieser Welt, wenn es ihm nicht bestimmt ist. Du weißt nicht, daß ich dich lange gesucht habe. Du hast nichts dazu getan, du hast dich finden lassen.«

»Habe ich dir nicht den Brief geschrieben?« fragte ich.

»Ja, aber was dachtest du, als du ihn schriebst? Dachtest du nicht an die Goldfische in dem Teich bei deiner Wohnung?«

»Das ist wahr«, sagte ich überrascht. »Woher weißt du das?«

Sie sah mich lächelnd an, dann füllten sich ihre großen, grauen Augen mit Tränen, und sie flüsterte: »Du bist ein gleichgültig-gültiger Mensch.«

Diese Worthieroglyphe erschütterte mich im Traume heftig. Mir war, als habe sie damit eine Seite meines Wesens bezeichnet, die mir selbst entgangen war. Das Wort schien ein Schlüssel zu sein. Doch als ich aufwachte, entzog sich mir alles, und ich verstand nichts mehr. Es war, als ob der Fisch von der Angel abspränge. Ich zeichnete den Traum auf und dachte über ihn nach. Wer vermöchte zu sagen, wie ein solcher Traum zustande kommt? Mir scheint, daß ich ihn heute besser verstehe als damals.

Mit Ernst war ich einmal in Dresden und besuchte den Professor Arber; von dort fuhren wir nach Meißen, und ich zeigte ihm die Stadt und die Burg. Durch Arber lernte ich Niekisch kennen. Er wohnte damals noch in Dresden, siedelte aber bald nach Berlin über und lebte dort als Verleger und Herausgeber einer Zeitschrift, die er »Widerstand« nannte. Der Name der Zeitschrift zeigt schon, daß er nicht mit dem Strom, sondern gegen ihn schwamm. Er galt jetzt als Außenseiter und Einzelgänger.

Ich hatte von ihm gehört und verwunderte mich, als ich ihm in Berlin begegnete, weil ich mir ein anderes Bild von ihm gemacht hatte. Auf den ersten Blick hin hatte er etwas Rundliches, Gutmütiges, ja Gemütliches und Schwäbisches, wie er denn aus dem schwäbischen Zipfel bei Nördlingen stammte. Sein Name deutete zwar auf ungarische Herkunft, doch war davon nichts zu spüren; auf den ersten Blick nahm er sich wie ein schwäbischer Bürgermeister aus. Als ich ihn sah, ahnte ich nicht, daß er mein erster Verleger werden würde. So, wie er dasaß, erinnerte er mich an einen großen Hasen, und das Bild kam mir auch späterhin. Vielleicht brachten mir seine aufgerichteten Ohren dieses Tier in Erinnerung und auch sein lauschendes Wesen, der wachsame Blick, der hinter scharfen Brillengläsern hervorkam. Er war nichts weniger als ein Hase und besaß Mut, physischen und den anderen, der Zivilcourage genannt wird. Lehrer war er gewesen, hatte in den Gewerkschaften Einfluß gewonnen und in der Münchener Räteregierung gesessen, für welche Teilnahme er in Bayern eine Festungshaft verbüßen mußte. Festungshaft war eine nicht entehrende Strafe ohne Arbeitszwang, eine Strafe, die mit mancherlei Vergünstigungen ausgestattet war und in jenen jetzt vergangenen Zeiten verhängt wurde, in denen politische Gegner nicht gleich an Halsabschneiden und Zuchthaus dachten. Ihre Abschaffung, die etwa gleichzeitig mit der des Zweikampfes erfolgte, zeigt an, daß dem point d'honneur nichts mehr eingeräumt wurde; seine Privilegien verschwanden. Erinnere ich mich recht, so erzählte mir Niekisch, daß er während dieser Festungshaft den Grafen Arco kennenlernte, welcher Eisner erschoß. In Dresden war Niekisch nicht Mitglied der sächsischen Regierung, wurde aber von ihr wohl gehört und zu Rate gezogen. Es würde zu weit gehen, wenn ich mich auf diese Verhältnisse, um die ich mich wenig kümmerte, einließe. Doch gehört hierher eine Frage, die mich damals beschäftigte.

Seit wann gibt es in Deutschland Schriftsteller, die in keinem staatlichen oder städtischen Dienst sind, keiner Zunft, Gewerkschaft oder Partei angehören und auf eigene Faust politisch tätig sind? Zahlreich tauchen sie in der Zeit von Reformation und Gegenreformation auf; schon unter den Verfassern von Flugblättern und Streitschriften sind freie Schriftsteller. Als solcher lebte Niekisch in Berlin. Der Begriff des freien Schriftstellers ist polemisch und taugt nicht mehr als der des freien Schusters, Schneiders und Handschuhmachers. Ein Schriftsteller kann ein guter oder schlechter Schriftsteller sein; ist er ein schlechter, dann bessert alle Freiheit nichts daran. Vielleicht liegt aber in der Bezeichnung, die weder alt noch gut ist, nicht nur ein Pochen und eine Anmaßung, sondern auch eine Erinnerung. Daß er in keiner Zunft ist, aus keiner Zunft hervorgegangen ist, haftet dem Schriftsteller zu seinem Vorteil und Nachteil an. Sein Platz innerhalb des Ganzen scheint nichts Bestimmtes zu haben, die Gilden wollen ihm nicht recht wohl, und gern redet man ihm zu, einen wirklichen, handfesten Beruf zusätzlich auszuüben, wobei man ihm die Wahl großmütig überläßt. Dem Musiker, dem Bildhauer, Maler und Kupferstecher kommt man mit solchen Anliegen nicht, auch würden sie wunderliche Augen dazu machen. Der Grund aber ist, daß sie samt und sonders aus Gilden und Zünften hervorgegangen sind und das Volk in Erinnerung behalten hat, woher sie kommen. Auch der Grammatiker wird wie jeder, der von der Hohen Schule kommt, respektiert.

Das alles führt auf die Sprache zurück und ist nur von der Sprache her einzusehen. Wer die Fähigkeit in sich spürt, etwas Lebendiges in der Sprache hervorzubringen, muß für seine Ausbildung selbst aufkommen und seine Lehrer und Lehrmittel in der Sprache selbst suchen und auch finden, da aus dem Nichts hier ebensowenig etwas wird wie anderswo. Kann jemand aus Gründen des Erwerbs, Gewinns und Fortkommens sich zum Schriftsteller bestimmen? Ja, doch wird er dann die Sprache als Mittel behandeln müssen, als das Werkzeug dazu. Kann ein musischer Mensch das tun? Nein, da für ihn die Sprache etwas anderes ist. Seine Gabe ist ein Geschenk, das ihm zugewendet wurde, das er daher als Geschenk anzusehen hat und weitergeben muß. Gut ist, wenn seine Fähigkeiten ihn nähren, doch hat er keinen Anspruch darauf, den er geltend machen könnte. In einer Zeit, die kein ursprüngliches Verhältnis zur Dichtung hat, wächst der musische Mensch gegen die Ungunst der Witterung auf und muß froh sein, wenn ihm sein Spiel nicht auf rohe und mutwillige Weise zertrümmert wird. Soviel Härte darin liegt, er darf sich doch freuen, daß es nicht gelingen will, seinen Platz mit ökonomischer Genauigkeit und Gerechtigkeit zu bestimmen, denn die Grenzen Arkadiens und der sozialen Ordnung fallen nicht zusammen. Gelänge es, sie zur Dekkung zu bringen, dann würde es keinen musischen Menschen mehr geben.

Niekisch war im Gespräch wachsam und lebendig, nicht ohne Sinn für Humor und komische Widersprüche, nicht ohne Ohr für Musik und Literatur. Bei ihm gingen viele Menschen ein und aus, und ein großer Teil seiner Arbeit lag darin, diese Menschen anzuhören und mit ihnen zu sprechen. Seine Wohnung war gut und bequem eingerichtet, war bürgerlich möbliert, doch lag daran nichts, und gewiß war er alles andere als ein Sammler, Kenner oder Liebhaber schöner Dinge. Seine Aufmerksamkeit war anderen Bereichen zugewendet. Wenn ich bei ihm war, hatte ich immer das Empfinden, nicht in einer privaten Wohnung, sondern in einem Arbeitsraum und Büro zu sitzen. Und so wie die Dinge in einem Büro nicht des Betrachtens und Genießens wegen da sind, sondern irgendwelcher Zwecke wegen, so stand seine Wohnung im Dienst von etwas anderem. Sie war, um es kurz zu sagen, eine Antenne. Antennen sind Vorrichtungen zum Ausstrahlen und Empfangen elektromagnetischer Wellen, und jeder weiß, daß diese Vorrichtungen beständig zunehmen, daß überall Stahlrohrmasten aufgestellt werden, die dem Empfang dienen, und Rundstrahler und Richtstrahler, mit denen gesendet wird, daß auch die Abhörgeräte immer vollkommener werden. Dergleichen nun fand sich damals in Niekischs Wohnung nicht, und an Apparaten nur ein Telefon, wohl auch ein Rundfunkgerät, mit dem er Nachrichten abhörte. Eine Antenne war seine Wohnung, weil er darin war; er selbst war die Antenne. Menschen kamen und gingen, und Nachrichten wurden ihm zugetragen. Doch blieb die Wohnung still und war ruhig wie er selbst, wenn er sendend und empfangend darin saß, ein sehr fleißiger Mann, dessen Anliegen war, Zeit für die Anliegen anderer zu haben, Zeit auch für seine Lektüre und für das Schreiben seiner zahlreichen Schriften und Aufsätze.

Seine Schriften riefen stets den gleichen Eindruck in mir hervor; sie enthielten eine harte Beweisführung, die etwas Abgekürztes, durch Abkürzungen auch Gewaltsames hatte. Ihre Sprache, ihr Satzgefüge hob sich nicht über den kräftigen Gebrauch. Das was er zu sagen hatte, sagte er ohne Umschweife, doch mochte ein Umschweif darin liegen, daß sich seine Argumente beständig wiederholten. So wie jemand einen Nagel oder Pfosten durch Hammerschläge eintreibt, so trieb er seine Argumente in den Kopf des Lesers. Solche Wiederholungen wirken, so verständig sie sein mögen, mehr auf den Willen als auf den Verstand.

Als geschulter Marxist war er durch die hegelsche Schule gegangen, nicht flüchtig, sondern nachdenkend. Das haftete ihm an. Ein Griff dieses Denkens – schon bei Hegel liegt er offen – besteht darin, daß alle Geschichte zur Prämisse gemacht wird, die auf den aktuellen Fall, auf die jeweilige Gegenwart bezogen wird. Das hat etwas Bestechendes, doch war ich darüber bedenklich geworden. Die Kraft solcher Verfahren liegt nicht nur in dem Grade der Verkürzung, sie liegt noch mehr in der Energie des Bezuges, durch den das Denken selbst Werkzeug wird und einen Werkzeugcharakter erhält. Der Marxismus ist ein Stück Geschichtsphilosophie und Philosophiegeschichte, und schon die hegelsche Philosophie der Geschichte – eine Stufenpyramide – hinterließ Bedenken in mir. Der Gang seiner Schule ist, daß aus solchen Ablösungen immer starrere Mittel werden, Versatzstücke, die wie der Begriff der Epoche oder Kultur leicht, leer und transportabel werden. Bei Spengler wird das spürbar, spürbarer noch bei seinem Schüler Toynbee, einem englischen Schulmeister, der seine einundzwanzig Zivilisationen in die muffigen Begriffe taucht, die das Oxford-Christentum entwickelt. Mit solchen Begriffen kann endlich jeder ohne Anstrengung operieren, sich sogar noch die Haltung eines Athleten geben, der Riesenlasten stemmt. Zuletzt liegt darin ein rücksichtsloser Verzehr, durch den Vergangenheit und Gegenwart aufgearbeitet werden. Endlich führt die dialektische Verarbeitung zu einem Geschichtsdenken in Taschenformat und zu Auszügen, die jeder Funktionär bereithält. Er hat's gelernt und gibt es weiter.

Dazu muß ich bemerken, daß Niekisch kein Funktionär war. Diesen kennzeichnet die immer mechanischer werdende Brauchbarkeit und Zuverlässigkeit, die ihn zuletzt zum Werkzeug und Maschinenteil macht. Niekisch, der an einen funktionalen Geschichtsablauf glaubte, betrachtete sich nicht als Funktionär, sondern als freie Intelligenz und freier Mitarbeiter des geschichtlichen Werdens. Ein wunderlicher Widerspruch. In ihm steckt zugleich, daß seine Ansätze scheiterten, daß er zwischen den Stühlen saß und von unbedenklicheren Kräften auf den Sand gesetzt wurde. Eine Intelligenz wie die seine wurde unbrauchbar für andere, wenn sie als bloßer Befehlsempfänger behandelt wurde, mußte daher zur Seite geschoben werden.

Ich nehme hier manches vorweg und kehre zurück zu dem ersten Gespräch, das wir miteinander führten. Sein Hauptanliegen war, ein gutes und dauerhaftes Verhältnis zu Rußland zu schaffen; ihm ordnete er alle anderen Erwägungen unter. Er war ein Feind alles privaten Kapitalismus, hatte aber gegen den Staatskapitalismus nichts einzuwenden. Er stand, wie der terminus technicus lautete, links, nicht rechts, und war ein unversöhnlicher Gegner Hitlers. Diesem heraufziehenden Unwetter gegenüber brachte er nationalre-

Niekisch

volutionäre Grundsätze ins Spiel. Ob sie aufrichtig gemeint oder, wie er später in einer anderen Lage behauptete, als Windfänge gedacht waren, will ich nicht entscheiden. Er schied zwischen Osten und Westen, wobei er zum Westen Europa, Amerika, den Katholizismus und manches andere rechnete. In diesem Gerüst war etwas Starres, und Ernst spielte darauf an, wenn er sich über Leute äußerte, die in Körperseiten und Himmelsrichtungen dachten. »Ich habe zwei Arme«, sagte er, »einen rechten und einen linken, und da ich kein Krüppel bin, bewege ich beide.«

Mein erstes Gespräch mit Niekisch beschäftigte mich und brachte mich auf den Gedanken, ihn in Dresden zu besuchen.

In Dresden habe ich manche gute Stunde verbracht, die besten mit meiner Mutter, welche die Stadt liebte und sie oft besuchte. Ihr behagte dort manches, das sich in der Zeit aufgelöst hat, und ich merkte, wenn ich mit ihr die Prager Straße hinauf und hinunter ging, daß ihre gute Laune wie Quellwasser hervorbrach. Den Tag, an dem ich in Dresden mein zweites Staatsexamen bestand, will ich nicht dazuschlagen; diese Prozedur war, obwohl sie am Schnürchen verlief, von lästiger Feierlichkeit. In der Zeit, in der ich an den Gerichten in Meißen und Freiberg beschäftigt war, fuhr ich nach Dresden. Der Fluß, die Brücken, die Talsohle und die Höhen des rechten Elbufers, auf denen noch Reben stehen, gefielen mir. Ein Gartenland dehnte sich dort aus. Wenn ich im Zwinger war und in die Gemäldesammlung hinaufging, eine Liebhabersammlung noch und kein von Kunsthistorikern geordneter Katalog, stieg ein Wohlgefühl in mir auf. Am meisten liebte ich den Himmel über den Elbauen, der morgens und in der Abenddämmerung oft bunt, zart, regenbogenfarben und wie Email und Perlmutter schimmerte. Jede Stadt hat ihren eigenen Dunstkreis, ihre Atmosphäre und ihren Himmel. Die grünen Türme und Kuppeln standen wunderbar in diesem Himmel; etwas Östliches, ein barocker Orient stieg da vor mir auf. Über den sächsischen Orient habe ich schon gesprochen. An ihn denkt vielleicht der Besucher, der im Grünen Gewölbe Dinglingers Hof des Aurengzib und seine hundertzweiunddreißig Figuren gesehen hat. Auf meinen Gängen durch die Stadt sann ich über August den Starken nach. Warum, sagte ich mir, werden Türme und Kuppeln vergoldet? Ich dachte mir einen Fürsten, der als oberster goldener Knauf von allen Teilen des Gebäudes getragen wird und selbst nichts trägt, dachte dabei auch an Midas. Die Tugend eines solchen Fürsten, sagte ich mir, ist athletische Verschwendung. Gut, wenn er schon dem Körper nach ein Athlet ist, wenn seine Hände stark genug sind, um Hufeisen und silberne Taler zu zerbrechen, wenn er auch leiblich stark genug ist, um an der Verschönerung seines Volkes mitzuarbeiten. Sehr stark und dabei zart genug für schöne Frauen, Musik und Porzellan. Vielleicht gehen die feinen Proportionen der hübschen sächsischen Mädchen auf ihn zurück. Ich dachte mir den Großmogul, wie ihn die sächsische Erde hervorbringen kann. Die Verständigen sehen in ihm nur Unvernunft, doch die Zukunft wird lehren, daß aus seinen Neigungen, Launen und Grillen Industrien hervorgehen, daß von seiner Hinterlassenschaft, die vergeudet scheint, noch viele leben und zehren werden. Solche Einfälle kamen mir, wenn ich auf der Brühlschen Terrasse stand und am Elbufer hinauf und hinunter ging. Von hier aus fuhr ich in die Sächsische Schweiz, die ein Gebirge en miniature ist, welches Winde und Wasser aus dem Elbsandstein herausgearbeitet haben. Ich kam, zum letzten Male vielleicht, im Kriege nach Dresden, nicht lange vor der Zerstörung der Stadt, kam, nach dem Tode meines Vaters, in Geschäften, die mich bedrückten und fand die Stadt düster, die Menschen traurig, abgehetzt und schäbig. Was werden wir hinterlassen? fragte ich mich, als ich an der Elbe ging. Ein grauer Tag war das, ich sann darauf, was mich erheitern könnte, und ging in den Zoologischen Garten, um die Tiger anzusehen. Inseltiger waren dort, welche kleiner geraten. Darin liegt ein Gesetz, dachte ich; die Kontinente sind mächtiger als die Inseln und müssen mächtigere Wesen hervorbringen. Also müssen die mächtigsten im Meere zu finden sein. Lange blieb ich vor dem Gitter stehen, ging endlich und sagte mir: wunderlich, daß man zu den Raubtieren gehen muß, um ein wenig Aufmunterung zu finden.

Als ich Niekisch in Dresden besuchte, fand ich bei ihm den Zeichner Textor und Arber, welcher Professor an der Technischen Hochschule war. Ich fand sie freundschaftlich vereint, und keine Vorahnung verriet mir, daß sie bittere Feinde werden würden. Wir standen im Zimmer zusammen und betrachteten ein Bild, an dem Textor malte. Mir hat sich das eingeprägt. Es war ein Zeitpunkt, in dem manches offenlag, vieles möglich schien; in einem solchen entstehen und halten sich andere Verbindungen als dort, wo Entscheidungen gefallen sind und der Weg sich verengt. Wenn wir die Fähigkeit hätten, die Figuren, welche Menschen bilden, so einzusehen wie ein Dreieck, würden wir manches voraussehen. Aber ein Dreieck hat keine Zukunft. Und drei Menschen, die zusammenstehen, bilden kein Dreieck, sondern eine geschichtliche Figur; ich wußte damals nicht, was sie zusammenführte, und konnte nicht voraussehen, was sie auseinanderbrachte. Niekisch zeigte mir das erste Heft seiner Zeitschrift und erbat sich mein Urteil darüber. Arber lud mich zu einer Wanderung im Erzgebirge ein. Ich nahm seinen Vorschlag an, wir fuhren zusammen nach Glashütte und stiegen bei Frost und eisigem Wind nach dem Dorfe Johnbach hinauf. Ich erwähne diese Wanderung, weil sie meine frühesten Erinnerungen an das Erzgebirge wachrief. Der Lehrer des Dorfes erwartete uns, ich schlief nachts im Schulhaus und nahm morgens am Unterricht der Kinder teil. Sie kamen auf Schneeschuhen durch den hohen Schnee in die Schule, schnallten ihre Bretter ab und drängten sich hastig und munter in die Schulstube, deren Fenster mit dicken Eisblumen beschlagen waren. Knaben und Mädchen verschiedenen Alters wurden zusammen in einer Klasse unterrichtet. Der strenge Winter, die Armut des Dorfes, der herzliche Empfang bewegten mich. Ich sah auf das Gebirge hin, das im Schnee lag, und spürte wieder das, was mich als Kind an ihm angezogen hatte, Erinnerungen an Märchen und Sagen, die weiten, einsamen Wälder und die Adern im Gestein, Silber, Nickel und Kobalt. Die kargen, rauhen Landschaften des Gebirges waren mir die liebsten, das Quellgebiet der Zschopau und der Zwickauer Mulde, wo das kahle oder sächsische Sibirien liegt, die Gegend um Annaberg und Schneeberg und die Quelle des Schwarzwassers, an der zwischen Spitzberg, Fichtelberg und Keilberg Gottesgab liegt, das früher Wintersgrün hieß. Das Schwarzwasser und die Wälder, in denen ich mit meinen Eltern spazierengegangen war, hörte ich in der Erinnerung rauschen. Wie mächtig waren mir diese Wälder einst erschienen, wie tief tönte das Rauschen, das sie durchzog. Doch sind sie längst nicht mehr das, was sie waren. Der Berg- und Hüttenbau hat sie verwüstet, und weithin sind sie gerodet worden, um dürftiges Acker- und Wiesenland zu gewinnen.

Die Kinder, mit denen ich mich unterhielt, sprachen die erzgebirgische Mundart. Ich dachte dabei an meinen Vater. Es gibt ein Baumlied, ein Lied vom Vogelbeerbaum, das im Erzgebirge gesungen wird; ich hörte es schon als Kind.

»Vuglbärbaam«, sagte mein Vater manchmal, wenn er einen Vogelbeerbaum sah; er lächelte dabei, belustigt, und auch meine Mutter lächelte dann. Als Niedersachse hatte mein Vater gegen alles obersächsische Wesen eine spöttische Abneigung. »Sind keine Sachsen«, pflegte er zu sagen. Er spöttelte über die Mundart, in der der Unterschied harter und weicher Konsonanten verlorengeht, über die obersächsische Neugier und Wißbegier, über die Selbstironie, die ihm fernlag, über die beständige Höflichkeit und vermittelnde Freundlichkeit, der er weder hinten noch vorn traute, über das Gesellige, Geschwätzige, kurz über alles. Sein Spott war ohne Schärfe, wohl weil er aus einem Gefühl unzerstörbarer Überlegenheit kam. Ob sie begründet war, untersuchte er nicht. Er machte sich über die Obersachsen lustig, aber er kam mit ihnen aus. Merkwürdiger ist mir, daß sie mit ihm auskamen, denn seine genaue, schroffe Art war etwas Konträres, gemessen an dem freundlichen, oft polierten, die Schärfe der Gegensätze und Widersprüche scheuenden obersächsischen Wesen. Meine Mutter hätte lieber in Bayern als in Sachsen gelebt, obwohl sie Dresden liebte und eine Neigung für das Erzgebirge hatte, das sie zu ihrer Erholung aufsuchte. Hin und wieder fuhr ich mit ihr. Das Lied vom Vogelbeerbaum ist ein erzgebirgisches Lied, ist nicht in der obersächsischen, sondern in der erzgebirgisch-nordböhmischen Mundart aufgezeichnet. Vogelbeerbäume sind im Erzgebirge überall, auch in den rauhen Lagen, oft an den Straßen.

Ich ging mit Arber nach Glashütte zurück. Das Wetter schlug um, und Sturm, Tauluft und Schneetreiben kamen auf uns zu. Während wir durch das tief verschneite Land gingen, sprachen wir über manches. Er war ein kleiner, rüstiger Mann, nicht eben stämmig, doch gab er sich so. Er hatte die Gewohnheit, jeden, den er begrüßte, lang und fest anzublikken und ihm dabei auf kernige Art die Hand zu drücken. Diese zugleich feierliche und nachhaltige Begrüßung überraschte und fiel auch mir auf; in ihr schien eine Abmachung, eine Art Band zu liegen. Doch nicht jeder, der uns lange in die Augen sieht und die Hand preßt, verdient Vertrauen; ich sollte darüber noch belehrt werden.

Helmer kannte ich schon von Leipzig her, wohin er kam, um Ernst einen Besuch zu machen. Wir gingen in die Pleißeauen, ins Leipziger Ratsholz, und ich behielt das Gespräch, das ich mit ihm hatte. Mir fiel gleich die Schlüssigkeit auf, die in seinen Sätzen steckte, und mich beschäftigte an ihr, daß zwischen Gewißheit (certitudo) und Sicherheit (securitas) ein Unterschied ist. Gewißheit kann ich über etwas haben und in mir unsicher sein, sicher dort sein, wo alles ungewiß ist. In seinem Denken war etwas Zugespitztes, etwas, das zugleich bestimmt und bestimmend war. Er hatte sein juristisches Studium hinter sich und den juristischen Doktor gemacht, sprach aber nicht wie ein Jurist. Ich merkte den Unterschied heraus, der zwischen der Juristensprache und seinen logisch bestimmten und unbeirrbaren Sätzen bestand. Es war nicht leicht, ihn aus seinem Konzept zu bringen. Eine Zutat von scholastischer Theologie schien mir in seinen Folgerungen zu liegen, die gleich Gliedern einer Kette ineinandergriffen. Syllogismen waren das; seine Sätze hatten etwas Beweisbares und Bewiesenes. Ich ließ diese Sätze stehen und unterhielt mich mit ihm, fand auch, daß das Gespräch mit ihm etwas abwarf, denn er wußte etwas.

Hinter der mit dunklem Horn eingefaßten Brille waren wachsame, scharfe Augen, die vom Licht der Gläser funkelten. Nahm er die Brille ab, sah er wie erblindet aus. Das Spitze und Runde vereinigten sich an seinem Kopf. Unser erstes Gespräch ging über Sätze des Strafrechts, und ich erinnere mich, daß er an der Erfolgshaftung und dem alten, deutschen Rechtssatz: die Tat tötet den Mann, festhielt. Er verfocht diesen Satz mit Scharfsinn.

In Berlin sah ich ihn wieder. Seine Berliner Wohnung lag damals in der Friedrichstraße und gehörte zu den wunderlichen Wohnungen. Berlin hatte, wie jede große Stadt, verbrauchte Viertel, in denen auch ich hin und wieder wohnte, und der Teil der Friedrichstraße, in der ich ihn jetzt fand, gehörte zu ihnen. Diese Straße war nicht mehr das, was sie gewesen war; sie hatte etwas von der Zeit stark Mitgenommenes. Deren abnutzende Kraft zeigte sich an den Häusern, Geschäften, Lokalen und Menschen. Talmi war an die Stelle des alten Glanzes getreten, doch da die Straße ihren Namen hatte und eine starke Ader des Verkehrs geblieben war, fehlte es nicht an Besuchern, vor allem aus der Provinz, die sich hier belustigten und wohl auch gerupft wurden. Helmer kümmerte sich nicht darum. Er hatte ein Organ für das Komische, für Witz und Ironie, am meisten wohl für das Paradoxon. Mißverhältnisse belustigten ihn, und Widersprüche und Gegensätze machten ihn rege. »Ein Rosenbeet«, lautete einer seiner Aussprüche, »ist etwas Schönes. Und auch ein Igel ist etwas Schönes. Aber ein Igel im Rosenbeet ist das Schönste.« Ich war Rosen und Igeln gut gesinnt, aber ich begriff nicht und mochte nicht begreifen, daß durch ihre Zusammenstellung etwas gewonnen wurde. Seine Witzigkeit übersprang alle Tasten der Klaviatur, war aggressiv und brachte seltsame Dissonanzen hervor. Er war Schlesier und hatte den Berliner Witz adoptiert, der, wo er gut ist, eine Nüchternheit zeigt, die das Verstiegene, Verschrobene, Aufgeblasene schlagfertig kuriert. Doch wandelte er diesen Witz ab, legte ihm an Schärfe zu und gab ihm etwas Skurriles, eine Torsion, bei der er sich überschlug. So belustigte er mehr den Verstand, als daß er zu erheitern vermochte. Der Gang seiner Reflexion, seine manisch anmutende Gewißheit und sein immer präsentes, waches Bewußtsein beschäftigten mich als eine mir neue Erscheinung.

Beruf, Erwerb und Fortkommen kümmerten ihn wenig. Die Wissenschaften zogen ihn nicht an. Er hatte politische Neigungen, doch blieb er im Kern Theologe, und theologischen Fragen hing er vor allen anderen nach. Auch erschien er damals in seinem Äußeren wie ein Theologe, wenn er in schwarzem Mantel und mit einem breitkrempigen, schwarzen Hut einherging. Wenn nun auch Würde und Milde eines solchen, die zum Beruf gehören, nicht an ihm wahrzunehmen waren, so ging er doch mit Theologen aller Konfessionen wie mit lieben, feindlichen Amtsbrüdern um, so daß mir der Satz: »Clericus clericum non decimat«, in Erinnerung kam.

Der Begriff der Selbstherrlichkeit hatte ihn beschäftigt, und auf meine Frage, was es damit auf sich habe, erläuterte er ihn mir auch. Habe ich ihn recht verstanden und recht behalten, was er ausführte, dann war Selbstherrlichkeit etwas, das keiner weiteren Ableitung fähig war, aus dem vielmehr alles abgeleitet werden konnte und mußte. Gut, die Frage blieb aber, wer sie gegen wen geltend machen konnte. Ich wußte damit wenig anzufangen, spürte auch keine Neigung, mich in ein solches Verhältnis zu anderen zu setzen oder mich der Selbstherrlichkeit anderer auszusetzen. Offenbar war sie etwas Absolutes, erinnerte mich auch an das Absolute der hegel-schellingschen Philosophie. Aus Christentum und Protestantismus hatte er sich herausprotestantisiert. Den Angelpunkt seiner Überlegungen dabei bildete die Lehre vom unfreien Willen, die er scharf und mit allen ihren Folgen verfocht, mit lutherischer Härte und ohne sich auf einen Vergleich einzulassen. Er zog aus ihr Folgen, die der Protestantismus vermieden hatte. Hatte Luther sie als ein nicht zu übersteigendes Paradoxon stehenlassen, das den Glauben nicht berührt, so erklärte Helmer sie für unvereinbar mit dem Christentum. Er trat aus der Kirche aus und vollzog diesen Akt nicht formlos, sondern feierlich, indem er einen schwarzen Anzug anzog, den Geistlichen seines Sprengels aufsuchte, ihm seinen Austritt erklärte und zugleich die Begründung dafür lieferte. Ich muß sagen, daß ich etwas darum gegeben hätte, diesem Vorgang beizuwohnen, das Gesicht des Geistlichen zu sehen und zu hören, was er erwiderte.

Dabei ließ er es nicht bewenden. Da er dem Atheismus, auf dessen Negationen sich nichts gründen läßt, abgeneigt war, sah er alsbald die Notwendigkeit, die Lücke, die entstanden war, wieder auszufüllen. Er ging also an die Arbeit, entwarf eine eigene Liturgie, setzte einen Festkalender auf und zeichnete Texte und Gesänge auf, die für den Gottesdienst unerläßlich waren. Wie weit er damals damit gedieh, weiß ich nicht. Später nahm er die gottesdienstlichen Handlungen seiner Gemeinde selbst vor, taufte, schloß Ehen und beerdigte. Ich entsinne mich, daß ich ein Schreiben von ihm erhielt, in dem er um mein Einverständnis bat, daß er ein Gedicht von mir in seine geistlichen Texte aufnehme und eine kleine Änderung darin anbringe. Als ich Berlin verließ, verloren wir uns aus den Augen, trafen uns aber wieder. Jahre später, als ich mit ihm in dem Dampfer saß, der an der Insel Mainau anlegt, fragte ich ihn: »Wenn Sie gewußt hätten, daß Sie Papst werden würden, wären Sie dann in der Kirche geblieben?«

»Nein«, antwortete er, »ich bin ja Papst und brauche keiner zu werden.« Es war keine Gewissensfrage, die ich ihm stellte, sondern eine theoretische. Er war kein Katholik und kein Italiener, konnte daher nicht Papst werden. Seine Antwort aber ergötzte mich.

Als ich ihn in der Friedrichstraße besuchte, nahm ich, ohne etwas davon zu wissen, an den Anfängen seiner Gemeindebildung teil. Dort hörte ich lange Gespräche über die Erbsünde, den unfreien Willen und andere Dinge; ich entsinne mich eines solchen Gesprächs, das geschlagene fünf Stunden dauerte. Bei solchen Zusammenkünften ging es ungezwungen zu; es wurde geraucht, die Redefreiheit war unbeschränkt, und der Witz fehlte nicht. Von den Gesprächen habe ich wenig behalten, kann deshalb wenig darüber sagen und will nur das folgende bemerken.

Wer davon ausgeht, daß die göttliche Offenbarung nicht für alle Zeiten, Völker und Menschen verbindlich ist, der findet eine Stütze, wenn er dem deus revelatus, der in der Offenbarung spricht, einen deus absconditus entgegenstellt, einen Gott, der verborgen, weiter und umfassender ist als seine Offenbarung, der sie also verändern, erweitern und auch aufheben kann. Auf diese Lehre, die den Juden, Christen und Mohammedaner betrübt und ihm ein Greuel ist, will ich mich nicht einlassen. Doch leuchtet ein, daß dort, wo die christliche Offenbarung fallengelassen wird, wo Christus nicht mehr als Gott, Sohn, Mittler und Erlöser anerkannt wird, wo die Trinität verschwindet, Gott immer noch bleibt, denn es bleibt ja der Vater, dem der Mensch jetzt allein gegenübersteht. Freilich hat sich dieser Gott verändert und ist nicht mehr der Gott des alten und neuen Bundes. Arianismus und Pelagianismus scheinen in ihrer schärfsten Form wiederzukehren, ja eine solche Lehre könnte jüdisch oder islamisch anmuten, wenn nicht wiederum alle Schriftoffenbarung und das Prophetenamt weggefallen wären. Einer festgesetzten, in kanonischen Büchern überlieferten Offenbarung bedarf es dort nicht mehr, wo die Welt selbst als die nie endende Offenbarung Gottes aufgefaßt wird, und auch keines Propheten. Helmer war es ernst mit seiner Sache, und nicht in diesem Ernst steckte der Widerspruch für mich. Als Protestant spürte er die heikle Lage des Protestantismus, der keine verpflichtende Theologie mehr zu haben schien; sie hatte sich in der scharfsinnigen Kritik der protestantischen Theologen selbst aufgelöst und zersetzt. Genauer gesprochen: die Textkritik war der Beleg dafür, daß in der Theologie, die sich in Historie und historische Hilfswissenschaften auflöste, kein Ernst mehr war. Helmer spürte eine Notlage, der er abhelfen wollte, zunächst bei sich, dann bei anderen. Was er beabsichtigte, lag mir fern; in mir war kein Zug zur Gemeinde und Gemeindebildung hin. In mir war wenig Glaube, aber hinreichend Vertrauen.

In Dingen des Glaubens ist Zwang von Übel und wird doch immer geübt werden. Cuius regio eius religio ist ein Satz, der immer gilt, in Christenlehren wie in marxistischen Generallinien. Hier und dort ist der Glaube ein Fürwahrhalten und läuft auf Gehorsam gegen die Autoritäten hinaus. Auch der alleinseligmachende evangelische Glaube, die fides salvifica, ist ohne Gehorsam nicht denkbar. Damals vernahm ich zuerst, daß das Christentum keine Religion sei, weil ihm gerade die religio fehle. Religio wurde dabei als Rückbindung aufgefaßt. Im Heidentum, so hieß es, ist eine Rückbindung, nicht aber im Christentum, denn den Christen kennzeichnet, daß er ohne Halt aushalten muß, ohne Gewißheit einer Belohnung, Rettung und Seligwerdung. Wäre ihm dieses alles sicher, so läge gar kein Verdienst in Glauben und Werken. Vielleicht sind solche Überlegungen nicht mehr als Grillenfängerei witziger Köpfe, deren Glaube weder Berge noch Hügel zu versetzen vermag.

Hier entsinne ich mich eines Kierkegaardianers, den ich streifte. Er hatte seinen Meister gründlich gelesen, aber mit einer Brille, die den Text von vornherein siebte und jene Stellen hervorhob, welche die bedenkliche Existenz des Einzelnen in der Zeit betrafen. Da trat die Welt als ein Sumpf in den Vordergrund, der Mensch als ein Sumpfbewohner, der nur mit Begriffen der Angst aus seinem Zwischenreich getrieben werden konnte, mit elektrischen Schlägen, die denen gleichen, welche der Zitterrochen austeilt. Daß alles im argen liege, alles bis in die Wurzeln verfault und korrumpiert sei, war das Grundgefühl dabei und wunderbar nur, daß der Träger dieses Grundgefühls von der allgemeinen Verderbnis verschont geblieben war. Den Maximalisten kennzeichnet, daß er sich von seinen schwarzen Feststellungen ausschließt.

Was von den Schriften Kierkegaards im Buchhandel auslag, las ich. Auch wirkten sie auf mich ein. Nicht seine Auffassung vom Christentum als scandalum, nicht seine Lehre vom Abgrund und Sprung und auch nicht seine Paradoxa erweckten meinen Widerspruch, sondern die Dialektik seines Denkens, sein Entweder-Oder, durch das er den Leser in seine eigene verzwickte und tiefgründige Zwangslage hineinzumanövrieren versucht. Das willig hinzunehmen, mich einer dialektischen Zwickmühle preiszugeben, war ich nicht gesonnen; die Welt ist keine Zwickmühle, so viele der Mensch sich immer ersinnen und in ihr aufstellen mag. Ist das die Lage, in der du dich befindest? fragte ich mich. Nein, in Kategorien läßt sich denken, nicht aber leben. Tust du es, dann kommst du zu Isolierungen, toten Begriffen, Schraubwerken, mechanischen Nachahmungen. So kann niemand leben. Ich darf nichts herausziehen, nichts isolieren. Ein Arm, der abgeschnitten ist, bewegt sich nicht mehr.

Merkwürdig war mir bei Kierkegaard, daß sich mit dem Ernst seiner Fragestellung die Ironie verband, die doch eine Form ist, durch die wir Entscheidungen ausweichen. Auch Helmers Ironie, seine Neigung zum ironischen Paradoxon verwunderte mich. Kann ein gläubiger Mensch ironisch sein? Ja, dort wohl, wo er nicht glaubt. Helmers Gewißheit war mir damals merkwürdig, war ein Phänomen für mich. Ich war nicht gewiß und wollte diese Gewißheit nicht, weil ich mit ihr nicht weiterkam. In mir war ein Spielraum, den ich durch Schlüsse, Definitionen, Argumente, Beweisführungen nicht eingeengt wissen wollte, obwohl ich den Nutzen dieses ganzen Arsenals begriff. Die lidlose Wachheit Helmers, die schattenleere Helle seines Argumentierens verwunderte mich. »Ich bin auch im Schlaf wach«, sagte er mir.

Nachts saß ich einmal mit Tibor und ihm in einer der wunderlichen Wirtschaften der Altstadt, in denen wir unsere Gespräche beendeten. Je größer eine Stadt ist, desto mehr Nachtvögel gibt es in ihr. Zu Berlin gehörten diese überwachen und überwachten Stunden, in denen der Morgen schon heraufdämmerte, gehörte das Zusammensitzen in rauchigen Räumen und das Nachmitternachtsgespräch. Unserem Tische näherte sich ein kleiner, schmächtiger, schäbig gekleideter Jude, der sich erbot, aus Hand, Gesicht und Schrift zu lesen. Ein unverkennbarer Aschkenase mit klugen Augen und dem Zug des Leidens, der an jedem rechtschaffenen Juden spürbar ist; geht er verloren, so weckt der Verlust Bedenken. Seine Fähigkeit wurde angezweifelt, bevor er eine Probe von ihr gegeben hatte. Der kleine Jude erzürnte sich darüber und machte sich anheischig, uns einen untrüglichen Beweis seiner Kraft zu geben. Er nahm einen Stuhl, setzte sich darauf, brachte ihn in die Kippe, so daß er auf zwei Beinen stand, und blieb stumm und regungslos auf ihm sitzen. »Das«, sagte er, »wird mir keiner von Ihnen nachmachen.« Offenbar wollte er uns kein äquilibristisches Kunststück zeigen, an dem ihm wenig lag; das Kunststück sollte der Beleg für die Ruhe, Selbstbeherrschung und Konzentration sein, deren er fähig war. Wir gestanden ihm das zu, er bat Tibor, ihm einige Zeilen aufzuschreiben, und betrachtete zunächst die Schriftzeichen, dann Gesicht und Hände.

»Sie haben«, sagte er, »eine Begabung für die Polizei und könnten es darin weit bringen.« Helmer, von dieser Bemerkung überrascht, die einen Menschen betraf, der ihm sehr fremd war, lächelte vergnügt, der Jude aber fuhr in seiner Deutung fort und beendete sie mit den Worten: »Dort, wo Sie Herr über andere sind, sind Sie streng und kleinlich. Leute, die von Ihnen abhängen, haben es nicht gut. Sie werden kein gutes Alter haben.«

Die Prognose war bedenklich und gab uns zu denken. Er sagte dann Helmer und mir, daß wir Rechtswissenschaft studiert hätten, fügte auch manches hinzu, was ich vergessen habe. Mit seinen traurigen Augen sah er mich so an, als sehe er nicht mich, sondern irgendwelche Zeichen, und murmelte zuletzt: »Sie sind ein sinnlicher Mensch; in ihnen schlummert eine Kunst.«

Tibor war nicht eben zufrieden mit dem, was er gehört hatte, und zweifelte die Sprüche an, weil sie bezahlt wurden. Helmer ließ das nicht gelten. »Geistliche, Anwälte und Ärzte werden auch bezahlt. Er weiß etwas, und die Frage ist, woher er es hat, ob es angeboren oder erworben ist.«

»Es ist nicht nur eigenes Wissen«, sagte ich.

»Nicht erlernt, sondern überliefert, wie Thora, Talmud und Kabbala überliefert sind. Es ist nicht sein Wissen, sondern das einer Gemeinschaft.«

»Er macht einen schlechten Gebrauch davon. Welches Recht hat er, das alles zu sagen, es uns zu sagen?«

Ich erinnere mich, daß ich den gleichen Weg hatte wie Helmer und in der Morgendämmerung, in der das schlafende Laub erwacht, mit ihm durch die Straßen ging, seinem monophysitischen Gespräch lauschend. Er kam auf das Alter der Menschen zu sprechen und behauptete, daß zwischen den Menschen eines Zeitalters, zwischen Gleichaltrigen ungeheure Altersunterschiede lägen, Zeiträume wie zwischen Kambrium, Silur und Devon.

»Woran erkennen Sie das?« fragte ich.

»An allem, an den Strukturen. Es stellt sich im Umgang heraus.«

»Wie alt ist dann Tibor?«

»Älter, viel älter als wir alle. Uralt, ein Saurier.«

Helmer mochte Tibor als einen Saurier kennzeichnen, weil sein Zeit- und Raumbegriff ihm fremd vorkam, so fremd, daß er sich durch Schichten von geologischer Mächtigkeit von ihm getrennt fühlte. Indessen war er keineswegs ein Fossil und hatte seine eigene, eigentümliche Wachheit und Lebendigkeit. So wie er damals in Berlin lebte, in enger Berührung mit der Stadt und zugleich entfernt von ihrer Arbeitswelt, mit der ihn nichts verband, lebten wenige. Berlin, das genaue Studium der Stadt brachte in Ernst jene Folge von Gedanken hervor, die sich in seinem Buche »Der Arbeiter« findet. Er erkannte den Arbeitscharakter der Stadt und ihrer Menschen; er suchte den Arbeiter als Gestalt und Typus zu fassen und zu beschreiben. Tibor war wohl der Mensch, der sich von dieser Gestalt, diesem Typus am weitesten entfernte, der in Berlin so lebte wie ein östlicher Chan, der von seinen reichen Hilfsmitteln abgeschnitten und in eine westliche Großstadt verschlagen wurde. Er rührte, auch wenn die Zahlungen aus der Fremde sich verzögerten, keinen Finger. Beschäftigt mit einer weitverzweigten Lektüre, die ganz seinem Genusse diente, und den ebenso genußreichen Auszügen, die er bei ihr machte, blieb er auf seinem Zimmer. Verließ er die Wohnung, dann begann er seine langen Streifzüge durch die Stadt. Diesen einsamen Tibor, der die nächtliche Stadt unermüdlich durchwanderte, sehe ich manchmal vor mir. Träume, die er mit logischen Mitteln ausspann und verfeinerte, beschäftigten ihn. Mir schien er ein durchaus entschlossener Mensch zu sein, einer der entschlossensten, die ich in Untätigkeit verharren und wohl auch warten sah. Aus seiner Höflichkeit und seinen Träumen ließ sich schließen, daß er despotische Neigungen hatte. Folgender Zug, den er mir selbst berichtete, gab mir zu denken. Abends, wenn er im Bette lag und las, griff er wohl zu einer kleinen Feile, wie sie für die Fingernägel gebraucht werden, und setzte sie an seine ganz gesunden, schönen Zähne an. Die Lust daran überwog den Schmerz, und er arbeitete unablässig an dem Zahn, bis er ihn gelockert und zum Wanken gebracht hatte. Er hatte eine seltsame Beziehung zum Schmerz, die sich mit inquisitorischer Beobachtung verband.

Einer seiner Lieblingsträume war, sich unsichtbar zu machen. Über den Ring des Gyges haben viele nachgedacht, doch fehlt den meisten dabei Geduld und Einbildungskraft. Solche Träume laufen stets auf das gleiche hinaus, auf die Möglichkeit schneller Bereicherung, auf das Einschleichen bei Frauen und auf Rache. Die Wendung, welche das Denken nimmt, zeigt den Bereich, in den die Träumer wandern. Sie grübeln darüber nach, was sie tun würden, aber sie wenden keinen Gedanken an die Rückwirkungen ihres Tuns und merken nicht, daß sie sich schon in einer stärkeren Hand befinden, in einem Bezirk, der ihre Kräfte übersteigt.

Tibor hatte über den Ring des Gyges gründlich nachgedacht. Wenn wir zusammen durch die Stadt gingen, sprach er darüber. Er unterschied die Zeit des unbedenklichen Experimentierens mit dem Ring von der nachfolgenden, in welcher gesetzmäßige Schwierigkeiten auftreten, denen der Ringbesitzer zuletzt nicht mehr gewachsen ist. Daß die Wünsche, die dem Unsichtbaren erfüllt wurden, zugleich die

Mittel waren, die ihn zugrunde richteten, war für Tibor so gewiß wie die Tatsache, daß Wasser eine schiefe Ebene hinabläuft. Sein Wunsch, den Ring zu besitzen, wurde dadurch nicht abgeschwächt. Ein Gespräch, das wir darüber auf einer Bank in einem Park hatten, fesselte mich sehr.

Wir gingen dabei von einem chinesischen Sprichwort aus, das etwa sagt: ein Mensch, dem alle Wünsche erfüllt werden, wird von Tag zu Tag schwächer. Dieses Sprichwort leuchtet unmittelbar ein.

»Der Machtbereich des Ringes«, sagte ich zu Tibor, »ist sehr groß. Je größer er aber gedacht wird, desto mehr muß sich die Freiheit des Besitzers vermindern.«

»Sie würde also gleich Null werden, wenn wir uns diese Macht als unendliche denken.«

»Ja, doch ist sie nicht unendlich. Unendliche Macht kann nur schaffend und hervorbringend gedacht werden; der Ring aber bleibt ein Werkzeug und Mittel. Und der Mensch, der sich des Rings bedient, ist ein endliches Wesen. Auch kann die Macht, die der Ring einräumt, nicht als einseitige Verfügung gedacht werden; das widerspricht schon den Hebelgesetzen. Sie bemächtigt sich dessen, der über sie verfügt. Die Frage ist, welcher Mensch der Macht, die der Ring verleiht, gewachsen ist.«

»Darauf gibt es eine Antwort. Je mehr Intelligenz der Unsichtbare besitzt, desto größer ist seine Fähigkeit, von dem Ring Gebrauch zu machen.«

»Ja, aber desto schneller wird er seine Lage verstehen und erkennen, daß er allein ist. Er wird zum Alleinsein gezwungen, da er sich von niemandem mehr sehen, hören und betasten lassen darf. Er wird zu der Überzeugung kommen, daß er ein Ausgestoßener und Verbrecher ist.«

»Warum ein Verbrecher?«

»Weil er dazu gestempelt wird. In dem Augenblick, in

dem die Menschen erfahren, daß sich ein Unsichtbarer unter ihnen befindet, muß sich ein Bündnis der Sichtbaren bilden. Ihm ist der Unsichtbare nicht gewachsen, weil er auf Gemeinschaft nicht verzichten kann. Könnte er es, dann bedürfte er des Ringes nicht.«

»Gewiß, aber warum soll ein Mensch, der nach Macht strebt, die Ziele dieser Macht aber unsichtbar hält und verbirgt, ein Verbrecher sein?«

»Er wird ohne Verbrechen um so weniger auskommen, je weiter er seine Ziele steckt. Und da Sie wohl an politische Macht denken – zwischen Politik und Verbrechen ist die Grenze dünn.«

»Was folgern Sie daraus?«

»Vielleicht wäre es besser, den Ring ins Wasser zu werfen.«

»Es gibt kein Wasser«, sagte er lächelnd, »das tief genug dafür ist.«

Solche Unterhaltungen gingen wohl über Scherz und Belustigung hinaus, denn wenn sie auch imaginäre Verhältnisse betrafen, so bleibt doch der Ring das Abbild des Willens, welcher despotisch wird.

Luise wohnte weit draußen im Westen der Stadt, in einer Gegend, in der zwischen dem Gartenland Blöcke von neuen Häusern standen und Bauplätze lagen. Die Stadt dehnte sich aus und setzte steinerne Jahresringe, Gürtel von Vorstädten an. Der Ort hatte etwas Unfertiges, am Rande Gelegenes. Gepflasterte und asphaltierte Straßen schnitten sich mit Feld- und Heckenwegen, und Schuppen, Holzhütten und Baumaterialien häuften sich im Grünen. Holunder überwucherte die Zäune und entfaltete im Juni seine weißen Tellerblüten, deren Duft in die Straßen hineinzog. Hier regte sich das Unheimliche solcher Grenzen und Grenzbezirke, in denen altes Leben untergeht und neues einzieht, so daß ein Übergang und Zwischenreich entsteht, welches Träume und Schatten begünstigt. Die neuen Bauten hatten etwas Kahles, Unvertrautes und Fremdes; sie standen als große, viereckige, abends leuchtende Kästen zusammenhanglos in der Landschaft. Als steinerne Schachteln waren sie in Felder und Wiesen hineingestellt, keine Häuser, sondern Stücke von Straßen, deren fensterlose Seitenmauern auf die Anschlußbauten warteten. Für mich hatte die Gegend etwas Anziehendes, das wohl aus ihrer Unfertigkeit kam; ich wanderte lange und gern in ihr umher. Zigeuner, denen sie auch behagen mochte, hatten sich hier niedergelassen; ihre Wagen sah ich an den Zäunen stehen, ihre großen Hunde manchmal durch die Nacht streifen.

In einem der nagelneuen Häuserblöcke dort wohnte Luise. Noch war er von einigem Grünland umgeben, doch auch von Bretterzäunen, Gerüsten und Kalkgruben. Wenn ich Luise in der Stadt traf, brachte ich sie hinaus und ging dann den weiten Weg zurück, wobei ich an einer Moschee vorbeikam, die in klaren Wintermondnächten, wenn ihre Kuppel hell im Lichte glänzte, mir wunderlich vorkam. Sie war ein Richtzeichen für mich, das mir aus dem Gewirr von Baustellen und Verbindungswegen herausfinden half. Schwer fiel mir, sie für ein wahrhaftes islamisches Gotteshaus zu halten, da sie mir wie eine jener Attrappen und Schaugerüste vorkam, die für Weltausstellungen oder Völkerschauen gebaut werden. Der Weg, der zwischen ihr und dem zu ihr gehörigen Paradies lag, schien mir sehr weit zu sein, so weit, daß ein Zweifel in mir aufstieg, ob das Ziel mit seinen Quellen, Fruchtgärten und schönen Huris von einem so nördlichen Punkte aus je erreicht werden könnte. Ich las damals gern im Koran und strich mir die Stelle in der siebenunddreißigsten Sure an, in der es heißt: »Die aufrichtigen Diener Gottes aber sollen im Paradiese bestimmte Versorgung und herrliche Früchte erhalten und hochgeehrt sein. Ein Becher, gefüllt aus einem klaren Quell, wird die Runde unter ihnen machen, zur Erquickung der Trinkenden. Nichts, was den Geist verwirren oder trunken machen kann, wird er enthalten. Neben ihnen werden sein Jungfrauen mit keuschen Blicken und großen, schwarzen Augen, so da gleichen verdeckten Eiern des Straußes.« Mich ergötzte diese Stelle und beschäftigte die Moschee, von deren Minarett ich nie einen Muezzin rufen hörte. So scherzte ich mit Luise darüber, daß das Morgenland zwischen uns liege, daß ich Euphrat und Tigris überqueren müsse, um zu ihr vorzudringen, und daß auch sie, um meine Pilgerfahrten zu begünstigen, fleißig im Koran lesen müsse.

Ich sah, wie sie sich in Berlin einrichtete; darin lag eine Sicherheit, die sich mühelos zurechtfand und etwas Unverletztes hatte. Für sie gab es überall einen festen Platz, der sie erwartete, oder besser noch, wo sie war, nahm ihre Umgebung etwas häuslich Festes und Wohnliches an. Mir mußte das auffallen, weil mein Hausen und Wohnen in der Stadt nichts Häusliches und Wohnliches hatte und haben konnte; ich kümmerte mich darum nicht. Jetzt, nach dem Tode ihrer Eltern, sah sie, daß sie ganz auf sich gestellt war, doch blieb in ihrem Wesen etwas Geschütztes, Behütetes, das ich mit ihrer Kindheit und Erziehung zusammenbrachte. Auch lag es darin, daß sie ihre Grenzen genau kannte und bei bescheidenen Ansprüchen den festen Willen zeigte, sie weder zu überschreiten noch hinter sie den kleinsten Schritt zurückzugehen. Sie war nicht nur tätig, in ihrer Tätigkeit lag – für solche Wahrnehmungen bekam ich erst jetzt ein Auge – eine ruhende Kraft, die alle Unruhe überdauerte. Ihr Verstand war klar, nüchtern und allem Verworrenen abgeneigt. Ich fand sie jetzt immer heiter, zu Scherzen und Neckereien aufgelegt. Auch nahm ich wahr, daß sie aufblühte. Ihre Blässe verlor sich, ihre Haut nahm einen rosigen Ton an, ihre Augen gewannen an Glanz, und ihre Bewegungen wurden leichter.

Unser Verhältnis war noch immer ein freundschaftliches; genauer gesprochen, der Anschein bestand, daß es noch immer freundschaftlich war. Das gab ihm etwas Mittelbares und Zartes, denn um den Anschein aufrechtzuerhalten, mußte manches verschwiegen werden, und im Schweigen lag schon etwas Mühsames. Wenn der Glasbläser ein besonders dünnwandiges Glas zu blasen versucht, zerbricht es ihm manchmal durch eine leise Berührung in der Hand. So spürte ich, daß unsere Gespräche jetzt den Punkt erreichten, an dem die Zwischenwand am Zerbrechen war. Die Erinnerung plagte mich immer noch; ich konnte Buri nicht vergessen, und eine Scheu, die damit zusammenhing, hielt mich zurück. Ich sagte Luise nie etwas darüber, aber sie empfand, erriet und verschwieg alles. Mir wurde das an Bemerkungen deutlich, die sie absichtslos und fast zusammenhanglos fallen ließ, und ich erstaunte über den weiblichen Scharfsinn, der sich darin zu erkennen gab und an Hellseherei grenzte. Daß in ihr etwas Sichtiges war, sah ich schon an den Träumen, die sie mir erzählte und die mich verwunderten, weil sie irdisch nüchtern und zuverlässig war. Doch geht beides ohne Widerspruch zusammen, ja die Erfahrung lehrt, daß eben die Nüchternheit solche Aussagen vertrauenswürdig macht. Wenn wir jetzt miteinander sprachen, schien das Gesprochene oft nur ein Vorwand zu sein und bekam etwas Künstliches, denn die wortlose Empfindung begann den Worten Sinn und Kraft zu entziehen. Behutsamkeit lag darin, aber sie mußte ein Ende nehmen.

Wir fuhren in den Grunewald hinaus. Ein Waldrevier in so

unmittelbarer Nähe der riesigen Stadt schien mir zunächst wenig Anziehendes zu haben, und nahe liegt, daß die unzähligen Menschen, die den Wald besuchen, ihn auch vernutzen und ihm jede Heimlichkeit nehmen. Wenig anziehend sind vielleicht die bloßen Kiefernreviere, die ohne Unterholz dastehen und etwas Kahles haben. Von der Schönheit der Kiefer, die der alleinstehende Baum zeigt, ist in solchen Stangenrevieren kaum etwas zu entdecken. Wenige aber kennen den Grunewald wirklich. In ihn eingestreut sind Eichen, Birken und Ebereschen, hin und wieder auch Buchen, so daß er hier und da wie ein Laubwald wirkt. Dann sind Traubenkirschen da, die fast undurchdringliche Dickungen bilden, Sträucher meist, aber auch baumförmig. Sehr anmutig sind die Büsche, wenn sie im Mai blühen und ihre weißen, stark duftenden Blütentrauben entfalten. Später nehmen sich auch die schwarzen, glänzenden Beeren gut aus. In den Kiefernschonungen wuchern vor allem Himbeeren und Brombeeren, durchwachsen von Heckenrosen, so dicht, daß nur Füchse und Kaninchen durchschlüpfen können. Im Walde sind Seen und Moore, sind heimliche Orte, die kaum jemand aufsucht. Er hat durch den Wechsel von Laub und Wasser, Höhen und Tälern eine große Mannigfaltigkeit, birgt seltene Tiere und Pflanzen. Seine heimlichen Stellen und Gründe hatten einen großen Reiz für mich. Daß sie so nahe der Stadt lagen und schnell und leicht zu erreichen waren, minderte diesen Reiz nicht, erhöhte ihn vielmehr.

Ich entsinne mich dieser Zeit deutlich, so eines Pfingsttages, den wir zusammen im Walde verbrachten. Wir saßen im Gebüsch, nahe einer alten Kiefer, in deren Stamm die Brut eines Buntspechtes zwitscherte. Ich sah den Vögeln zu, die den Baum beflogen, einschlüpften und ihre Jungen fütterten, und sie erzählte mir von ihrem Elternhaus, ihren Verwandten und ihren Reisen. Indem ich ihr zuhörte, spürte ich wieder, daß ein Gefühl der Vereinsamung in ihr war. Zugleich schien mir ihr Sprechen ein Vorwand zu sein. Sie möchte dir, dachte ich, etwas anderes sagen, möchte nichts mehr zu sagen brauchen. Abends gingen wir am See entlang in die Stadt zurück und saßen in einer Gartenwirtschaft, in der bunte Lampions aufgehängt waren. Ich fragte sie, ob sie Lust zum Tanzen hätte, doch sie schüttelte den Kopf. Sie war müde, schloß die Augen und lächelte mit geschlossenen Augen, als ob sie sagen wollte: »Ich bin nicht blind, ich sehe und spüre auch mit geschlossenen Augen alles.«

An einem warmen Abend, noch in der Zeit unserer »Freundschaft«, kamen wir von einer langen Wanderung zurück und an einem Tennisplatz vorbei, der verlassen inmitten von Waldrasenflächen lag. Der rote Sand des Platzes leuchtete stark in der untergehenden Sonne. Alles Rote leuchtet in dieser Zeit noch einmal auf, und mir war dabei immer, als ob es Abschied vom Tage nehme. Als sie da neben mir ging, frisch und doch träumerisch, abwesend und ganz nah, überkam mich der Wunsch, sie an mich zu ziehen und zu umarmen, mit solcher Stärke, daß ich ihm kaum widerstand. Ich fühlte, daß, wenn ich ihm nachgab, ich sie auch auf der Stelle besitzen mußte, daß sie auf der Stelle mein sein mußte. In mir war die Überzeugung, daß sie diesen Wunsch teilte, ja daß er von ihr ausging, daß ihr keine Regung von dem verborgen blieb, was ich dachte und fühlte. Ein Zauber lag in dieser Gleichzeitigkeit. Wir sprachen dabei von ganz anderen Dingen, und unser Gespräch hatte etwas Zusammenhangloses und Zerstreutes. Ich gab ihr fast unbewußt einige Antworten, ich suchte nach einem Platz, an dem ich mich ihrer bemächtigen konnte, doch wurde der Bann gebrochen durch Menschen, die sich in der Nähe zeigten. Welches Versäumnis, sage ich mir, liegt doch darin, daß du sie später nie fragtest, wie ihr an diesem Abend, an dieser Stelle zumute war. Warum beraubtest du dich der Freude, von ihr selbst Gewißheit zu erhalten. Das war einer der Augenblicke, die ich nie vergaß, nicht vergessen konnte, die wiederkehren mit der Wärme des Abends, dem Grün des Rasens und dem Anblick weißer Kleider, wie sie eines trug. Sie kehren nicht wieder, damit wir sie nutzen, sondern wegen des feinen Schmerzes, der wie ein Haken und Stachel zurückbleibt. Der Augenblick des Glückes, einmal versäumt, ist dahin, vielleicht aber kommt ein anderer und neuer, der das Versäumte mildert. Daß er nicht ausgeschöpft wurde, macht, daß wir uns seiner erinnern. Zärtlichkeit war in ihr, der Durst eines Wesens, das noch nicht getrunken hatte.

Der zweite Winter, den ich in Berlin verbrachte, war kalt, doch spürte ich von dem schneidenden Frost wenig. Luise trug ihren dicken Fuchspelz, in den sie so vermummt war, daß sie mit ganz kleinem Gesicht aus ihm hervorlugte. Ich entsinne mich dieses Mantels, den ich ihr anzog und auszog, weil er gewichtig war und sie mir zierlicher vorkam, wenn sie ihn ablegte. Sie trug ihn auch an dem Abend, an dem wir in der Stadt in einer Weinstube waren; wir saßen uns gegenüber, das Licht erlosch, und im Dunkel neigten wir uns gegeneinander. Die Bewegung war genau, war gleichzeitig und hatte etwas Rhythmisches. Ich brachte sie in der eiskalten Nacht nach Hause. Vielleicht war ich beim Abschied zu kühn; sie stieß mich plötzlich heftig zurück, und ich war nicht betroffen darüber. Die Nacht war so kalt, daß ich nicht zurückging, sondern lief, in Sprüngen, wobei mir immer gegenwärtig war, wie sie mich mit der Hand gegen die Brust gestoßen hatte. Der Mond schien, und die Moschee leuchtete in seinem Licht silbern auf.

An einem Frühlingsabend, an dem sie mir nachdenklich

zu sein schien, sagte sie zu mir: »Manchmal denke ich, daß du mich nur liebst, weil ich ein Mädchen bin. Ich liebe dich, weil du es bist.« Keines ihrer Worte hat mich mehr beschäftigt als dieses; es ging mir immer wieder durch den Kopf, und ich sann schon darüber nach, als ich, an der Moschee vorbei, nach Hause ging. Ich konnte mir nicht denken, daß ein Mann ein solches Wort gesagt hätte; es schien mir ganz weiblich zu sein und etwas Seelenhaftes zu haben. Ein solches Wort, dachte ich, kann nur jemand sagen, der an Unsterblichkeit glaubt. Das ist eine Unsterblichkeit, die ein Mädchen sich denkt, die mit der Liebe zusammenhängt und durch den Mann begründet wird. Wie hätte sie sonst einen solchen Unterschied fassen können? Ich begriff auch, daß das ein christliches Wort war. Wollte sie damit sagen, daß der Zufall an meiner Neigung für sie einen Anteil hatte, daß eine andere den Platz hätte einnehmen können, an dem sie stand? Vielleicht. Gewiß aber wollte sie sagen, daß ein Mann, der ein Mädchen liebt, weil es ein Mädchen ist, nur das Geschlecht liebt. Sollte er es nicht lieben? Ja, aber nur in der einen, einzigen, die der Schlüssel dazu für ihn ist. Woran liegt es aber, daß ihr Wort etwas Zauberhaftes für mich hatte, daß ich immer nur mit Wehmut daran zurückdenken kann?

Oft schon hatte ich jene Arie der »Zauberflöte«: »Und ewig, ewig wäre sie dann mein« gehört. Eines Tages aber, als ich sie im Hause meiner Eltern hörte, erschütterte sie mich, und von da an kehrte sie wieder, so wie Glockenschläge wiederkehren, und rief eine eigene Empfindung, ein eigenes Nachdenken hervor. In ihr ist ein Verlangen, eine Sehnsucht, die nach Erfüllung strebt, und dieser Sehnsucht wegen wird sie gesungen. Der Liebende kann sie nicht abwandeln, kann nicht singen: »Und ewig, ewig ist sie mein«, kann das eben dann nicht, wenn er die Gewißheit und Sicherheit des Besitzes hat, wenn dessen Dauer ihm unverbrüchlich scheint. Diese Sicherheit kann nicht Gesang werden; sie kann nur schweigen. Der Zauber der Arie geht aus der Tiefe des Wunsches hervor; ihr Wohllaut ist dem Schmerz abgewonnen, der aus der Trennung kommt und die Trennung aufheben möchte. Je süßer aber die Stimme sich erhebt, desto entschiedener ist das Nein, das ihr antwortet. Wir träumen davon, einen Menschen zu finden, der ganz eins mit uns ist. Weder erfüllt sich der Traum, noch wird er vergebens geträumt; wer ihn nicht träumt, hat von der Liebe nie etwas erfahren.

An Luise sah ich, daß sie reiner in der Gegenwart zu leben vermochte als ich. Hell und wach, wie sie war, gefiel sie mir. Und mir gefiel, daß dieses alles, daß ihre weibliche Vernunft und Tätigkeit sich ganz in den Traum zurückzuziehen vermochte. Beides war da, Wachen und Traum. Ihre hellen Augen, ihr helles Gesicht veränderten sich; sie schien abwesend, schien weit fort zu sein. Dann tauchte sie aus dieser Abwesenheit wieder auf und war da. Auf den Bildern, die sie mir gab, fand ich den Übergang nicht; die Photographie, die alle Bewegungen fixiert, erreichte ihn nicht. Ich ließ einmal, als wir in den »Zelten« waren, ihren Schattenriß für mich schneiden; auch das gelang nicht. Wir gingen dort Arm in Arm an der Spree entlang; sie war fröhlich und gesprächig. Wenn wir in einem anderen leben, sehen wir in einen Spiegel, der uns zeigt, was wir allein nie wahrnehmen. Was wir anderen sind, können wir nur an anderen erkennen. Jedem geschieht das, daß er sich selbst so entgegenkommt, im Bilde, fremd zunächst und unvertraut und doch ganz eigen, so daß er sich nicht ohne Erstaunen fragt: bin ich das wirklich? So sah ich mich in ihr.

Eine gute Zeit war das für uns. In sie hinein fällt der Pfingstsonntag, an dem ich mit ihr nach Potsdam fuhr, ein warmer, blauer, windstiller Maitag. Das Glockenspiel der Garnisonkirche klang in der Stadt, die großen Tulpenbeete von Sanssouci blühten, wir gingen durch den Park, und ich fragte sie: »Gefällt es dir hier? Bist du gern hier?«

»Wozu fragst du mich das?« sagte sie lächelnd. »Du weißt doch, daß ich eine gute Preußin bin.«

In der Wald- und Wasserlandschaft dort war mir immer wohl zumute. In ihr schien mir etwas Verborgenes zu sein, das sich mir nahte und doch verborgen blieb, etwas Uraltes und zugleich Neues. Nicht nur die Geister von Wald und Wasser regten sich und ihre kleineren Verwandten, die des Baums, des Gebüschs und der Hecke; zu ihnen gesellten sich die festeren Gestalten von Ahnen und hielten Zwiesprache mit ihnen. Nichts war dort stumm für mich. Wir fuhren mit dem Dampfer nach Ferch, aßen am See zu Mittag, wanderten durch den Wald und rasteten in einer Kiefernschonung. Die Pirole flöteten um uns her, jagten einander in den hohen Eichen am Rande der Schonung und verschwanden wieder im Laub. Sie lag in ihrem hellen, leichten Kleide auf dem Rasen und hatte die Hände unter dem Kopf verschränkt. Wir verweilten lange dort, gingen nach Lienewitz und dann, nachdem wir den ganzen Tag in den Wäldern und an den Seen umhergestreift waren, noch einmal in den Park von Sanssouci, hinter dem Schlosse vorbei nach der Mühle und Orangerie. Der Mond stand weiß über den alten Eichen, die Nebel fielen, und die marmornen Najaden nahmen in dem dunstigen, silbernen Licht ein eigentümliches Leben an. An diesem Tage traf vieles zusammen; es war, als ob sich ein Füllhorn gegen uns neigte. In ihr war ein Feuer, das mich entzückte. Auch kann ich den Tag nicht vergessen, weil er mir eine Empfindung nahm, die von jeher wiederkam, mich manchmal auch ängstigte, aber nicht leicht in Worte zu fassen ist. Alles delirio amoroso mündet dort ein, wo die pure

Verschwendung beginnt. Es genügt nicht, daß ich verschwende, ich muß auch spüren, daß in mir etwas verschwendet wird. »Sie vergeudet nichts in dir, und gerade das, du närrischer Mensch, quält dich.« Dieser Satz, den ich in meinen Aufzeichnungen finde, trifft das, was ich sagen möchte.

Ihr Glück war an den Besitz geknüpft, an den ausschließlichen, der alle Sorge einschließt. Ohne Sorge konnte sie sich das Glück nicht denken, und erst sie gab ihr die volle Gewähr des Besitzes und seiner Dauer. Die Lust hatte für sie erst Tiefe, wenn alles zusammen da war. Deshalb empfand sie ihr Mädchentum als etwas Unvollkommenes, als einen Puppenstand, dem sie entschlüpfte, und ihre gesamte Tätigkeit war die Vorbereitung dazu. Ihre Neigungen waren häuslich; in einem Geschäft, Laden oder Büro war sie nicht zu denken. Sie war nicht ängstlich, aber sie prüfte ihre Pflichten gegen andere auf genaue Weise.

Den Westrand der Stadt verließ sie jetzt, und seitdem sie dort nicht mehr war, kam ich nicht mehr in die Gegend und sah die Lattenverschläge, die Holunderzäune, die Baukästen und die Moschee nicht wieder. Jetzt war sie Gesellschafterin bei einer älteren Frau und führte deren wohleingerichteten Haushalt, der in einer der Nebenstraßen am Ende des Kurfürstendamms lag. Das war ein anderes Viertel und ein anderer Bezirk der Stadt, doch keiner, der mir gefiel. Er hatte nichts Vernutztes, aber auch nichts Eigenes, das sich mir einprägte, und kam mir ebenso wohlhabend wie grau und einförmig vor. Die Frau, die dort wohnte, war reich und ein rastloses Wesen, von einer Rastlosigkeit, die ebenso bodenlos war wie sie selbst und, durch Untätigkeit gemehrt, durch lange Reisen nicht gemindert wurde. Sie pendelte zwischen

Berlin und Paris hin und her. Viele solcher unruhigen Seelen, die nur mit ihren eigenen Schwierigkeiten beschäftigt sind, mochten in der Stadt wohnen. Wenn ich Luise besuchte, wurde ich sehr aufmerksam empfangen. Ich spürte an ihren Handgriffen, wie sie dem Besuch alles Vorübergehende zu nehmen suchte. Das war ein Anliegen. Sorgfältig hatte sie alles hergerichtet, das Nötige und den Schmuck dazu. Wenn sie mir den Tee einschenkte und die Tasse reichte, so war mir, als ob wir immer Tee miteinander getrunken hätten und ihn immer trinken würden. Solche Verrichtungen kehren wieder, aber nicht immer wird uns das Wiederkehrende an ihnen deutlich. Sie versäumte nichts und hatte keine Angst, etwas zu versäumen, was dem fahrigen und hastigen Mann leicht geschieht, eben deshalb, weil er nichts versäumen und deshalb alles zusammendrängen möchte und bald dort beginnt, wo alles endet, bald dort enden muß, wo es beginnt.

Doch darf ich vielleicht sagen, daß in mir nichts Hastiges und Fahriges war, auch im Glück nicht. Hierher gehört, daß ich schon früh, schon als Kind, begriff, daß ich kein Liebling Fortunas war. Zuerst vielleicht an den Kleeblättern, mit denen es sich so verhielt. Das, was meiner Mutter und mehr noch meiner Schwester Hanna leicht gelang, das Finden eines vierblättrigen Kleeblatts, ja von ganzen Büscheln, wollte mir lange nicht glücken. Auch das verbotene Suchen danach half nichts, und Zweifel beschlichen mich, ob ich überhaupt je Glück haben werde. Denn meine Überzeugung war, daß das Glück im Finden lag, nicht im Suchen. Einst, als ich aus der Schule zurückkehrte, den Mühlenberg hinaufging, an einem kleinen Seitenweg vorüber, sah ich dort einen Mann stehen, der auf dem Boden etwas suchte. Er hatte ein Goldstück verloren und bat mich, ihm beim Suchen zu helfen. Es hatte geregnet, der Weg war schlammig, und Lachen von Regenwasser standen auf ihm. Ich suchte nach dem Goldstück, fand es und gab es dem Verlierer mit einer Freude, die mich selbst überraschte. Warum, und warum hat sich mir der Weg so eingeprägt, seine Fahrrinnen, Vertiefungen und Wasserlöcher, die eine Landkarte en miniature bildeten? Der Mann bedankte sich kaum, ließ mich stehen und ging fort, ich aber sagte mir: du hast ein Goldstück gefunden. Ich fand wenig und verlor manches, ich grub keinen Schatz aus, so oft ich auch mit Ernst nach einem vermuteten suchte, hatte kein Glück im Spiel und gehörte nicht zu den Erben. Das alles ist, wie die Griechen sagten, den Lieblingen des Hermes vorbehalten, und ich lernte durch Erfahrung, daß ich nicht zu ihnen gehörte, daß der Umschwung von Kugel und Rad mir wenig abwarf. In dieser Überzeugung, daß die einzelnen Glücksfälle an mir vorbeifielen und Fortuna ihres Amtes an mir ledig war, steckten keine ernstlichen Beschwerden. Gefordert werden kann dergleichen nicht, und meine Gedanken über das Glück gingen in einer anderen Richtung. Von jeher war etwas Rhythmisches in ihnen.

In meiner Erinnerung ist, daß ich den Kurfürstendamm hinunterging, nach links in eine Seitenstraße und nach rechts in eine Nebenstraße abbog. Aus dem Gewühl unzähliger Wagen und Menschen kam ich da in eine stillere Gegend. Möglich ist, daß das Haus und die Wohnung darin zerstört ist, wie viele der Häuser, in denen ich ein und aus gegangen bin. Die Gehäuse, an denen wir haften und hängen, sind nicht mehr so haltbar wie einst, doch haltbar ist die Erinnerung, in der sie fest gegründet sind. Ist also der Spiegel, vor dem sie ihr Haar zu ordnen pflegte, längst zersplittert, so sehe ich doch, indem ich mich über ihre Schulter beuge, ihr Gesicht darin. Wahr an der Vermutung, die sie mir gegenüber aussprach, ist, daß ich vor allem das Mädchen in ihr liebte. Das Mädchenhafte in ihr, von dem sie wenig wissen wollte, suchte ich festzuhalten, in der Mädchenhaftigkeit aber die Anmut, und damit etwas Vergängliches und Flüchtiges. Hiergegen wehrte sie sich, und wenn eine Schuld in unserem Verhältnis lag, traf sie mich deshalb. Ihre Bemerkung hatte für mich Tiefe und etwas Divinatorisches. Das Mädchen war es, dessen Anmut ich spürte, so sehr, daß mir die Frau entging. Indessen war ich nicht flüchtig und konnte es nicht sein, weil ich das Flüchtige liebte, was ein flüchtiger Mensch nie tut. Ich liebte es so sehr, daß die Anmut, in der es sich am reinsten zeigt, mir leicht die Tränen in die Augen brachte, die ich sonst festhielt. Das war die Stelle, an der ich wehrlos war und auch wehrlos sein wollte. Ich habe darüber schon gesprochen. In Leipzig setzte mir der Gedanke oft zu, daß alle Anmut aus der Welt verschwinden könne, und Pistor war es, der mich in solchen Vermutungen bestärkte. Doch hielten sie nicht vor und konnten nicht vorhalten, weil jede anmutige Bewegung sie widerlegte. Unvergessen blieb mir der Schwan, den ich in Berlin dicht über das Häusermeer hinfliegen sah, mitten durch die graue Stadt, an einem grauen Tage, an dem es auch in mir grau ausgesehen haben muß. Vieles könnte ich hier anführen; ohne solche Wahrnehmungen hätte ich weder leben können noch mögen.

Ich dachte darüber nach, und eine Begegnung, die ich hatte und hier berichten will, gab mir einen Fingerzeig. Im Sommer, als ich bei meinen Eltern war, ging ich zum Baden an den Fluß. Die hölzerne Badeanstalt war in den Fluß hineingebaut und stand auf Pfählen, unter denen das Wasser hinging. Sie lag am Wiesenufer, das eben war, während am gegenüberliegenden Ufer ein Felshügel aus rotem, bewaldetem Porphyr sich erhob. Ich zog mich aus, setzte mich auf eine Bank, und neben mich setzte sich ein etwa fünfzehnjähriges Mädchen, das ich nie gesehen hatte und auch nie wiedersah. Sie sprach mich ohne Scheu an, und als ich sie betrachtete, schien mir, daß sie etwas von einem Reh hatte, auch die braunen Rehaugen, und von einer kindlichen Unbefangenheit war, die mich mehr und mehr erstaunte. Ein befangener Mensch ist nicht anmutig und kann es nicht sein; er weiß um seine Befangenheit, und Anmut ist Unwissenheit über sich selbst. Aus ihrer Unbefangenheit ging die Anmut hervor. Wir sprachen über den Fluß und das Baden in ihm, sie erzählte mir, wo und wie sie beschäftigt war, dann verließ sie mich, um sich anzukleiden. Als ich ins Wasser steigen wollte, kam sie aus ihrer Kabine wieder hervor, um sich von mir zu verabschieden, wozu sie mir die Hand reichte und mich mit ihren schönen Augen ansah. Ich hatte das nicht erwartet, konnte es auch nicht erwarten, doch mag mancher mich für närrisch halten, wenn ich sage, daß dieser kleine Vorgang mich durch und durch erschütterte, so daß ich Mühe hatte, meine Fassung zu bewahren, ihn auch schwer verwand. Was ist mit dir? dachte ich, während sie über die Holzbrücke zurückging und ich ihr nachsah. Was ist denn geschehen? Etwas Unwichtiges, und unwichtig, ungewichtig ist alle Anmut. Wer sich wichtig nimmt, der hat sie schon verloren. Fragte ich mich aber, wie dergleichen zuging, so schien alle Deutung weit entfernt. Der Schlüssel dazu ist, daß ich ganz in der Überzeugung des Abschieds lebte, ja wie ein Abschiednehmender, und daß ich diesen Abschied sogleich wahrnahm, wo immer er auftauchte, in der Biegung eines Halms, im Zug der Vögel und der Vogelstimmen, in jeder anmutigen Bewegung, die flüchtig und vergänglich ist, also auch in der Erscheinung des Mädchens, die von vergänglicher Anmut ist. In jedem Abschied, in jeder Trennung aber liegt ein Vorgefühl des Todes; es stirbt etwas, geht dahin und verschwindet. Damit hing zusammen, daß mir das Vergängliche und Flüchtige, also auch alle Anmut, die eng damit verbunden ist, teuer war. Im Vergänglichen lag für mich kein Einwand, sondern die Bestätigung des Lebendigen.

In Berlin lebte ich nicht so eremitisch wie in Leipzig, aber auch nicht gesellig. »Nunquam minus solus quam cum solus.« war ein Spruch, der mir damals oft durch den Kopf ging, zu dem ich mir auch einen Kommentar machte. Nie sind wir weniger allein, als wenn wir allein sind. In diesem Spruch, der dem jüngeren Scipio zugeschrieben wird, liegt ein unverkennbarer Stolz und auch Harmonie, da nur ein wohlgebauter Mensch, dessen Kräfte im Lot sind, mit sich so allein sein kann, daß in diesem Alleinsein alles beisammen ist, daß es die reinste Form der Gemeinschaft ist. Tout notre mal vient de ne pouvoir être seuls. In diesem pascalschen Satz ist kein Stolz mehr, sondern etwas Klagendes, ein Eingeständnis der Schwäche. Hinzu kommt, heute mehr als je, daß es ein erzwungenes, aus Isolierungen hervorgehendes Alleinsein gibt. Der isolierte Mensch ist ein Gefangener und lebt in dieser erzwungenen Absonderung, lebt hinter Gittern. Er ist des Alleinseins nicht fähig und kommt doch nicht von ihm los.

Der Umgang, den ich in Berlin fand, unterschied sich von dem in Leipzig. In Leipzig wurde er zunächst durch meine Zugehörigkeit zur Universität bestimmt; in Berlin lag er ganz im freien Felde. Meine Leipziger Bekanntschaften hatten noch etwas Nachbarliches, wie es gegenüber Nachbarn besteht, wozu hier Fakultät, Gerichte und Büros gehörten. Dieses räumliche Verhältnis, das alle Nachbarschaft bestimmt, endete in Berlin; mir schien, daß sich dort keine Nachbarn, sondern nur noch Zeitgenossen trafen. Die Art, auf welche Bekanntschaften entstehen, hat mich oft beschäftigt; in ihrem Auftauchen und Verschwinden liegt etwas Zeichenhaftes. Die Konfigurationen kommen uns oft nicht zum Bewußtsein oder erhellen sich erst später, wenn wir sie nicht mehr selbstverständlich nehmen und über sie nachzudenken beginnen. Die meisten Menschen nähern sich einander mit

Absichten, eines Zweckes und Bedürfnisses wegen, und das, was sie zusammenbringt, liegt nicht immer offen und übersehbar da. Ich machte die Erfahrung, daß Menschen, zwischen denen wenig Gemeinsames ist, die auch in aller Zukunft wenig gemein haben werden, doch oft in enger Verbindung anzutreffen sind. Die Unruhe der Gegenwart verbindet sie, und auch Erwartung von Veränderungen, so verschieden ihre Erwartung sein mag. Für solche Bekanntschaften war die Zeit nach dem Kriege günstig, die Zeit der Ungewißheit, des Wechsels und Übergangs. Eine merkwürdige Zeit war das, für die Stadt wie für mich. Das Kommende warf seinen Schatten auf die Gegenwart, und wenn ich die Gespräche hörte, schien mir die Gegenwart oft eine Vorwegnahme von Zukünftigem zu sein. Die Unruhe nahm zu und mit ihr ein Vorgefühl, das immer wieder durch Zeichen Gegenwart und Zukunft verknüpfte und Figuren hervorbrachte, die etwas Bedrohliches hatten. Meine eigene Unruhe verließ mich nicht und war quälend, ohne daß ich absehen konnte, worauf sie hinauslief. Sie blieb verbunden mit wachsender Anspannung, schneidenden Gedanken und tiefer Entfremdung. In der Zuspitzung der Gedanken wie in ihrer Auflösung durch das Staunen liegt etwas Zerstörendes. In den Stunden der Schwermut spürte ich, daß um mich und in mir etwas zugrunde ging. Die Empfindung davon setzte mir zu und war nicht leicht zu bewältigen, doch sagte ich mir, daß sie bezwungen werden mußte.

Gunst und Ungunst des Ortes, an dem ich mich befand, erkenne ich erst heute; damals konnte ich nicht wissen, welchen Gewinn ich aus meinem Aufenthalt zog. Ein starkes Bedürfnis in mir war, Klarheit über mich zu gewinnen, doch gewinnt niemand diese ohne andere. Das geräuschvolle Leben der Stadt schien einem solchen Vorsatz nicht günstig zu sein. Was mir an ihr finster vorkam, war eng mit dem Arbeitslärm und der ruhelosen Geschäftigkeit verbunden. Mir ging sogleich auf, als ich einige Sommertage in Paris verbrachte, daß dort mehr Gegenwart war, womit die Fähigkeit zum Genuß unmittelbar verbunden ist. Ich flog von Berlin nach Paris und lief in der Juliglut wie ein Hirsch durch die Stadt, vom Morgen bis in die Nacht, so daß ich braun wie ein Mohr wurde. Ich machte einen Marsch von zehn Stunden jeden Tag und war nur mit Vergleichen beschäftigt. Hier war nur Mißtrauen vor der Zukunft, war das Bestreben, nichts zu verändern, alles in seinem Bestande zu erhalten. Darin mochte sich Schwäche verbergen, Angst vor der Zukunft und vor einem neuen Krieg. Doch wer wissen will, was Süße des Lebens ist, der muß in alte Städte gehen; es gibt ein Glück, das in Reife und Überreife liegt und die Luft so golden macht wie im späten Venedig. Von alldem fand sich in Berlin nichts. Von der Gegenwart wollte hier niemand etwas wissen; jeder sann auf Veränderungen und richtete sich auf Zukünftiges ein. Das gab der Stadt etwas Chaotisches, wie es an großen Baustellen sichtbar ist. In der Tat nahmen die Baustellen zu, und vor dem Ausbruch des zweiten Krieges, Jahre vor den Bombenangriffen, war die Stadt schon voll von den Trümmern niedergerissener Häuser und Straßen. Sie schien sich wie manche andere Stadt schon auf die Zerstörung vorzubereiten, die über sie hereinbrach. In ihr war viel unverbrauchte Kraft, und alle Anzeichen der neuen Arbeitswelt waren in ihr sichtbar. Paris gefiel mir vortrefflich, aber ich sagte mir auch, daß ich dort weder leben konnte noch wollte.

Die Gedanken, die etwas taugen, gehen aus harten, schmerzlichen Berührungen hervor, denen wir uns nicht entziehen können. Jeder Gedanke, den wir fassen, ruiniert andere, die wir seinetwegen fallen lassen. Ohne Streit ist kein Denken, und so wird uns nichts erspart. In Berlin wehte eine andere Luft als in Leipzig; der Wind ging schärfer. Ich merkte das rasch an den Gesprächen, die ich hatte, merkte auch, daß ich meine Berliner Erfahrungen an anderen Orten nicht hätte machen können. Vielen mag eine solche Stadt wie ein großer Glückstopf vorkommen, in den sie nur zu greifen brauchen, um einen Gewinn fortzutragen. In der Tat, die Chancen in ihr mehren sich, worin wie überall eingeschlossen ist, daß der Gewinn sich verdünnt. Die Wahrheit ist, daß die Bewegung in ihr genauer und schneller, die Intelligenz, die zum Fortkommen gebraucht wird, behender und geschmeidiger und der Lebenskampf härter ist. Die flüchtige Betrachtung schon lehrt, daß eine Fülle von Kraft dabei vertan wird und zum Scheitern verurteilt ist. Wenn ich daran denke, denke ich auch an das erste Auftreten der jungen Tänzerinnen. Meine Schwester Hanna kam nach Berlin und ging in eine Schule für Tanz und Gymnastik. Ich besuchte sie dort. Wenn die jungen Tänzerinnen ihre Ausbildung beendet hatten, kratzten sie ihr Geld zusammen und gaben ihren ersten Tanzabend. Auch diese Vorstellungen besuchte ich, und sie weckten in mir die gleiche Teilnahme, mit der ich eine Puppe betrachtete, aus der der Schmetterling ausschlüpft. Doch der Schmetterling schlüpft sicherer aus seiner Hülle als diese Mädchen, von denen kaum eines das erträumte Ziel erreichte. Anmerken will ich, daß der Tanz, wie er damals getanzt wurde, mir von Grund auf mißfiel; er war ein Ausdruckstanz, und in seinen Bewegungen kehrte alles Krampfhafte der Zeit wieder. Krampf ist etwas Hohles, ist auch der vergebliche Versuch, diesem Hohlen beizukommen. Ausdrucksvoll und zugleich hohl waren die Bewegungen; nicht Anmut von Körpern, sondern Posen des Bewußtseins zeigten sie. Bedeutend wollten sie sein und waren eben deshalb leer. Sie nahmen sich wichtig, ein sicheres Mittel, um alle Anmut – etwas Gewichtsloses – auszutreiben. Auf dem Theater kehrten sie wieder, und sie verleideten mir alles Theater; ich ging nicht mehr hin und las die Stücke zu Hause. Ich wollte kein Regisseurtheater sehen, sondern ein Ensemble, das im Stück unterging. Ich wollte den Schauspieler sehen, der nicht zeigt, daß er sich zeigt.

Die jungen Tänzerinnen beschäftigten mich. Die große Stadt glänzt nicht nur von Licht, sie hat auch in verstärktem Maße die Fähigkeit, dem Menschen den Glanz von den Flügeln zu nehmen und ihn unansehnlich zu machen, unscheinbar bis zu dem Grad, an dem er ganz grau, abgenutzt und erschöpft ist. Vernutzten Wesen begegnete ich in Berlin oft, und ich ließ sie nicht außer acht. In solchen Verhältnissen liegt selten etwas Tragisches, oft aber zeigt sich eine höhere Kraft, welche die hastigen Bewegungen durchkreuzt und auf ihr rechtes Maß zurückführt.

Die Größe einer Stadt ist nicht nur an der Zahl ihrer Bewohner abzumessen; sie zeigt sich im wacheren Bewußtsein. Wach und hell ist der Berliner, schlagfertig und treffsicher. Ohne jede Breite ist er, spöttisch und wachsam, doch nicht ohne Teilnahme und Hilfsbereitschaft. Er läßt sich nichts vormachen, ist nüchtern und wirkt vielleicht kahl, nicolaitisch kahl, fleißig und redlich. Welche andere deutsche Stadt ließ ihre Bewohner so unabhängig und selbständig leben? Heute erscheint diese Zeit zwischen zwei Kriegen als Zwischenraum, der in die ungeheure Mühsal der Kriege eingeschoben ist, als Pause. Die Pause wird kürzer und kürzer, und vorauszusehen ist, daß aus beiden Kriegen samt dem, was hinzukommen wird, einer wird, eine einheitliche Anstrengung.

Die Zeit nach dem ersten Kriege begann mit dem Versuch, sich in allem wiedereinzurichten, als ob nichts oder doch wenig geschehen wäre. Das war die Selbsttäuschung, von der jeder zunächst zehrte, die er sich zu erhalten suchte. Aber wie war das möglich? Wo war der Grund, der einem solchen Sicheinrichten die Dauer verbürgte? Wo war das Vertrauen?

Über die Gespräche will ich hier einiges aufzeichnen, wobei ich vorausschicke, daß schon das Vokabular, welches ich in Berlin vorfand, manches Neue für mich hatte. Hier gab es Gesten, Wörter, Wendungen, Sätze, die ich zum erstenmal hörte. Das alles drang in mich ein, und deutlicher wurde mir, daß das Denken seit langem in Verdacht, Mißtrauen und Anklagen getaucht war. Ein akkusatorischer Zug lag in ihm, der sich immer mehr schärfte und härtete. Es war, als ob ein Fluidum von grobem und feinem Betrug die Luft durchdrang und den Himmel verfinsterte, der dabei doch nicht weniger blau erschien als in früheren Zeiten. Wer aber klagte wen an? Wörter wie aufdecken, entlarven, demaskieren, hinter die Kulissen sehen, verhüllen und enthüllen waren neben zahlreichen anderen in starkem Gebrauch. Viele Leute lebten von diesen Wörtern wie die alten Sykophanten; ihr Beruf, Erwerb und Auskommen lag darin. Offenbar war das eine rhetorische Sprache, von der jeder, und nicht ohne Folgen, sich nahm, was er brauchte; sie erfüllte die Tageszeitungen und drang in die Sätze und den Wortschatz der kleinen Leute ein. Auch war sie eine Bühnensprache, wie Schauspieler sie anwenden, um die Welt des Scheins und ihre Attrappen zu bezeichnen, Gegenstände also, durch welche Gegenstände nachgeahmt werden. Der gesamte politische Bereich lebte von diesen Wörtern. Ein solches Sprechen, vordergründig und hintergründig zugleich, mußte die Vermutung hervorrufen, daß großer Verderb vorhanden war. Auch ließ sich an ihm absehen, daß Mißtrauen, Angst und Haß, die immer zusammenhängen, im Wachsen waren.

Trifft es zu, daß das Sprechen nur ein Mittel ist, um die

Interessen zu verschleiern? Ist es nur eine Verlarvung von Absichten und Zwecken, die wegen ihrer Niedrigkeit sich verlarven müssen? Ist die Sprache dem Menschen nur als ein Mittel gegeben, um seine Gedanken zu verbergen? Trifft das zu, dann wird es schwierig, ja unmöglich, Betrüger und Betrogene auseinanderzuhalten. Wer so schließt, der schließt ein unbefangenes Zusammenleben von Menschen aus. Vielleicht behält er lange recht, bis er durch seine eigenen Schlüsse umgebracht wird; seine Behauptungen fallen auf ihn zurück und werden gegen ihn vorgebracht. Er gleicht dem Kreter, der den Satz aufstellt, daß alle Kreter Lügner sind. Einen Beweis, daß nichts bewiesen werden kann, haben schon die Griechen geführt. Wozu? In einem solchen Unternehmen steckt vielleicht Müdigkeit, vielleicht auch Spitzbüberei oder etwas anderes. Doch will ich der Ordnung gemäß vorgehen.

Meine Gespräche brachten mich auf den Gedanken, mich mit der Rhetorik als Fach zu beschäftigen. Die Juristen lernen das nicht, weder auf der Universität noch im Vorbereitungsdienst. Mehr haben sich, des Predigens wegen, die Theologen mit der Rhetorik beschäftigt. Solche Lehrbücher, von Geistlichen geschrieben, sind das Ödeste, das sich denken läßt. Was Hand und Fuß darin hat, ist aus dem Aristoteles, Cicero, Quintilian und anderen alten Autoren abgeschrieben. Mir ging dabei auf, daß die Rhetorik in der Antike etwas anderes war, als sie bei uns ist. Öd sind in diesen Lehrbüchern schon die Einteilungen des Stoffes, und das, was über inventio, dispositio und elocutio gesagt wird, ist so verstaubt wie das Quis? Quid? Ubi? Quando? Quibus auxiliis? Quomodo? Cur? Die gesamte »vis videndi quid in quaque re possit esse persuasibile« (Quintilian) gleicht in den Lehrbüchern einem sorgsam eingemotteten Kleidungsstück. Ich zog auch aus dem Aristoteles die falschen Griffe und

Schliche der Beweisführung heraus, die er nachweist, sah aber, daß mir damit nicht gedient war und daß ich mir selbst helfen mußte, wenn ich in Diskussionen und Gespräche verwickelt wurde. Ich mußte über das Gespräch selbst nachdenken und kam dabei zu folgenden Erwägungen. Weder spreche ich mit jedem, noch kann ich dulden, daß jeder mit mir spricht. Schon darin, daß mir jemand etwas einreden, etwas beweisen will, liegt eine Anmaßung. Es steht bei mir, ob ich die Anmaßung überhöre und die Zeit, die meine eigene ist und mir von niemandem ersetzt werden kann, daran gebe. Darin liegt, daß ich mich nicht auf jedes Gespräch einlasse. Wer mir etwas beweist, der will etwas von mir und erhebt Ansprüche. Mancher faselt nur. Oder er will mich in seinen Fuchsbau einschließen. Es gibt viele Gespräche, die nur scheinbar Gespräche sind, in Wahrheit aber Mittel des schlauen Erwerbs und rücksichtslosen Fortkommens. Ein gutes Gespräch ist ohne Wohlwollen schwer denkbar. Sein Kennzeichen ist, daß es alle Partner fördert. Solche Gespräche sind rar; die anderen, welche Mittel zu Zwecken sind, sind häufiger. Ihnen entgeht niemand, deshalb heißt es behutsam und fest zu sein. Du darfst dich, sagte ich mir bald, auf das Opponieren und Gegenreden nicht einmal einlassen, denn darin stecken schon die Zugeständnisse. Besser ist zu schweigen und ganz andere Dinge vorzubringen.

An solche Regeln sich zu halten, ist nicht leicht, setzen sie doch voraus, daß wir uns weder von anderen als Mittel gebrauchen lassen noch andere gebrauchen. Hinzu kommt, daß wir fest stehen und einen eigenen Stand haben müssen. In mir war – ich erwähnte es schon – ein Mißtrauen gegen das dialektische Denken, genauer gesprochen gegen seine Anwendung im Umgang, deren Mißbrauch offen liegt. Als geregeltes wissenschaftliches Verfahren in Begriffen mochte die Dialektik hingehen; sie als die allein wissenschaftliche

Methode anzunehmen, die dem Gegenstand der Erkenntnis immanent ist, war ich nicht geneigt. Dergleichen flößte mir so wenig Vertrauen ein wie die Syllogistik. Der Beweis dient nicht zu allem; wo er aber zu allem dient, dort läßt sich auch alles beweisen, also nichts. Im Gespräch mit Freunden und Freundinnen machen wir von solchen Künsten keinen Gebrauch. Auch sagte ich mir, daß das dialektische Verfahren sich dort vorschiebt, wo das Band zerstört ist. Feindlichen Verhältnissen entspringt es und treibt sie voran. Das Zehrende im Umgang und in der Sprache wird im dialektischen Gespräch deutlicher; es konsumiert, deshalb wird sich der musische Mensch nicht gern darauf einlassen. Ich lernte jetzt jene Art des Gesprächs kennen, die kein Gespräch mehr ist, sonder ein dialektisches Fertigmachen des anderen, ein Aufräumen mit ihm. Die Debatten, Diskussionen, Gespräche wurden schneidender und rücksichtsloser und erreichten die Grenze des Worts. Dahinter lag das Gewaltsame.

Ich gedenke eines Nachmittags, an dem ich bei Ernst war. Wir sahen durch ein Kaleidoskop, das er seinem Ältesten geschenkt hatte. Ich entsann mich meines kindlichen Vergnügens an diesem Spielzeug und fand, daß es nicht geringer geworden war. Wir gingen dann zusammen in die Stadt, gingen eine Zeitlang schweigend nebeneinander. Er war in den Monolog vertieft, in den er sich schnell und lautlos zurückzog, war abwesend und so weit fort, daß ihn nichts mehr mit seiner Umgebung zu verbinden schien. Das was ihn störte, was ihm Schwierigkeiten machte, drang da herauf; ich hörte, wie er Wörter und Sätze vor sich hinmurmelte. Sie klangen prüfend, zustimmend, verwerfend und wiederholten sich. Das alles war, wie ich mir sagte, Arbeit. Dann tauchte er aus dem Selbstgespräch hervor und sagte unvermittelt: »Es wird eine neue Völkerwanderung geben.«

»Wohin?« fragte ich.

»In den Tod.«

Es war der 11. November 1932. Vielleicht hatte ihn der Anblick der Menschenmassen, welche die Straße hinauf und hinunter drängten, darauf gebracht. Sie schoben sich und preßten sich so eng gegeneinander, daß es mühsam war, den Weg durch sie hindurch zu finden. Warum erschreckte mich diese Antwort so sehr? Ich erschrak, weil ich im Innersten spürte, daß er recht hatte.

Intellectus ist Verstehen, Verständnis, Verstand, das Vermögen, etwas einzusehen, aber auch ein Erkennungszeichen. Intellectus in cortice peritis, heißt es bei Plinius – das Erkennungszeichen für den Kundigen ist die Rinde. Welche Rinde ist das aber? Zwischen intellectus und intelligentia war schon bei den Römern ein Unterschied, aber heute nimmt sich dieser Unterschied anders aus. Den Intellektuellen bezeichnet nicht, daß er Intelligenz besitzt. Nicht daß er etwas besitzt, bezeichnet ihn; er hat, und das ist das Entscheidende, eine Funktion. Pars pro toto genommen, wird der Intellekt zu einem Werkzeug, und so wird verständlich, daß in der Bewegung, in der wir begriffen sind, Intellektuelle unentbehrlich werden. Sie bilden insgesamt keine Gemeinschaft und stehen in allen Lagern; ein Vermögen, das sich im Trennen und Zusammensetzen von Getrenntem übt, hat keine Kraft, Gemeinschaften zu bilden. Sie sind nicht auf einen bestimmten Beruf, eine bestimmte Tätigkeit eingeschränkt, sind Journalisten, Buchhändler, Abgeordnete, Maschinenschlosser oder etwas anderes und arbeiten auf verschiedenen Gebieten. Die Sachgrenzen, innerhalb deren sie arbeiten, sind verschieden; gemeinsam aber ist ihnen, daß der Intellekt als Funktion begriffen wird, dem alle Verschiedenheiten untergeordnet werden. Darin liegt eingeschlossen, daß Sachgrenzen und Sachen aufgelöst werden. Das ist die Aufgabe der Organisationen und des Organisierens, die an die Stelle älterer Ordnungen treten und den Menschen einem technischen Arbeitsplan unterwerfen.

Erwäge ich das, so scheint mir, daß Tibor und Helmer zwar intelligent, aber keine Intellektuellen waren, denn ihr Denken war nicht funktional. Niekisch näherte sich durch seine Bejahung des Funktionalen dem Intellektuellen, war aber kein Funktionär im genauen Sinne des Worts. Brack aber schien mir die Bestimmungen zu haben, die den Intellektuellen kennzeichnen, und sie beschäftigten mich an ihm. Von ihm will ich hier sprechen.

Er hatte den Krieg als österreichischer Soldat und Offizier mitgemacht. Am Monte Pasubio war er durch den Hals geschossen und von den Italienern gefangengenommen worden. Er erzählte mir das. Auf dem Boden liegend, durch die Wunde und den Blutverlust geschwächt, hörte er die Gegner herankommen. Er hörte das scharfe Krachen der Pistolenschüsse, mit denen die Verwundeten getötet wurden. Es kam näher und näher, dann beugte sich auch über ihn ein Italiener und richtete die Waffe gegen ihn. Er schloß die Augen und wartete, aber der Schuß fiel nicht. Bald darauf wurde er aufgelesen und kam als Kriegsgefangener in ein italienisches Lazarett. Dieser Auftritt ließ, wie er sagte, ein quälendes Gefühl in ihm zurück, nicht das der überstandenen Todesangst, denn Angst war nicht in ihm gewesen, sondern eine Art Stachel, bei dem er sich fragte: »Warum hat er nicht geschossen? Ich war doch darauf vorbereitet.« Offenbar hatte er eingewilligt, quittiert und abgetan zu werden, so wie jemand in einem Augenblick tiefer Erschöpfung nur noch das Ende herbeisehnt. In solchen Augenblicken haben wir wenig oder keine Angst. Mir ging das ein. Die Kehlkopfverletzung wurde ausgeheilt und hinterließ eine gewisse Rauheit und zugleich Schwäche in seiner Stimme, die ihn zur Vorsicht beim Sprechen zwang.

Er war schlank, war elegant und hatte etwas von einem Sportsmann und Rennfahrer, auch Züge, die als Amerikanismus verstanden werden, worunter aber weniger Amerika selbst begriffen werden darf als die Nachahmungen, die es in Europa und aller Welt erfährt. Übrigens war er in Amerika gewesen. Wird die Bezeichnung Techniker weiter gefaßt, so weit, daß sie nichts Berufsmäßiges mehr hat, so konnte er ein Techniker genannt werden. Mir ging das bald auf, insbesondere an einem Sommertage, an dem ich mit ihm, Ernst und Tibor am Großen Döllner See war. Ein blauer und heißer Tag war das, den wir mit Schwimmen und Pistolenschießen verbrachten. Das Technische an ihm war etwas Fertiges, durch das Bewegungen, Sätze, Worte gesteuert wurden, als ob sie über einen Schalter gingen. Sein hübsches, jungenhaftes Gesicht paßte dazu, dieses Gesicht, dessen Anblick den Italiener bewogen haben mochte, den Finger am Pistolenhahn locker zu lassen. Sein Monokel, sein gutmütiges Lächeln und die Neigung, die er für das alte Österreich und die Habsburger Monarchie zu erkennen gab, wischten das Fertige nicht fort. An ihm ging mir manches auf, eines aber vor anderem, daß es jetzt einen Schlag junger Leute gab, für welchen die Bewältigung von Schwierigkeiten, auch der nichttechnischen, zu einem technisch lösbaren Problem zusammenschrumpfte. Gleich Technikern dachten sie über Apparaturen nach, und als solche gaben sich zunächst die Pläne zu erkennen, an denen sie arbeiteten. Einstellung ist ein mechanisches Wort, und als solches gebrauche ich es hier. Einstellung ist auch etwas Ideologisches und hat eine genaue Beziehung zu den Ideologien, die im Kurs sind. Daß diese trügen, etwas vorspiegeln und hohl sind, begriff Brack, ohne einen Einwand daraus abzuleiten, denn noch besser begriff er, daß sie Motoren sind, die den Kenner vorantragen, und wie Motoren prüfte und beurteilte er sie auf ihre Aussichten. Ihn beschäftigte, ob diese Motoren hinreichend funktionierten, ob genug Benzin, Öl und heiße Luft, das heißt ideologischer Kraftstoff, da war, um sich ihnen anzuvertrauen. Wurde er schon dadurch zum Funktionär? Auf eine gewisse Weise ja, auch schien mir, daß er alles, was nicht glatt und rein in seiner Funktion aufging, als bloße Betriebsstörung anzusehen geneigt war, schmerzliche Gedanken etwa, leidvolle Erinnerungen, Krankheiten. Der Tod mochte dann als Einstellung des Betriebes erscheinen. Perfektion war das, was ihn an jeder Bewegung anzog, und auch Perfektion ist etwas Mechanisches.

Er gehörte zu den Leuten, welche Prominente genannt werden und sich selbst so nennen. Prominere heißt hervorragen, und pectoris fine prominentes heißt es bei Horaz. Prominente sind Leute, die in der Öffentlichkeit von sich reden machen. Als Verfasser etlicher Bühnenstücke wurde Brack bei denen bekannt, die diese Stücke spielten, sie sich ansahen, Besprechungen darüber schrieben und die Besprechungen lasen. Der Prominente hatte Verpflichtungen, die mit seiner Öffentlichkeit zusammenhingen; er steuerte seinen Wagen, erschien nur in bestimmten Lokalen, kaufte nur in bestimmten Geschäften und ließ seine Anzüge nur bei bestimmten Schneidern anfertigen. Daran ist nichts Wunderliches, doch schien mir wunderlich, daß Brack diese Verpflichtungen ernst nahm. Mit Recht wohl, denn in einer Demokratie wie der, die er genau studiert hatte und verachtete, in einer gleichsam angelesenen Demokratie, die aus dem Studium fremder Verfassungsurkunden hervorging, einer von anonymen Kräften geleiteten Demokratie, stand alle Publizität in genauer Beziehung zu den Einnahmen. Kaum je war mir vorher ein Mensch begegnet, an dem etwas Mechanisches mir so sichtbar geworden wäre, etwas Automatisches, das sich mit seiner schlanken Erscheinung, seinem hübschen, gebräunten Gesicht und seinem liebenswürdigen Lächeln gut vereinigte. Auch Liebenswürdigkeit, und gerade sie, kann mechanisch werden. Das Auto, welches er fuhr, war ihm gleichsam angegossen wie ein gutsitzender Anzug, und gewandt und geschmeidig bewegte er sich im Umkreis des Geräts.

Seine Stücke waren unverständlich, unlesbar und explosiv. Etwas Unartikuliertes lag in den Gedanken und Empfindungen und gab sich in der Sprache zu erkennen, etwas, das sich nicht mitteilen konnte und sogleich laut wurde und zu schreien anfing. Ein wirklicher Dialog konnte nicht entstehen, denn das Abrupte und Zerfetzte ließ es nicht dazu kommen. Darin lag die Anarchie eines Menschen, der keine Stimme hat; ich mußte an seine Kehlkopfverletzung denken. Diese Stücke, die sich greller Motive bedienten oder gar keine hatten, konnten einen Unkundigen erschrecken, vor allem wenn er sie als Symptom nahm, doch lagen sie weit von allem Tragischen und muteten komisch an. Ich las Ernst einmal einen Auftritt aus einem dieser Stücke vor, und er verglich ihre Sprache dem Geräusch, welches ein Motor macht, dessen Gang durch fehlerhafte Zündungen gehemmt wird. Deutlich wurde der Mangel alles Erotischen, die Unfähigkeit, erotische Verhältnisse auch nur zu begreifen. Dort, wo es hätte geschehen müssen, ging die Darstellung ins Obszöne über oder endete mit dem gewaltsamen Zerschlagen der Figuren. So war das Skandalöse überhaupt das Thema dieser Stücke, und sie zogen überall den Skandal hervor, der in dieser Welt steckt. Brack hatte eine Beziehung zu jeder Art von scandalum, das er nicht scheute, sondern aufsuchte, so wie ein rüstiger Schwimmer stürmische Wasser, Strudel und Stromschnellen aufsucht, denen er sich gewachsen fühlt.

Er hatte die Fähigkeit, Menschen zusammenzubringen, die schon durch ihr Beieinandersein, durch ihre räumliche Nähe in Erregung gerieten. Auch genügte seine Anwesenheit, um Auftritte hervorzurufen, nach denen jeder sich fragte, wie es zu ihnen kommen konnte. Steigender Haß, wachsender Widerwille lag über solchen Zusammenkünften, bis ein Anlaß, der an den Haaren herbeigezogen war, das Zeichen zum offenen Ausbruch der Feindseligkeiten gab. Der Stoff zu ihnen lag überreich vor, da Mißtrauen, Angst, Haß und Ekel in raschem Wachstum waren und der Boden unter den Füßen zu wanken begann. Byron, in dem viel Überdruß war, bemerkt irgendwo, daß der Ekel unter den Menschen mit wachsender Zivilisation zunehme; daran ist etwas Wahres. Er nimmt in dem Grade zu, in dem die Bedürfnisse sich steigern und verflechten, in dem die Menschen abhängig voneinander werden, ist aber selbst ein Leiden und hat etwas Krankes, das sich in menschliches Zusammenleben einschiebt, bei dem der Mensch nicht mehr gesehen, sondern nur noch als Träger widriger Eigenschaften, Züge und Merkmale angesehen wird. Ekel empfindet auch der, der sich den Magen verdorben hat, und ebenso ist der geistige Ekel die Folge einer Verderbnis. Wer ihm zuviel einräumt, hat die Folgen zu tragen. Ein heiler Mensch wird den Ekel zu überwinden versuchen, und das wird ihm gelingen, wenn er daran festhält, daß es nichts Isoliertes gibt, daß der Ekel nur dort aufkommen kann, wo wir uns selbst isolieren.

Brack hatte einen starken Ekel und Widerwillen vor Menschen und sprach darüber in Worten, die mich nachdenklich stimmten. Ekel ergriff ihn etwa, wenn er sich in einer Versammlung befand und daran dachte, wie viele Krebskranke, Schwindsüchtige und Syphilitiker in ihr sein mochten. In diesem Ekel lag etwas Totes, und plötzlich begriff ich, warum ihn das Mechanische und alle Maschinen so anzogen.

Das Tote an ihnen zog ihn an, ihre Unfruchtbarkeit, das Fehlen des Leidens in ihrem exakten Umschwung, ihre reinliche und sterile Bewegung. Er verwechselte das Reine und Reinliche und setzte beides gleich mit dem Sterilen. Sehr reinliche Menschen sind, was sich leicht auslegen läßt, oft lieblos. Auch gehört die Bakterienangst zu den Geisteskrankheiten unserer Zeit; ich habe selbst solche Kranken gesehen, so in Leipzig einen Mann, dem vom beständigen, angstvollen Waschen die Hände wund waren. Vielleicht grübelte Brack darüber nach, ob der Mensch sich nicht zu einer unverletzlichen Maschine machen lasse, ob nicht das Verhältnis der Geschlechter sich maschinell einrichten lasse. Das war ein Zug des Leidens. Er litt, und zugleich hielt er das Leiden für etwas Überflüssiges, das abzuschaffen war. Die Sicherheit, mit der er auf Apparate und Maschinen eingespielt war, war am Platze, wo Hebel, Schrauben und Transmissionen zu bedenken waren, wurde aber beunruhigend, wenn sie ohne Scheu in andere Bereiche übergriff. So ließ sich fragen, warum er nicht Mechaniker geworden war. Aber Mechaniker sind heute überall, und die hartnäckigsten und entschlossensten werden außerhalb der technischen Berufe angetroffen. Mit dem funktionalen Denken ist Eigentum schwer zu vereinbaren; so war er ein eigentumsloser Mensch, ein Mensch, der nichts Eigenes hatte. Aller Erwerb war für ihn Konsum und nur des Verbrauchs wegen da. Zwar war er nicht im Wortsinne das, was man einen Spieler nennt, aber seine Erwägungen über Zeit, Leben und Genuß liefen in dieser Richtung, denn daß man alles und sich selbst aufs Spiel setzen müsse, daß man, um die Empfindung des Lebens in der Wurzel zu bekommen, im Lebensspiel alles einsetzen, abnutzen und vertun müsse, daß kein Rest oder Vorrat übrigbleiben dürfe, das waren Ansichten, die er verfocht. Ein Genießen dieser Art kann nur hastig und geschwind betrieben werden. Da aber zur Tiefe des Genusses Ruhe gehört, war leicht einzusehen, daß er wenig genoß. Genußfähigkeit setzt eine reiche sinnliche und geistige Ausrüstung voraus, die er nicht hatte. Er übersprang mit seinen flinken, behenden Wünschen die Lebensadern, aus denen jeder schöpfen muß. Daß er sein Ziel erreichen würde, daß am Ende nichts zurückbleiben konnte, keine Spur, kein Hauch, kein Schimmer, das war vorauszusehen.

Mir war schon seine Wohnung merkwürdig. Als ich sie zuerst sah, erinnerte sie mich an die Wohnungen, die in den Auslagen von Möbelgeschäften stehen, Entwürfe von Innenarchitekten sind und noch nichts Wohnliches haben, weil sie nicht bewohnt wurden und aus Stücken bestehen, die nebeneinandergerückt sind. Die Wohnung war elegant, geräumig, hell und luftig; er hatte sie in einem Geschoß unter den Dächern Berlins eingerichtet. Doch fehlte ihr die Wohnlichkeit, welche die bescheidensten Nester haben und auch die gelehrten Klausen haben können. Er machte nur Gebrauch von ihr, und es bestand keine Neigung zwischen den Räumen, den Sachen und ihrem Inhaber. Da war nichts, was in die Hand genommen, betrachtet und mit einem Blick der Neigung fortgestellt wurde. Seine Bücher zogen das Auge nicht an; sie hatten etwas flüchtig Zusammengestelltes, Angelesenes und Abgelegtes. Dieser Wohnung fehlten Laren und Penaten, und daran änderte seine Heirat nichts.

Er heiratete ein Mädchen, das von deutschen Eltern adoptiert worden war, eine Russin, ein kosackisches Wesen, eine kosackische Schönheit. Ich sah sie hin und wieder, dazu einige der Freundinnen, die sie mitbrachte. Auch ihre Freundin Hilde war schön, auf eine andere Weise, eines der großen, schlanken blonden Berliner Mädchen, die gut anzusehen sind, für sich aufkommen und etwas Selbständiges haben. Was an diesen jungen Mädchen zunächst auffiel, war der ironische Ton der Gespräche, die sie mit Männern führten. Es konnte scheinen, daß er etwas Herablassendes, Schneidendes, vielleicht gar Höhnisches hatte. Verborgen darin lag das Ungeschützte und Schutzlose. Schutzlos waren sie, weil sie aus dem Schutz der Familie heraustraten, unabhängig sein wollten und gleiche Rechte beanspruchten. Ironisch war der Ton, doch die Selbstironie, die manches zurechtrückt, fehlte ihm. Über die Ironie dachte ich damals oft nach, auch darüber, warum sie so oft mit Sentimentalität sich koppelt. Weder die eine noch die andere ertrug ich leicht; in beiden deckt sich ein Verlust auf, eine Schwächung, ein Mangel an Sinnlichkeit. Wo sie zusammenflossen, wurden sie unleidlich. Meine Abneigung gegen das Idealische, das ohne Ironie ist, und gegen das Romantische, in dem sie wuchert, war stark im Wachsen. Die durch Ironie gewonnene Überlegenheit schien mir künstlich zu sein, die Sentimentalität nur ein Reflex schiefer Neigung. So leidenschaftlich ich immer für alle närrischen Wesen eingenommen war, so kalt ließen mich die ironischen; auch geht Kälte von ihnen aus. Der Unterschied zwischen dem Narren und dem Ironiker ist groß. Der eine ist drinnen, der andere draußen. Was der Narr packt, das läßt der Ironiker fahren. Das Elementare, Naturhafte, Koboldhafte, die Eulenspiegeleien und Münchhausiaden, das Launige und Launische liegen auf der einen Seite, Reflexion und Abstraktion auf der anderen. Wer etwas ironisch nimmt, der nimmt es ebendadurch nicht. Ironie bei jungen Mädchen ist etwas Fatales, denn wohin soll sie führen?

Das was mit dem Verkehr der Geschlechter zusammenhing, behandelten sie ironisch. Sie taten so, als wäre hier ein Geheimnis, das ihre flinke Klugheit längst ergründet hatte, eine Praxis, über die man Bescheid wissen müsse. Ihre Klugheit brachte sie dahin, eine Leidenschaft für lächerlich zu halten, für eine Dummheit, die unweigerlich zur Ausbeutung des schwächeren Teils führen müsse. Die Theorie der Ausbeutung, die überall anwendbar ist, wurde auf das Verhältnis der Geschlechter übertragen. Warum nicht, da sie, einmal angenommen, sich bis in die letzte Bewegung hinein verfolgen, hineinlegen läßt. Doch steckte darin eine Beraubung und Selbsttäuschung. Sie täuschten eine Überlegenheit vor, die sie nicht besaßen. Ihre Ironie hatten sie den Männern abgesehen und brauchten sie als Waffe im Gespräch. Einige von ihnen hatten nicht einmal Liebschaften, und das ist nicht wunderlich, da ihr beständiges Ironisieren sie davor mehr schützte als strenge Tugend. Das Entstehen einer Neigung wird durch nichts sicherer verhindert als durch die Ironie, die als Frost auf die zarte Unruhe fällt, mit der jede Neigung beginnt. Das Verhüllte, Verdeckte der Gespräche, die Zweideutigkeit, die zu erkennen gibt, daß jeder Einsatz, jede Entscheidung vermieden werden soll, ist verderblicher als die Ausschweifung. Ein Mangel an Sinnlichkeit liegt darin, der alles Sinnliche in Mitleidenschaft zieht. Ich kam nicht auf den Gedanken, sie mit Luise bekannt zu machen. Luise war nicht ohne Spottlust und liebte die Neckereien, aber dieses Ironisieren hätte sie nicht begriffen.

Doch Vera, Bracks Frau, war nicht ironisch. Manchmal suchte ich mir deutlich zu machen, woher ein solches Wesen komme, wie es zustande kommen konnte. Das war nicht leicht zu ergründen, weil die Geschichte fehlte, die innere, die einen Anhalt gibt und aus der sich etwas ablesen läßt. Bei ihr schien weder Anfang noch Ende zu sein, weder Weg noch Ziel, doch wurde vielen deutlich, daß ein Unstern über ihr waltete, eine schlimme Konstellation. Seltsam schon war, daß ihr Einzug in die Wohnung alles unberührt ließ, daß die

Wohnung sich durch die Ehe nicht veränderte. Offenbar lag in ihrem Willen, nichts mitzubringen, auch sich selbst nicht; sie lebte in der Wohnung wie ein Besucher oder Schlafgast, der das Vorhandene nur benutzt. Ein riesiger Hund, der in dieser Stadtwohnung wenig am Platze war, war ihr Spielzeug. Geizig war das nicht, denn aller Geiz lag ihr fern, aber achtlos bis zur äußersten Willkür. Ein achtloses Wesen war sie, achtlos gegen andere und achtlos gegen sich selbst. Schön war sie, doch flößte diese Schönheit kein Verlangen, keine Zärtlichkeit ein. So wie sie war, konnte kein Mann sie besitzen, dem sie sich hingab. Sie besaß sich selbst nicht.

Es war an ihr nichts, an dem ein anderer sich hätte halten können; sie vermochte es, ihm ganz unberührt zu entgleiten. Sie vergaß ihn, und auch er mußte sie vergessen. Bald war sie träge und willenlos, bald wild bis zum Exzeß, bald traurig und bald von wütender Munterkeit, von prächtiger Gesundheit wie ein Raubtier und doch bei aller Bewegung, die sie hervorrief, so unlebendig, daß sie erschreckte. Ein solches Wesen hatte ich weder vorher gesehen, noch hätte ich es mir denken können. Wenn sie mit nichts, am wenigsten mit sich selbst, sparte, so geschah das, ohne daß einem anderen dadurch etwas mitgeteilt wurde, ohne daß in diesem Ausgeben die kleinste spendende Ader sichtbar geworden wäre. Das hatte etwas Zerstörendes, als ob ihr alles zu lange dauerte und zu umständlich wäre. Eine tiefe Verödung, eine Ermattung aller Kräfte ergriff sie. Dann sprang sie wie eine Katze empor, in tollen Sprüngen, die niemand, auch sie selbst nicht voraussehen konnte.

Mir kam die Stadt manchmal wie eine Retorte vor, in der Elixiere verarbeitet wurden, die wenig Vertrauen einflößten. So eines Nachts im eiskalten Winter, als ich in eine Wirtschaft eintrat, in der ein Maskenfest gegeben wurde. Brack war dort und Vera mit ihm. Mir schien das ein Fest zu sein, zu dem die Desperados sich zahlreich versammelt hatten. Die Trunkenheit arbeitet viel aus dem Menschen heraus. Auch gibt es Töne von so schneidender Schärfe, daß sie das Glas springen machen, und nur solche vernahm man hier. Es lag soviel Anspannung und verborgene Feindschaft in diesem Fest, soviel Angst und Anstrengung, daß vielen die Tränen näher sein mochten als das Lachen. Ich hatte sogleich einen Zusammenstoß mit einem betrunkenen Schauspieler, den ich nicht kannte, der mich aber mit einem seiner Feinde verwechseln mochte. Seine Begleiter hielten ihn zurück, und dumpf murmelnd und randalierend saß er in einer Ecke, während eine Frau in seiner Nähe den Kopf auf den Tisch legte und einen Weinkrampf bekam. Hysterische Schreie, die etwas Leeres und Sinnloses hatten, fuhren durch das Gewühl. Vera, die bei solchen Vibrationen mitvibrierte wie eine Glasharfe, sprang plötzlich auf, riß sich die Kleider vom Leib und lief auf die Straße, in die schneidend kalte Winternacht hinaus. Irgend jemand setzte ihr nach und brachte sie zurück. Es ist nicht leicht, sich zu belustigen, wenn man nicht lustig ist, wenn der Wille dazu erst einen Sprung machen und sich an Seilen hochziehen muß. Ich begriff, daß dieses Fest nur ein Vorwand war oder eine Ausrede, daß alles sich in sein Gegenteil verkehrte, und stärker erfaßte mich die Vorahnung des Unheils, welches atmosphärisch die Stadt und ihre Menschen durchdrang. Ich entsinne mich des Heimwegs in dieser kalten Nacht. Was geht hier vor? Was geht in dir vor? fragte ich mich nicht ohne Erstaunen. Du kannst deiner Unruhe nicht einmal einen Namen geben. Warum schließt du dich nicht mit deiner Arbeit ein, unbekümmert um alles, was dich von ihr abzulenken versucht? Aber ich begriff auch, daß sich nichts änderte, wenn ich die Augen schloß, daß ich auch dann mitten im Maelstrom war. Mächtig drang die Zerstörung von allen Seiten heran; aufhalten ließ sie sich nicht, und die Frage war allein, wer sie überstehen würde.

Veras Sprung in die Winternacht konnte ein toller Einfall, eine aufschießende Laune oder auch ein Mittel sein, um die Aufmerksamkeit auf sich zu lenken. Doch solche Erklärungen reichen nicht hin. Dieses makabre Lokal mit seinen makabren Gästen war nicht das einzige in der Stadt, und ähnliche Vorgänge mochten sich überall abspielen. Wer sich die Mühe nahm, sie zu verstehen und in ein Verstehen einzuordnen, der mußte ihren Zusammenhang bedenken. Sie waren Vorzeichen einer Wende, und auch eine Frau wie Vera gehörte zu dieser Wende, die sie nicht begriff, aber in jedem Nerv spürte.

Ich sah sie nicht wieder, sie ging ihre Wege. Brack saß mit Tibor eines Nachts am Tisch eines Straßencafés. Es war schon spät, sie ging vorüber, und beide wunderten sich, daß sie stumm und teilnahmslos weiterging, ohne zu grüßen und heranzutreten. Was mag da in ihr vorgegangen sein, als sie im künstlichen Licht auf der Straße ging, abgesondert und mit keinem anderen Gedanken beschäftigt als dem, jetzt so schnell wie möglich ein Ende zu machen? Als beide in die Wohnung kamen, war sie schon tot und lag ausgestreckt und entkleidet am Boden. Tibor erzählte mir, wie der Anblick der Toten ihm zusetzte, und sein Bericht setzte auch mir zu. Wer kann einem solchen Wesen helfen? Niemand vielleicht.

Ich bezeichne hier das, was sich meiner Erinnerung so eingeprägt hat, daß es in einem Zusammenhang erkennbar wird, und ich hoffe, daß in diesem Versuch keine Anmaßung liegt. Der Zusammenhang wird erst durch Nachdenken sichtbar, und Nachdenken ist Erinnerung. Wer nicht das Verlangen spürt, aus seinem Leben ein Ganzes zu machen, nichts darin als Zufall stehenzulassen, der vegetiert nur. Hier aber findet eine Auswahl statt, die wir nicht vorhersagen und vorherbestimmen können. Ereignisse, die uns wichtig schienen, denen wir eine bestimmende Kraft einräumen, verlieren ihr Gewicht und treten zurück, während Unscheinbares sich erhält und starkes Licht auszuströmen beginnt. Unscheinbar sind oft die Verknüpfungen und Zwischenglieder, durch die unser Leben verändert wird. Das was Zukunft hat, ist als Samenkorn immer schon da, ist schon in unserem kindlichen Denken vorhanden; nicht alles aber keimt zu gleicher Zeit.

Hinzu kommt etwas anderes. Die Menschen, die in unserem eigenen Leben sichtbar werden, hervortreten und Spuren hinterlassen, sind an Zahl geringer als die anderen, die uns wie Schatten begegnen und Schatten bleiben. Deshalb liegt einige Wahrheit in dem Verfahren von Stücken und Romanen, zwischen Hauptfiguren und Nebenfiguren zu unterscheiden, obwohl jede Person Hauptperson ist, zumindest ihres eigenen Lebens, und wir alle Statisten sind in dem Leben anderer. Statisten sind Personen, die sich in dem Stück, das abläuft, mit Nebenrollen und stummer Gegenwart begnügen müssen. Begnügen sie sich nicht, treten hervor und reden ins Ganze hinein, so stören sie alle anderen und das Stück selbst. Vielleicht ist das ein Schlüssel zu Ereignissen, die jeden befremden. Die Leute, die sich in Dinge mischen, die sie nichts angehen und von denen sie nichts verstehen, nehmen zu. Vielleicht sind sie nur komische Figuren, deren Aufgabe darin besteht, das Unangemessene deutlicher zu machen. Doch können an ihnen, wie an einer Karikatur, einzelne Züge scharf hervortreten, auch das Heillose und Unheilvolle sichtbarer werden. So jagen am Himmel, wenn das Gewitter naht, die schwarzen Wölkchen vorüber.

Mir war wie einem Fisch in der Pfanne, der aufschnellt, weil er spürt, daß Feuer unter ihm ist. Ich sah diese Pfanne manchmal vor mir; sie war aus blankem Kupfer, war auch die Stadt Berlin, war, wie ich endlich herausfand, samt Feuer und Fisch nichts anderes als ich selbst. Die Erleichterung, sagte ich mir, kann nur vom Hervorbringen kommen. Wie kommt man aber zum Hervorbringen? Ich glaubte mich in einem circulus vitiosus zu drehen, und meine Ungeduld beschleunigte die Bewegung. Später erst erkannte ich, daß in meiner Lage Vorzüge waren. Ich hatte Zeit, Raum und Muße und hätte, bei innerer Ruhe, noch mehr Muße gehabt. Ohne Hast und Not konnte ich mich nach Neigung beschäftigen. Es gab keine Maschinerie von Interessen, in die ich eingefügt war; weder brauchte ich jemanden, noch konnte mich jemand gebrauchen. Kein Beruf, keine Stellung drückten mich, und ich befand mich wohl dabei. Kurzum, ich war ein ganz unnützer Mensch, und daraus ergab sich, daß mein Umgang weder für mich noch für andere ein Mittel zu irgendwelchen Zwecken sein konnte. Die Menschen, denen ich begegnete, bewegten sich so, daß ich sie in ihren Anstrengungen und Schachzügen frei betrachten konnte. Und da ich von ihnen nichts wollte, von ihrem Wohlwollen und ihrer Mißgunst nicht abhängig war, konnten mir die Bösartigen wenig schaden, die Desperados, die überall auftauchen, zu allem entschlossen sind und rasch wieder im Dunkel verschwinden.

Desperado nenne ich einen Menschen, der über wenig Mittel verfügt, dem es daher auch an Zeit und Geduld fehlt. Es versteht sich, daß solche Menschen nichts wachsen lassen. Ihr Kennzeichen ist, daß sie mit ihrer Verzweiflung auf jede Weise Schluß machen wollen, daß ihnen jedes Mittel dazu recht ist und daß sie dann auf einen Handstreich, einen Coup verfallen, auf etwas Gewaltsames. Darin liegt schon, daß sie mehr durch den Willen als durch Verstand und Einbildungskraft bestimmt werden. Bei wachem Bewußtsein haben sie etwas Augenloses, das sehr wohl mit überscharfem Spähen zusammengeht, einen fixierten oder eingefangenen Blick, wie ihn Menschen haben, die hinter Gittern sitzen oder immer auf eine Ecke, einen Winkel dieser Welt blicken, deren Räumlichkeit ihnen nicht aufgeht, deren Zeitlichkeit sie nicht begreifen. So wie ein Herzkranker oder Nierenkranker immer von dem Leiden spricht, das ihm zusetzt, so verweilten sie bei den Begriffen, an denen sie schliffen und feilten, um sie zu Messern umzuarbeiten. Das Wort, der Satz, die Sprache sind ihnen nur dazu gegeben. Daß alles sofort, auf der Stelle, von Grund auf verändert werden müsse, ist ihr Glaubensbekenntnis und die Losung, die sie zusammenhält. Sind sie denn umsonst da? Nein, sie wissen nicht nur, daß alles faul ist, sie führen auch die Streiche, die fallen, und schon daß sie da sind, weist auf das Kommende hin.

Solms, der mir ein Schlüssel zu allen anderen wurde, dachte in Ausschnitten, die scharf und auf künstliche Weise belichtet waren. Seine Bemerkungen hatten etwas Stechendes; eine stechende Gehässigkeit war allen seinen Wahrnehmungen zugesetzt und verdarb sie zugleich. Er fand überall das heraus, was den Haß steigern konnte, was seinem Durst nach Rache Nahrung gab. In diesem Bemühen lag etwas scharfsinnig Zerstörendes; es erschreckte und wollte erschrecken. Seine Sätze waren scharf pointiert; eine Art von eiskalter Verachtung gab sich in ihnen zu erkennen.

Ich ging einmal mit ihm den Kurfürstendamm hinauf, abends, als die Straßenmädchen dort langsam hin und her promenierten und ihrem Geschäft nachgingen. Er erzählte mir da, daß ihn niemals, in seinem ganzen Leben nicht, ein solches Mädchen angesprochen hätte. Ich begriff sofort, warum die Mädchen, zu deren Gewerbe das Studium der Männer, ihrer Gesichter und Bewegungen gehört, ihn mieden. Sie erkannten schon an seinem Gang, an der mageren, isolierten Bewegung, die ihm eigentümlich war, mit der er die Menge teilte, daß Vorsicht geboten war. Mir kam er manchmal wie ein Marder oder Ichneumon vor, obwohl ihm die Anmut dieser Tiere, ihre fließende Geschmeidigkeit fehlte. Seine Augen hatten einen stechenden Blick wie bei jenen, denen die Italiener den mal'occhio zuschreiben. Wenn er mich mit diesem Blick ansah, war mir, als ob sich ein Dreieck bildete, dessen spitzer Winkel mich genau in der Mitte zwischen den Augen, auf dem Ansatz der Nasenwurzel, traf. Vielleicht schielte er ein wenig. Ein solcher Mensch belehrt mehr als dicke Bücher. Das Verletzende an ihm stand in engem Zusammenhang damit, daß er selbst verletzt worden war, und sein Denken wurzelte in dieser Verletzung, die Schärfe seiner Intelligenz ging aus ihr hervor. Seinen Fähigkeiten nach gehörte er zu den Handlangern, und als solcher war er verwendet worden bei dem Unternehmen, das ihn Jahre der Freiheit kostete. Er schien ungebrochen aus dem Zuchthaus hervorzugehen, aber die Wahrheit war, daß er sich übernommen hatte, ganz überanstrengt war und etwas Krampfhaftes bekam. Wie bei einem Insekt, das zugleich zittert und sticht, war Unruhe in ihm, eine Spannung und scharfe Torsion. Diese war es, die mich an ihm beschäftigte. Er war wach, und in der Wachheit ging alles auf wie bei einem Fechter, dessen Intelligenz sich in der Spitze des Floretts versammelt.

So wie er damals durch Berlin ging, und mancher andere mit ihm, war er das Muster eines jungen Partisans. Ein Mann ohne bürgerliche Ehrenrechte, in dessen Zimmer die Polizei jederzeit eintreten und visitieren konnte. Wehrunfähig geworden, aber zum Kampf bis aufs Messer immer bereit, ein Aktivist und Avantgardist, der weder etwas vor noch etwas hinter sich hatte. Das Mädchen, mit dem er zusammenlebte, das er heiratete und dann verließ, war ein proletarisches Wesen, schlampig, vulgär, ohne sinnlichen Reiz. Sie paßte damals zu ihm, paßte insofern, als er das Sinnliche kurz abtat, Schönheit, Anmut und gute Erziehung für bürgerliches Gewäsch hielt. Dieses Mädchen, aus guter Familie stammend – Proletarier werden in allen Schichten geboren – hatte sich gegen den Willen der Mutter zu ihm geschlagen. Als er aus dem Zuchthaus entlassen wurde, ließen sich beide in der mütterlichen Wohnung des Mädchens nieder, schlugen ihr Bett vor dem Schlafzimmer der Mutter auf und trieben darin, um ihren Widerstand zu brechen, geräuschvoll ihre Vereinigung. Das ist etwas, das der Paria nicht tut, ist Brechung eines Tabus und Verletzung des Geheimnisses, in dem das Geschlecht gründet. Ihm machte es nichts aus, davon zu erzählen; sie saß dabei und hatte nichts einzuwenden. Doch verstand ich, während ich zuhörte, daß auch in dieser Erzählung etwas Übertriebenes und Gewaltsames war. Er erzählte sie, um Widerstände zu brechen, und ein Akt der Prostitution reicht dazu hin; er leistet das um so besser, je publiker er wird. Leicht ist es, sich über eine solche Erzählung und den, der sie erzählt, zu entrüsten, schwieriger, einen Zustand, eine Verfassung zu verstehen, aus der dergleichen hervorgeht. Dieser Mensch, der zerbrochen war und nur noch die Hülse seiner eigenen Zerbrochenheit zu sein schien, fieberte zugleich vor Angriffslust. Er spie jedem seine Verachtung ins Gesicht, aus einem Gefühl der Ohnmacht heraus, das ihn wie Säure zerfraß. Er war ganz wund und hautlos; wo er berührt wurde, war eine schmerzende Stelle. Kein Humus war da, nichts von Vertrauen, dafür aber, in genauer Verbindung mit seiner Verletzlichkeit, etwas gefährlich Aggressives. An Helmer fiel mir das jederzeit Präsente seines Bewußtseins auf, seine dialektische Wachheit, die etwas Instrumentales hatte. Doch in der Intelligenz von Helmer war ein Nomos. Solms war ein ganz anderes Wesen.

Damals schon beschäftigte mich, welche Reserven er haben könne. Darauf erhielt ich eine Antwort, die ich nicht erwartet hatte. Ich verlor ihn aus den Augen und sah ihn nach Jahren wieder, eines Mittags, als ich allein bei Aschinger saß und aß. Er sprach mich an, ich hatte Mühe, ihn zu erkennen, und erstaunte, da ein ganz anderer Mensch vor mir auftauchte. Die Spannung war verschwunden. Er war nicht mehr mager wie ein hungriger Wolf; das Fett begann sich bei ihm anzusetzen, im Nacken und im Gesicht, aber das hatte nichts Blühendes, sondern nahm sich aus, als ob die toten Partien gewachsen wären und das Fett auf leblose Weise wucherte. Unser Gespräch war nur kurz. Er hatte Erfolg gehabt oder doch das, was die meisten sich unter Erfolg denken. Wie aber, fragte ich mich, geht das zu? Sein Coup war ausgespielt, und er schien einer anderen Schicht anzugehören. Sozial gesehen, prosperiert der Mensch oft erst dann, wenn er sich fallen läßt. Dann erst beginnt sein Gedeihen und Wuchern, und die Verfettung gehört dazu.

Vielleicht, so scheint es, könnte das alles gelinder gesagt werden, doch wäre damit nichts gewonnen. Solms, so wie er später vor mir auftauchte, beschäftigte mich nicht, aber der desperate Solms beschäftigte mich. Wenn ich etwas von dieser Begegnung verstand, dann dieses, daß sie nichts Zufälliges hatte. Ich lernte keinen Kauz oder Sonderling kennen, sondern einen Menschen, der in seinen Ansätzen und in seiner Durchbildung überall anzutreffen war. Käuze und Sonderlinge waren im neunzehnten Jahrhundert häufiger und wurden mit mehr Neigung betrachtet als im zwanzigsten. Wer sie als Formen der Verkümmerung ansieht, hat nicht unrecht, doch entspringt diese Verkümmerung einem Wachstum und hat mit dem Boden zu tun. So verkümmert die Kiefer, die im Gestein und auf Gipfeln Wurzel schlägt, und zeigt zugleich in ihrem Wuchs, welche Widerstände sie geformt haben. Ideologien haben kein Wachstum und dulden keine Wesen von eigenem Wuchs.

Viele mochten schlechter, mancher besser ausgerüstet und daher gefährlicher sein als Solms, der in seiner Jugend von Stärkeren vorgeschoben und eingesetzt wurde. An ihm und anderen ließ sich manches ablesen. Der Partisan und die Partisanin, die ihm folgt und sich zu ihm schlägt, sind ein Erzeugnis des Jahrhunderts, in dem wir leben. Sie kommen aus Krieg und Bürgerkrieg, zeigen sich nach dem ersten Weltkrieg, entfalten sich im zweiten und geben zu erkennen, daß die Zukunft mit ihnen zu rechnen hat. Sie gehen aus der Zersetzung von Staat, Nation, Volk, Gesellschaft, Recht und Wehrpflicht hervor, stehen außerhalb des Völkerrechts und geben so wenig Pardon, wie ihnen Pardon gegeben wird. Sie kommen und gehen mit den Wölfen, kämpfen nicht auf Schlachtfeldern, sondern im Rücken der Heere, eingeschlossen, umzingelt, in Wäldern und Sümpfen, dem Mangel und den Unbilden der Witterung preisgegeben. Sie sind nicht Freischärler, die mit Begeisterung zu den Fahnen eilen, sondern einer strengen Organisation und Disziplin unterworfen, die ihnen ermöglicht, auch in ihrer Abgeschnittenheit und Verlorenheit den Kampf fortzusetzen. Daher können sie zwar ohne Brot und Fleisch leben, nicht aber ohne die technische Ausrüstung ihrer Zeit, das heißt, nicht ohne ein Kollektiv, das ihnen diese liefert. Wären sie nicht an ein Kollektiv gebunden, würden sie nichts mehr als gewöhnliche Räuber und Mörder sein. Doch das Kollektiv und der Partisan gehören zusammen. Ihn formt und härtet die Not, und von ihm ist manches zu erwarten, Gutes und Böses.

Die Frage, die damals viele junge Leute beschäftigte, die

Frage: Was ist das Vaterland? Wo ist es? wurde verschieden beantwortet, selten aber kosmopolitisch. Selten auch so, daß das Vaterland in eins gesetzt wurde mit dem Staat, dem Volk, der Nation oder Gesellschaft, so wie sie vorhanden waren. Auf diese Antwort wäre wohl nur Widerspruch erfolgt, und auch ich hätte widersprochen. Die Brüchigkeit, Veränderlichkeit und rasche Umformung dieser Gebilde konnte kein Vertrauen einflößen. Das Vaterland war nicht Staat und Staatsform. Es war nicht nur ein Land der Lebenden, sondern auch das Land der Väter. Vaterland waren die Ahnen, der Eichbaum, die Schlange. Es war, als ob alles ins Element zurückgetaucht und selbst wieder Element werden mußte, um mit neuer Liebe, neuem Vertrauen umfangen werden zu können.

Hierher gehört eine Wahrnehmung, die den Roman und seine Lektüre betrifft. Dostojewski war damals von allen russischen Autoren der am meisten gelesene, mehr gelesen als Puschkin, Gogol, Tolstoi oder irgendein anderer, mehr als Amerikaner, Engländer oder Franzosen, unter denen Stendhal eine gewisse Aufmerksamkeit gezollt wurde. Doch der Beylismus, der sich und seine Leser isoliert, hatte wenig Anhänger. Diese Feststellung betrifft Leser eines bestimmten Alters, junge Leute zumeist, die aufmerksam lasen und das Ergebnis ihrer Lektüre einander mitteilten. Nicht zufällig war, daß Dostojewski eine solche Teilnahme fand; hier schien eine Ähnlichkeit der Lage sich aufzudrängen, der es nachzuforschen galt. Indessen bleibt diese Ähnlichkeit, wenn sie genauer untersucht wird, eine psychologische. Auch Solms hatte Dostojewski genau gelesen, wie sich denn bei den Desperados eine intime Kenntnis seiner Romane und Figuren fand, vor allem derjenigen, in denen sie sich wiederfanden oder wiederzufinden glaubten. Als der Schlüsselroman wurden die »Dämonen« angesehen, unermüdlich gelesen und stets von neuem kommentiert, immer in Beziehung auf das, was man um sich und vor Augen hatte. Dabei blieb manches unbeachtet; auch kam es zu Mißverständnissen. Ein Staretz Sossima, Aljoscha, Fürst Myschkin waren nicht leicht wiederzufinden, obwohl das Helle dieser Figuren in einer Entsprechung zu den dunkleren stand, deren Studium eifrig betrieben wurde. Daß auch die dunklen wie Stawrogin, Swidrigailow, Rogoschin oder ein so scharfsinniger Beobachter wie der Untersuchungsrichter Porphyri Petrowitsch nicht leicht in eine andere Zeit und einen anderen Raum zu übertragen waren, wurde übersehen, entdeckte man doch leicht Ähnlichkeiten, suchte nach ihnen und ergötzte sich daran. Als ich den »Oblomow« von Gontscharow las, mußte ich an Tibor denken. Mir ging bei der Lektüre dieses Romans auf, daß er den Untergang des russischen Adels vorwegnimmt. Oblomow geht untätig, träge und schmerzlos zugrunde, gepflegt von einer Magd, die nicht mehr und nicht weniger als das russische Volk ist. Aber Tibors Oblomowerei war etwas ganz anderes; er war untätig, ohne träge zu sein, war mit bohrenden Gedanken beschäftigt, entschlossen und ohne Güte. Solms war alles andere als ein Raskolnikow.

Was ist darüber zu sagen? In jeder psychologischen Untersuchung, wie immer sie aussehen und gehandhabt werden mag, steckt Entfremdung, Kälte und darüber hinaus Grausamkeit. Sie ist verwandt mit den Verfahren, denen die Tiere unterworfen werden, mit den Arbeitsmethoden der Vivisektion. Der Beobachter als solcher, der sich vom Zuschauer unterscheidet, hat etwas Störendes und Zerstörendes; er muß es haben, weil das, was er untersucht, für ihn Gegenstand ist und bleibt. Deshalb will niemand beobachtet werden und setzt sich jeder zur Wehr; er fühlt heraus, daß ein bewaffnetes Auge ihn angreift. Soweit die Kraft des Beobachters dabei immer reicht, den Menschen bekommt er nur in Strukturen, Zügen und Einzelheiten zu Gesicht, denn wo der ganze Mensch wahrgenommen wird – so sieht ein Liebender –, hört alles Beobachten mit einem Schlage auf. Die Liebenden treiben keine Psychologie. Insoweit Dostojewski Psychologe ist, ist er grausam, wie wir alle grausam sind, wenn wir uns mit ihr beschäftigen. Es war vor allem das psychologische Verfahren, das seine Leser studierten und dessen Funde sie sich zunutze machten. Sie begriffen an diesen Romanen nur bestimmte Seiten, diese aber durchaus. Was sie entzückte, war die vivisektorische Schärfe der Beobachtung, war das Quälende des Umgangs und nicht zuletzt die Niedrigkeit des Menschen, der sich in einem Bett der Schmach wälzt und mit großen Flecken bedeckt ist. Das alles hängt mit der Beobachtung zusammen; was zu oft berührt und betastet wird, wird schmutzig, und zwar im Verhältnis seiner Verborgenheit. Was die Leser anzog, war die Verbindung des Gewöhnlichen mit dem Phantastischen, des Wunderbaren mit dem Gemeinen. Auch fanden sie alle Anzeichen der schweren Vergiftung wieder, an der sie selbst litten, das Fieber, das sie umtrieb, die Ruhelosigkeit der Seele und die Fegefeuer und Höllen, in denen sie gebraten, geschmort und verkocht wurden. Sie erfaßten nicht, daß auch hier der Untergang des russischen Adels vorweggenommen wird. Auch entging ihnen die Gesetzmäßigkeit des Leidens, denn sie waren Handelnde, legten sich als solche auch den Ehrennamen Aktivisten bei. Inwieweit ihr Tun mit ihrem Leiden zusammenhing – und sie litten stark –, darauf verwandten sie wenig Aufmerksamkeit.

Was mich an den Romanen Dostojewskis beschäftigte, war etwas anderes, war nicht die Weite des russischen

Raums – die als solche nicht vorhanden ist –, sondern der imaginäre Raum, in dem weder Landschaft noch Tier, Baum, Blume oder Quelle ist, weshalb auch die Bewegungen und Berührungen der Menschen im imaginären Raum etwas seltsam Widerstandsloses haben; sie treffen sich, kreuzen einander, bedrängen sich, trennen sich, verschwinden und tauchen wieder auf, und das alles geschieht seltsam willkürlich. So wie jemand mit einem Magneten über Feilspäne hinstreicht und sie dazu bringt, Figuren zu bilden, so bilden sich hier Gruppen von Menschen. Woran liegt es, fragte ich mich, daß in diesem imaginären Raum immer ein solches Gedränge ist, warum drücken und drängen sich die Menschen in Zimmern und Kammern zusammen, die schlecht riechen und den Verdacht nach Wanzen erwecken? Die Zimmer riechen nicht nach Erde, Blumen oder Seife, sondern nach ungewaschenen Seelen. Die Bewegungen sind überheizt, scheinen keinem Plan unterworfen zu sein und haben weder Anfang noch Ende, so daß etwas Fiebriges, Traumhaftes, Visionäres und auch Kataleptisches an ihnen hervortritt. Gogols Troika fährt noch über Land, aber diese Menschen nutzen die Weite des russischen Raums nicht, sie drängen und knäulen sich im imaginären Raum wie Zwirn zusammen, so daß Überfüllung und schlechte Luft die Folge sein muß. Über ihnen weht kein Laub, und ihre Füße kühlt kein Bach. Wie wund und schutzlos sind sie doch, wund und schutzlos, weil nichts zwischen ihnen ist, keine Grenze, keine Distanz, kein Eigentum, weil sie sich weder ausweichen noch ertragen können. Es ist kein Maß da, das sie zwischen sich legen. Mir ging auf, daß zuletzt in dieser Schutzlosigkeit die Teilnahme begründet lag, die ihnen entgegengebracht, die Verwandtschaft, die mit ihnen gefühlt wurde.

Damals fand auch der neue amerikanische Roman seine Leser. Entsinne ich mich recht, so fand ich zuerst bei Brack diese Romane und ihre Übersetzungen. Der russische Roman des neunzehnten Jahrhunderts, der ohne Europa so wenig denkbar ist wie der amerikanische, hat Transzendenz; er ist, um es mit einem Worte zu sagen, pneumatisch. Er verweist auf die Zukunft und enthält schon den Beginn der Auseinandersetzung mit dem Kollektiv. An ihm abgemessen ist der amerikanische Roman agnostisch und pluralistisch, entspricht daher dem Denken, das herrschend ist. Sein Kennzeichen ist, daß der Stoff, der verarbeitet wird, nicht ganz bewältigt wird; er drängt formlos über und behält etwas Grünes, Rohes und Krasses. Sein Grundzug ist, daß er nichts verschweigt, alles in den Mund nimmt und ausspricht. Ein solches Verfahren kann das Zusammenleben nicht erleichtern, sondern muß es schwieriger machen. Die Tabus, auf denen das Einzelleben sich gründet, sind nichts anderes als Schweigegebote; indem sie als solche wirken, schaffen sie Raum für und zwischen den Menschen. Wieweit solche Aussagen reichen, die nichts mehr schonen, mag die Zukunft lehren. Insofern sie wahrhaftig sind, zeigen sie die Verdüsterung des Menschen, der sich im Automatismus seiner Arbeitswelt eingefangen sieht. Bei Faulkner ist die motorische Wachheit dieses Menschen dargestellt, die sich mit Blindheit und Fensterlosigkeit verbindet. Das ist ein Zeichen, welches Aufmerksamkeit verdient, die spezielle, auf die Kontrolle von Mechanismen gerichtete Bewußtheit, die von Finsternis umstellt ist. Die Bewegung wird mechanisch und hat dabei etwas Manisches, als ob der Mensch von einem Opiat vorangetrieben würde.

Dostojewski forderte, daß die ganze Welt russisch werden müsse. Eine Art von christlichem Imperialismus brachte ihn dazu. So fordern die Amerikaner, daß ihre materialisierten

Gedanken und Empfindungen von aller Welt angenommen werden. Sie wandern über die Meere, dringen überall machtvoll ein und führen manches Vulgäre mit. »I became almost sick«, schreibt ein amerikanischer Freund, »while looking at Mickey Mouse and Donald Duck. Rarely had I to contend with such concentrated vulgarity.«

Die Stadt rief Bilder in mir hervor, die ihr nicht angehörten; Gegenbilder waren das. Inmitten ihres Menschengewühls stiegen Landschaften in mir auf, Gebirge, Wälder, Inseln vor allem, leuchtende und spiegelglatte Wasserflächen, Ufer, in die Zweige hineinhingen, an denen sich Seerosen ausbreiteten, die ja nur im stillen Wasser gedeihen. Menschenleer waren die Landschaften, unberührt und lautlos, wie Bilder sind. Sie kamen von selbst, am ehesten dort, wo der Verkehr am stärksten war. Erinnerungen verwebten sich darin mit der Einbildungskraft; ich mußte an den Resedengarten denken, in dessen nirgends festzulegendem Bereich ich einst spazierengegangen war. Die Bilder kamen, gingen und kehrten wieder; mir schien dabei, daß sie durch die Wiederkehr heller wurden. Leicht, mühelos, ohne jede hinzukommende Anstrengung stiegen sie auf; ich sah sie nicht mit den Augen und sah sie doch als etwas, nach dem ich Verlangen hatte. Vor allem hatte ich nach dem Wasser Verlangen; ein Leben am Wasser, an dem alle melodische, rhythmische Bewegung wahrnehmbarer wird, schwebte mir vor. Doch die Zeit dafür war noch nicht da.

Im Rückblicken gibt es eine Deutlichkeit und Genauigkeit, die wir erst nach und nach erreichen; rund wird nur das, was sich ablöst. Ich fragte mich wohl, welche Figuren meine Gänge in der Stadt bildeten. Die Seiten und Winkel dieser Figuren hingen nicht immer von festen Zielpunkten ab; ich überließ mich dem Ungefähr, um eine Überlegung, die mich beschäftigte, zu Ende zu bringen, und fand mich in Straßen und Vierteln wieder, die ich noch nie betreten hatte. Offenbar reichte ein Leben nicht hin, um die Stadt gründlich kennenzulernen. Auf solchen Streifzügen fehlt es nicht an kleinen Abenteuern. An ihnen mag nicht viel gelegen sein, aber das Lebensgefühl, das sie erweckten und hinterließen, ist wohl eine Erwähnung wert. Die menschenüberfüllten Räume sind zugleich Einöden, da die Unzahl der Begegnungen in ihnen jede Begegnung verhindert. Das Selbstgespräch leitete mich oder ein Passant, der mir merkwürdig vorkam, dem ich eine Zeitlang folgte. Ich ging Gesichtern nach. Eine Erwartung war in mir, die kein Ziel hatte, keines Ziels bedurfte, ein waches Aufmerken und Vergnügen an Bewegungen. Wenn die eigene rhythmische Bewegung nachließ, begann ich meine Schritte zu zählen, eilte durch die Stadt und machte Sprünge. Kam ich nach Hause und nahm den Stadtplan zu Hilfe, dann zog ich die Figur des Ganges nach, die transversale, diagonale oder schneckenförmige Bewegung.

Nachts, wenn die Lichter aufleuchten, ist jedes isoliert, die Buchstaben, Wörter, Sätze und Bilder, die in bunten Farben erscheinen, sind aus isolierten Lichtern zusammengesetzt. Oder das geisterhaft grüne, blaue und rote Licht läuft in isolierten Röhren entlang. Das alles bedeutet etwas; du gehst an Zeichen vorüber, welche verweisen. Sie nehmen zu. Je größer eine Stadt ist, desto mehr Treffpunkte gibt es in ihr, desto mehr leere Stellen auch, die keine Treffpunkte sind. Ich traf Luise wochentags an den Abenden, traf sie an Straßenkreuzungen, an den Haltestellen der Untergrundbahn, an Cafés oder an Uhren. Mich beschäftigte immer, daß sie kam, nicht weil ich einen Zweifel an ihrem Kommen gehabt hätte – darin war sie unfehlbar zuverlässig –, sondern weil das Erscheinen ihres vertrauten Gesichts unter so vielen unvertrauten mich immer wieder überraschte, so wie unser erstes Wiedersehen in Berlin mich überrascht hatte. Ich erzählte ihr davon. Lauschend, ein wenig vorgeneigt saß sie da, hielt die Wimpern gesenkt und hörte zu. Im Licht einer Tischlampe saß sie, mit rosig durchscheinenden Ohrläppchen. Im Nacken, unter dem Haaransatz, war ein Flaum und Wirbel feiner Härchen, die hell schimmerten. Ich sah sie an, so, daß ich es nicht vergaß, und spürte, daß sie von vibrierendem, pulsierendem Leben ganz durchdrungen war. Das ist, dachte ich, ein Augenblick ihrer Blüte, ist der Frühling.

»Lebst du gern?« fragte ich sie.

»Sehr gern. Und du?«

»Gern; sag, beschäftigt dich das nicht, daß jedes Zusammentreffen in der Stadt etwas Herausgeschnittenes hat? Es ist, als wäre die Zeit in Scheiben da, zwischen denen nichts ist. Alles kommt, als käme es aus dem Nichts, und ebenso plötzlich ist es nicht mehr da.«

»Ich spüre das auch«, sagte sie. »Liegt es nicht daran, daß wir weit auseinander wohnen und uns nicht immer sehen können?«

»Das ist es nicht allein. Hier kreuzt und durchschneidet sich alles. Daher scheint es wunderbar, daß einer den anderen trifft.«

»Das ist nicht wunderbar. Wunderbar ist nur das erste Zusammentreffen.«

»Das hast du mir schon einmal gesagt.«

»Davon weiß ich nichts. Wann und wo war es?«

»Im Traum.«

Ich wohnte damals in Charlottenburg, in einer Pension, und behielt sie in Erinnerung als einen jener Orte, welcher die Spuren langsamer Verwitterung zeigt. Ein alternder Bezirk der Stadt war das; er schien sich zurückzuziehen und etwas Inselhaftes zu bekommen. Das Haus war wie eine

Muschel, deren Schalen geschlossen sind; der Lärm der Außenwelt drang nicht in sie ein. Luise besuchte mich dort. Sie trug in dieser Zeit gern ein Kleid von grünem Samt, weil es mir gefiel und ich das gesagt hatte. Mir gefiel das Kleid, weil seine Farbe mich an Wasser erinnerte, in dem sich Laub spiegelt, weil ihr Wuchs darin deutlich hervortrat und der Samt, wenn ich ihn berührte, ein eigenes Gefühl in mir hervorrief. Mich freute, daß sie das Kleid trug; ich sagte ihr das alles wieder, sie errötete und sah mich mit ihrem unabhängigen Blick an. Gekommen war sie, um mir zu sagen, daß sie Berlin für einige Zeit verlassen werde, um ihren Heimatort zu besuchen und wieder einmal im Elternhaus zu wohnen.

»Möchtest du dort immer leben?« fragte ich.

»Nein, nicht immer, ich hätte dort nichts zu tun. Es zieht mich nur immer wieder hin. Ich muß durch die Zimmer gehen, den Garten und die Birken betrachten, die am Zaun stehen. Schöne Birken stehen dort. Ich liebe die Birken.«

»Wann wirst du wiederkommen?«

»Ich weiß es nicht. Bald wohl. Du warst in Leipzig. Erzähl, wie es dort war.«

»Ich war mit meinen Eltern im ›Fidelio‹, ging auch in die Wiesenstraße.«

»Wozu?«

»Um den Ort wiederzusehen, an dem wir uns kennenlernten. Alles ist dort unverändert und doch anders.«

»Ja, wir sind nicht mehr dort.« Sie sah sich um, schüttelte den Kopf und sagte: »An merkwürdigen Orten wohnst du.«

»So ist es. Es ist keine Verbindung da. Aber daran ist nichts zu ändern.«

»Wirklich nicht?« Sie musterte das Zimmer. »Es könnte in einem Roman vorkommen.«

»Sag das nicht, dadurch wird nichts besser. Daran zu denken, ist nicht gut.«

»Warum?«

»Weil dann auch du und ich darin vorkämen. Ich kann hier nur wohnen, weil ich das Zimmer nicht sehe und nicht daran denke, was alles darin geschehen ist. Wenn ich es wüßte, müßte ich ausziehen.«

»Ich weiß nicht einmal, mit wem du hier umgehst.«

»Mit niemandem. Der einzige Mensch, der mich hin und wieder aufsucht, ist ein Bekannter, der mich hierhergebracht hat.«

»Ein Freund von dir?«

»Willst du wissen, was das für ein Mensch ist?«

»Ja, sag es mir.«

»Er ist in meinem Alter, ist groß, stark und muskulös. Morgens, wenn er aufsteht, turnt er und prüft seine Muskeln. Er sieht wie ein Bergbauer aus, und wenn du sein gebräuntes Gesicht betrachtest, könntest du denken, daß er ein einfacher, kraftvoller Mensch ist. Näher besehen ist er voller Risse. Er sieht aus, als ob er Bäume ausreißen könnte und ist doch ohnmächtig. Wenn er Holzfäller sein könnte, würde alles in Ordnung sein. Sein Leiden liegt darin, daß alle Kräfte in ihm konträr gehen, genau bis zu dem Punkt, an dem sie sich aufheben und nichts übrigbleibt. Das, was bleibt, ist Hinundhergehen.«

Sie schüttelte den Kopf. »Und ein solcher Umgang vergnügt dich?«

»Nein, wer sagt das. Er vergnügt mich nicht, stört mich vielmehr. Nicht jeder Umgang ist vergnüglich. Er ist bis zum Zerreißen unruhig, ballt die Fäuste, wird rot und kann doch nichts ausrichten.«

»Über was sprichst du mit ihm?«

»Wir studieren Grundrisse von Bauten, übersetzen griechische Gedichte und gehen in der Stadt spazieren. Doch ist in dem allen wenig Freude.«

»Warum beschäftigst du dich dann mit ihm? Warum schickst du ihn nicht fort?«

»Vielleicht wegen der Unruhe, die in ihm ist. Mich beschäftigt seine Unruhe.«

»Das verstehe ich nicht«. Sie sah mich ratlos mit ihren großen, grauen Augen an. »Was weiß ich überhaupt von dir?«

»Alles, was du wissen mußt. Was du nicht weißt, spürst und errätst du doch. Gleich hast du gespürt, daß das Zimmer ein wunderlicher Ort ist.«

»Dazu gehört nicht viel«, sagte sie lächelnd. »Wer dich hier sitzen sieht, muß es merken.«

»Also ist das Zimmer nur wunderlich, weil ich darin bin. Merkst du, wie still es ist?«

»Auch daran ist nichts Gutes, es ist leblos.«

»Nicht mehr, seitdem du darin bist.«

»Ich habe von dir geträumt«, sagte sie. »Im Traum warst du uralt, klein und buckelig, trugst statt der Kleider grüne Kränze und kamst, von großen Hunden umgeben, aus einem Schlosse. Kannst du dir einen Reim darauf machen?«

»Nein, aber ich sehe etwas anderes. Es ist etwas Festliches an dir.«

»Nun«, sagte sie, »ist das kein Fest hier?«

Warum prägte sich mir gerade dieses Zusammentreffen ein und das Gespräch, das ich mit ihr hatte? Der Wintertag war kalt, und ein Hauch von Frische drang mit ihr an den toten Ort. Ihre Frische haftete in mir, der Duft ihres Körpers, der fest und zuverlässig war, ihre Heiterkeit. Auch der Abschied, den wir nahmen. Ich sagte mir, daß auch jetzt noch jeder von uns für sich lebte, sein eigenes Leben lebte.

An fremdem Ort zu sein, in der Fremde zu verweilen, mit Fremden umzugehen, das ging immer durch mich hin und schlich sich ein. Ich sah wohl, daß darin kein Lebensgefühl steckte, welches mir eigentümlich war, nahm ich es doch auch an anderen wahr. Ein anderer Ort hätte daran nichts geändert, doch wäre die Empfindung nicht so stark gewesen. Ihr auf den Grund zu kommen, mich von ihr frei zu machen, war nicht leicht. Wenn ich mich danach sehnte, unter Bäumen zu leben, an einem Ufer, so war auch daran die Entfremdung beteiligt; sie wich vor der Landschaft, die sich vertraulich zudrängte, mit der ein stummes Zwiegespräch möglich war. Aber die Stadt war weder Baum noch Ufer. Das Unvertraute wurde in ihr wahrnehmbarer, und es ging aus dem Lautlosen, Reglosen so gut wie aus der heftigen Bewegung hervor. Immer ist das Heimliche mit dem Unheimlichen da; eines zieht das andere herbei.

Hierher gehört eine Begegnung, die ich an einem hellen Frühlingstage in Steglitz hatte. Oft unterliefen mir damals solche Begegnungen, und diese mag als ein Beispiel dienen. Ich war lange durch die Stadt gegangen, war ermüdet, setzte mich auf die Bank eines Platzes und betrachtete meine Umgebung. Dort saß ich in der Mitte eines Karussells; die Fahrzeuge liefen im Kreis um mich herum, und die Menschen liefen im gleichen Kreis, auf den Peripherien konzentrischer Kreise, nebeneinander, hintereinander und gegeneinander. Als ich diese Bewegung betrachtete und den Geruch von Benzin, Öl und Gummi roch, kam mir das Mechanische des Vorgangs ins Bewußtsein, und etwas Absterbendes, Abgestorbenes drang in mich ein. Indem ich darüber nachsann, wurde mir deutlicher, daß viele Menschen schon vor ihrem leiblichen Tode tot sind, daß der Zeitpunkt ihres Todes schon verstrichen ist, wenn ihre Bewegungen und ihr Sprechen anderen noch vortäuschen, daß sie unter den Lebenden weilen. Was Leben an ihnen scheint, ist schon Tod, ist nur das Abschnurren und Zuendelaufen eines Geschehens, das geschehen ist und zurück liegt. Wie aber geht das zu? Es liegt daran, sagte ich mir, daß die Automatismen des Körpers länger vorhalten als die Lebendigkeit. Wo diese endet, dort dauern täuschende Bewegungen noch fort; sie können fortdauern, weil dieses Leben immer auch ein Sterben ist.

Während diese Gedanken mich beschäftigen, trat ein alter Herr auf meine Bank zu, grüßte mich und setzte sich neben mich. An ihm fiel mir auf, daß er bei hohem Alter sehr sorgfältig und elegant gekleidet war. Seine Eleganz hatte etwas zugleich Verschollenes und Geckenhaftes. Der Schnitt seines Anzuges war längst aus der Mode; er trug ein kunstvolles Plastron anstelle der Krawatte und stützte sich, indem er saß, auf einen Stock mit geschnitzter Elfenbeinkrücke. Als er sich zu mir setzte, wehte ein Duft von ihm zu mir herüber, den ich kannte, nach dessen Namen ich aber einige Zeit vergeblich suchte. Dann fiel mir ein, daß es Heliotrop war. Das ist, dachte ich, ein künstliches, synthetisch hergestelltes Heliotrop. Gerüche wecken unsere Erinnerungen, und ich entsann mich, daß mir dieser vanilleartige Geruch zuerst aus einer Flasche von dunklem Glas entgegengekommen war. Sie war mit farblosen, glänzenden Heliotropinkristallen gefüllt und stand Jahre hindurch im Kleiderschrank meiner Mutter, neben einer Flasche, in der Opodeldoc war, das einen schärferen, in die Nase stechenden Geruch hat. Später hatte Robert in jedem Frühling Heliotrop ausgepflanzt; er vermehrte die Pflanzen durch Stecklinge. Die Blüten kamen im Sommer; ein Sommergeruch ging von ihnen aus, und er verband sich mir, zeitlich und räumlich, mit Ulla, obwohl sie ihn nie an ihrem Körper gehabt hatte. Doch lag ein rundes Beet mit den dunkelblauen Blüten nahe der alten Eiche, unter der sie sich auszustrecken liebte.

Während ich diesen Erinnerungen nachging, betrachtete mein Banknachbar wie ich die Vorübergehenden, und ich kümmerte mich nicht um ihn, bis ich hörte, daß er von Zeit zu Zeit ein kurzes, heiseres Lachen ausstieß. Das Lachen beschäftigte mich, ich achtete darauf, brachte heraus, daß er immer dann lachte, wenn junge Frauen oder Mädchen vorübergingen. Was bringt ihn zum Lachen? dachte ich. Die Mode ahmte damals die Jägerinnen nach; sie schrieb Jagdhütchen mit Fasanen- oder Birkhuhnfedern vor, kurze Röcke, Lederstiefelchen und über die Schultern gehängte Jagdtaschen, die an langen, ledernen Riemen befestigt waren. Mir gefiel diese Mode gut, auch belustigte mich der Gedanke, daß die Jägerinnen sowohl auf der Jagd waren, wie gejagt wurden. Die grüne Farbe stach hervor. Als eine der Jägerinnen an uns vorbeiging, konnte der Alte nicht mehr an sich halten, wandte sich zu mir und sagte: »Haben Sie das gesehen?«

»Was ist?« fragte ich.

»Sie bilden sich auch noch ein, daß sie elegant sind.« Jetzt ließ er einen Schwall von bissigen Bemerkungen los, durch die wir ins Gespräch kamen. So erfuhr ich, daß er Modehändler gewesen war und sich um die Jahrhundertwende zur Ruhe gesetzt hatte. Er erzählte mir von seinen Reisen nach Paris, von seinen Einkäufen dort, von den vornehmen Damen, die er eingekleidet hatte, geriet darüber in Begeisterung und zog ein Päckchen Photographien hervor, die er mir zeigte. Was sah ich da? Meine Mutter oder auch meine Großmutter, in Kleidern, die schleppend auf der Erde hingen, eingeschnürt in stählerne oder fischbeinerne Korsetts, welche die Taille verdünnten, mit Straußenfedern auf dem Kopf, die so groß wie Wagenräder waren. Unter den Hüten sahen die blassen Gesichter klein, fast winzig hervor, anmutige Gesichter, die, wie ich mir sagte, inzwischen welk geworden waren. Ich betrachtete schweigend die Bilder und gab sie ihm zurück. »Diese Damen«, sagte er, »die von mir bedient wurden, waren die Freude ihrer Zeit. Sie sehen hier, was wirkliche Eleganz ist. Das, was sich hier auf der Straße zeigt, ist Firlefanz und Lumperei.« Er erhob sich, grüßte mich und verschwand. Mich belustigte das Zusammentreffen und die Unduldsamkeit des Alten, der die vorübergehenden Mädchen als Automobilmädchen bezeichnete. Richtig daran war, daß die Frauen, die von ihm angezogen worden waren, sich besser in Kutschen präsentierten, denn für den Einschlupf in Automobile waren ihre Kleider und Hüte zu umfangreich. Sieh an, dachte ich, du bist am hellen Tage einem Gespenst begegnet.

Sailer, von dem ich Luise erzählt hatte, traf ich damals öfter. Wir waren in den Museen, bei den Buchhändlern und Antiquaren, gingen durch die Stadt und saßen abends in ganz obskuren, kleinen Tanzwirtschaften, die in den Nebenstraßen des Kurfürstendammes lagen, tanzten aber nicht, sondern unterhielten uns. Eines der Mädchen, die dort ein und aus schwärmten, ein ganz junges, blondes Geschöpf, dem sich die Locken bis auf die Schultern kringelten, fiel ihm auf; er forschte sie aus, erkundete ihren Lebenslauf und kam auf den Gedanken, daß sie gerettet werden müsse. Sie kam an unseren Tisch, ich sah sie mir an und sah, daß sie durch Leichtsinn schon herunterkam, zu viel trank, nicht arbeitete und in verdächtigen Quartieren unterschlüpfte. Dabei blieb sie ein gutes Kind, das am Berliner Leben keine Freude mehr hatte, schlecht träumte und an Munterkeit verlor. Eine Tante von ihr lebte in Thüringen, so stifteten wir ihr das Fahrgeld und schickten sie dorthin. Sie dankte uns dafür, schrieb auch einige Briefe, die mich belustigten und aus denen ich sah, daß sie zuerst als Kräuterhändlerin reiste, dann als Kunstreiterin auftrat und endlich den Entschluß faßte, Naturheilkundige zu werden. Dieses Mädchen, das viel Geschick und Handfertigkeit besaß, Zigarren drehen, anstreichen, tapezieren und manches andere konnte, hieß Friedel Eisentraut und stammte aus der Nachtigallenstraße in Meiningen. Ich schrieb ihr wieder, daß ihre Briefe und ihre neuen Berufe mich freuten, und wünschte ihr alles Gute für die Zukunft. An dieser kleinen Geschichte war manches Spaßhafte, auch begründete sie zwischen Sailer und mir ein Band, wie es zwischen Mitgliedern eines Stiftungsvereins besteht.

Ich sagte schon, daß der Umgang mit ihm nicht leicht, sondern mühsam war. In ihm ging vieles zusammen, das er nicht verwand; es stieß sich hart in dem, was er vorbrachte. Leicht verlief sich sein Nachdenken ins Räsonieren; er grummelte und bruttelte dann, wie ich das nannte. In Diskussionen verlor er die Kaltblütigkeit und begann nach Luft zu schnappen, wenn er von kälteren und listigeren Gegnern auf den Sand gesetzt wurde. Ich nahm wahr, daß er sowohl Helmer wie Tibor widrig war, die in ihm einen Holzknecht sahen, der in seine Wälder zurückgeschickt werden müsse. Sie fanden, daß er nicht wach genug war, um in einer Stadt wie Berlin bestehen zu können, daß es ihm nicht nur an hellem Bewußtsein, sondern auch an Urbanität fehle und daß das Elementare in ihm diese Mängel nicht ersetze, da es nur dem Geschiebe einer Moränenlandschaft gleiche, in der halb zugeschliffene Trümmer durcheinanderliegen. Daran mochte etwas Richtiges sein, doch liegen solche Sympathien und Antipathien vor aller Richtigkeit.

Wir waren einmal im Pergamonmuseum, um den Altar zu besehen, hatten auch ein Neues Testament dabei, in dem er als Thron des Satans bezeichnet wird. Mir ging da an den Bemerkungen Sailers auch der Grund seiner Unruhe auf.

Heidnisches und Christliches lagen in ihm hart nebeneinander und verletzten sich gegenseitig, wenn sie durcheinandergingen. Anderen setzt das nicht zu; sie sondern oder verbinden und bleiben ruhig dabei. Er aber konnte, um ein Beispiel zu geben, das Lob der alten Eichen und das des Bonifatius nacheinander singen. In mir war, was die alten Bäume anlangte, eine Neigung, die verletzlich war; ich mochte die Axthiebe nicht hören, die gegen sie geführt wurden. So war in mir gegen den heiligen Bonifatius, der die uralte Eiche bei Geismar fällte, eine unüberwindliche Abneigung. Das, was er dort tat, war die Verletzung eines Sacrum, der Maßstab dafür der gleiche, nach dem jemand beurteilt wird, der in eine christliche Kirche eindringt und das Allerheiligste verletzt. Darin, daß er den uralten, heiligen Baum zum Mittel seiner Zwecke machte, lag eine Mißachtung des Lebens und der stillsten, unschuldigsten Seite der Natur. Sailer gestand das nicht zu und stritt mir selbst ab, daß es genügt hätte, den alten Baum durch ein Kreuz zu bezeichnen. Mir fällt dabei eine andere alte Eiche ein, die ich besuchte, wenn ich bei meinen Eltern war. Sie stand am Rand eines Hügels, mit dem Blick aufs Flußtal hinunter und auf die Wälder, deren Überschneidungen den Horizont erfüllten. Eine Bank war unter ihr, auf der ich oft saß, lesend oder mit Aufzeichnungen beschäftigt. Ihre Krone war über mir, ich lehnte mit dem Rücken am Stamm und vergaß manche Stunde. Das ging die Jahre hindurch und endete mit dem Tage, an dem ich wiederkam und nicht mehr die Eiche fand, sondern nur noch ihren Stumpf, dessen helle Scheibe mir sofort zeigte, was geschehen war. Ich ging fort, und eine Bitterkeit stieg in mir auf, die sich nicht verlor, die so nachhaltig war, daß sie mich als solche beschäftigte. Nicht einmal einen alten Baum können sie stehenlassen, dachte ich; alles muß in den Kreislauf schäbiger Vernutzung einbezogen werden. Wie aber ging es zu, daß ein Singulum mir so zusetzte, daß ich aus ihm sogleich Schlüsse auf die Allgemeinheit zog? Nun, anders verfahren wir nie; ein Allgemeines, das sich nicht vereinzelt, hat kein Leben in uns.

Einmal, als ich mit Sailer in einer Gesellschaft war, kam das Gespräch auf die heraldischen Tiere, und jemand schlug vor, daß jeder sich sogleich für den Adler oder den Löwen entscheiden solle. Dabei kam heraus, daß alle den Adler, Sailer allein den Löwen gewählt hatte. Er geriet darüber fast außer sich, und das war der Spaß bei der Sache. Damals war von Blutdruck noch nicht soviel die Rede wie heute; wer ihn sprechen und gestikulieren sah, der hätte auf die Vermutung kommen können, daß er an zu hohem Blutdruck litt. Doch wäre das eine falsche Vermutung gewesen; er war ein Athlet und kerngesund.

Ich entsinne mich eines Gesprächs, das ich mit ihm hatte, das mich aus mancherlei Gründen beschäftigte. Der Anlaß dieses Gesprächs waren die Straßenmädchen, denen wir auf unserem Gang durch die Stadt begegneten und deren Wink- und Blinkzeichen ihn verdrossen. Er räsonierte wieder auf seine Weise, wobei es zu Verwechslungen kam, da er usus und abusus durcheinanderwarf und die Einrichtung unseres Hausens auf dieser Erde selbst angriff, was mich immer verdroß. Er mäkelte am Geschlecht und brachte kuriose Gründe vor, die ich mir anhörte. »Jedes Tier hat seine Zeit«, sagte er, »und das ist gut so. Nur beim Menschen ist es anders, und das ist ungut, schafft Unruhe, Verwirrung und Durcheinander.«

»Worauf wollen Sie hinaus?« fragte ich.

»Auf Ordnung, auf Reinheit.«

»Es gibt eine Auffassung der Reinheit, die alles beschmutzt.«

»Was soll das heißen?«

»Wenn ich Sie recht verstehe, halten Sie das Eierlegen für reiner als das Lebendgebären. Sie können Tier und Mensch nicht gleichsetzen.«

»Ich tue es auch nicht. Die Tiere sind reiner als der Mensch.«

»Das ist wahr, aber warum sind sie es? Die Pflanzen sind reiner als die Tiere, die Steine reiner als die Pflanzen, das Reinste wäre also der Diamant. Was ist Reinheit? Doch nur ein Kennzeichen, daß etwas fehlt, was beim Menschen vorhanden ist. Das Geschlecht ist beim Menschen nicht Tier, sondern Mensch. Es macht aus zwei Menschen einen und aus diesem einen einen dritten, und daraus ist zu verstehen, daß der Mensch an jedem Tage des Jahres zeugen und empfangen kann. Darauf zielt auch das Wort: sie sollen ein Fleisch sein. Könnten sie es nicht immer sein, dann wären sie es nie. Also ist keine Unordnung da, sondern sie bringen sie hinein.«

»Sehen Sie doch an, was hier auf der Straße vor sich geht. Ist das Ordnung? Das ist purer Trieb.«

»Nein. Was Sie Unordnung nennen, kommt von etwas anderem. Hier daher, daß die Mädchen mit dem Geschlecht Handel treiben, daß sie kommerzielle Erwägungen damit verbinden. Wo sie ihrer Neigung folgen, sind sie rein wie Engel.«

»Sie halten also den Trieb für etwas Reines?«

»Sie sagen ja selbst: purer Trieb. Aber Sie meinen etwas anderes und verstehen das Mechanische darunter. Das ist falsch, denn ohne Körper und Bilder von Körpern rührt sich nichts und ist kein Leben.«

»Wenn es so wäre, woher kommt dann die Traurigkeit?«

»Vom Mißbrauch der Körper und Bilder.«

»Omne animal post coitum triste.«

»Das ist ein alter, lügenhafter Spruch. Niemand hat das je

gesehen. Sehen Sie sich doch einen Hahn an, wenn er die Henne getreten hat. Jetzt fehlt nur noch, daß Sie den anderen Spruch zitieren.«

»Welchen?«

»Inter faeces et urinam.«

»Warum nicht? Es ist etwas daran.«

»Ja, etwas Schmutziges und Beschmutzendes. Aber es liegt im Denken, nicht an dem Ort und der Stelle, die es bezeichnet.«

Als Ernst und ich von einem Aufenthalt in Sizilien zurückkehrten, schlug uns Sailer eine gemeinsame Wanderung in den Harz vor. Wir trafen uns Anfang Juni in Ilsenburg, stiegen über die Schneelöcher auf den Brocken und blieben im Brockenhaus über Nacht. Am Morgen war der Berg in Wolken und Dunst gehüllt; zu sehen war von der Landschaft nichts, so stiegen wir nach Altenau hinab, wanderten durch das Kellwassertal und kamen an diesem Tage bis Okker, am nächsten nach Goslar. Ein solches gemeinsames Wandern ist, wenn es ersprießlich sein soll, an Voraussetzungen geknüpft, über die nicht gesprochen zu werden pflegt, die aber eingehalten werden müssen. Keiner darf dem anderen seinen Willen aufzwingen, und jeder muß auf die Wünsche der anderen eingehen. Schonung ist unerläßlich, und hinzu kommt, daß ein Beitrag an guter Laune und Gespräch zu leisten ist. Im Anfang ging auch alles gut. Die Frühlingstage waren warm und schön, so daß wir, von Treseburg herkommend, in den Strudellöchern der Bode badeten. Wir hatten einen Sachsenspiegel bei uns und lasen daraus den Artikel über den Harz, der einer der drei Bannforste in Sachsen war, »da den wilden Tieren Friede gewirket ist bei Königs Bann, sondern den Bären, Wölfen, Füchsen.« Diese Stelle berührte mich stark und rief während der ganzen Wanderung Bilder in mir hervor. Wir stiegen nun auf die

Roßtrappe und gingen von dort nach Thale. Auf dem Wege dorthin begann Sailer uns zuzusetzen. Unser gemeinsames Ziel war Halberstadt; er aber wollte jetzt nach Quedlinburg, worin wir nicht einwilligten. Zunächst nun rühmte er die Stadt, hob hervor, daß sie sehenswürdiger sei und unser vereinbarter Weg weniger biete. Er übte einen Zwang aus, der immer spürbarer wurde, und ich war neugierig, wie weit er es treiben werde. Wir gaben nicht nach, und ich sagte mir, daß er seinen Plan fallen lassen werde, hatte mich aber getäuscht. Als wir am nächsten Morgen in Thale aufstanden, erklärte er, daß er uns jetzt verlassen und allein nach Quedlinburg fahren werde. Er fuhr ab, wir wanderten weiter, erstaunt über seine Hartnäckigkeit und erleichtert, sein Zureden nicht mehr zu hören. Ein anderer wäre vielleicht verletzt gewesen, doch verletzt waren wir nicht. Eigensinn war es, der ihn umtrieb, und belehrt durch diese Erfahrung sagten wir uns, daß es besser war, ihn ziehen zu lassen, als ihn zu halten.

Daß mein Umgang mit Pistor nicht endete, als ich Leipzig verließ, erwähnte ich. Er kam, wenn ich auf Besuch bei meinen Eltern war, und ich suchte ihn in Taucha auf, wo er damals wohnte. Er brachte Freunde und Bekannte mit, einen jungen Hauslehrer, den wir Bel Ami nannten, einen Studenten, welcher Flöte spielte, und andere. Eine Veränderung, die mich beschäftigte, ging in diesen Jahren in ihm vor. Ehemals, da wir uns in Leipzig trafen, war er in sich versunken und kam mir wie ein Geist vor, der in einer gläsernen Flasche steckt, in einer der Flaschen aus Tausendundeiner Nacht, die mit Salomons Siegelring versiegelt sind. Vielleicht stecken wir alle in solchen Flaschen, doch dachte ich an die gläserne Welt, wenn ich sah, wie er sich bewegte, und wenn ich ihn sprechen hörte. Die Welt war Innenwelt, war von innen nach außen durchsichtig, aber von einer gläsernen Wand umschlossen. Der Blick ging durch das Glas hindurch, ging durch Brillengläser, ein Wasserblick, doch die Wand blieb stehen. Er lebt nicht so sehr, dachte ich manchmal, als daß er mit dem Leben beschäftigt ist und über Lebendigkeit nachdenkt. So blieb alles insulär, und auch das Gespräch mit ihm hatte etwas Inselhaftes, doch stark Anziehendes, da ein spürbarer, schwer erkennbarer Zusammenhang in seinen Sätzen und Gedanken war. Unten, im Wurzelfuß, hängen die Inseln zusammen, das Wasser macht Inseln aus ihnen, und wer ohne Fahrzeug von einer zur anderen will, muß springen. Sprunghaft war das, was er vorbrachte.

Ehrgeiz hatte ihn nie sonderlich geplagt, und sichtbar wurde jetzt, daß er auch die Reste davon vergaß, daß ihm alles, was mit Stellung, Beruf und Fortkommen zusammenhing, gleichgültig wurde. Seine Fähigkeit zum Erwerb war von jeher verkümmert. Offenbar ertrug er, um seine Freizügigkeit unbeschädigt zu erhalten, nur ein Minimum an äußerer Ordnung. Doch mußte jetzt eine Frau kommen, um dieses Rahmen- und Flechtwerk seines Lebens zusammenzuhalten und etwas wie ein Ziel hineinzubringen. Er heiratete und wurde geheiratet, als ich noch in Leipzig war. Das Hochzeitsessen bestand in einer mit Beifuß gewürzten Gans, die Ernst und ich verzehren halfen, nicht ohne Verwunderung, ihn als Ehemann zu sehen. Seine Frau war eine Fränkin aus dem Fichtelgebirge, ein nüchternes, kräftiges, verläßliches Wesen. Ihr war keine Mühe zu groß, keine Arbeit zu schwer, um ein Hauswesen aus dem Nichts aufzubauen und ihm die Wege zur Professur zu ebnen. Das gelang ihr oder gelang doch zunächst, denn ob es halten werde, war von Anfang an ungewiß.

Pistor hatte keinen Hang zu lehren oder gar andere zu

belehren. Pädagogische Neigungen waren ihm fremd, und Systeme, Fächer, Pläne vermochten immer weniger, ihn zu beschäftigen. Sein Studium Hegels schien die letzte Anstrengung zu sein, die er im Systematischen gemacht hatte. Die Leipziger Universität war eine Universität wie alle anderen, nicht besser, nicht schlechter. Viel Leben steckte nicht in ihr. Der Nominalismus beherrschte sie, in jener Zeitform, die sich Positivismus nennt. Dieser zieht sein eigenes, erfolgreiches Spezialistentum, und wem damit gedient ist, der mag sich beruhigen. Die Ödnisse eines Wissenschaftsbetriebs, der sich objektiv nennt, weil er den Menschen ausschließt und nur noch als einen Gegenstand wie alle anderen zu Gesicht bekommt, waren mir bekannt. Wenn ich Pistor aufsuchte, fand ich den einen oder anderen Dozenten bei ihm. Das ergab nie ein Gespräch und lief meistens auf die Frage hinaus, welche planmäßige oder außerplanmäßige Stelle demnächst frei werden würde. Ging es darüber hinaus, dann klebte alles an den Ordinarien, ihren Veröffentlichungen und den Zitaten daraus.

»Woran liegt es«, fragte ich Pistor, »daß eine Arbeit durch Zitate einen wissenschaftlichen Charakter bekommt? Was ist das Wissenschaftliche daran?«

Er lachte und sagte: «Es ist der Beleg des Wissens von dem Wissen, das andere haben.«

»Aber dieses Zitieren ist verflucht geschickt.«

»Es ist ein Akt wissenschaftlicher Unterordnung, ist die Verneigung vor dem Lehrstuhl.«

»Das ist's nicht allein. Die Zitate treten an die Stelle der Beweise.«

»Sie beweisen, daß der Zitierende etwas weiß.«

»Was noch?«

»Daß er recht hat.«

»Und?«

»Drücken den Wunsch aus, daß der Zitierte ihm zu seinem Recht verhelfen werde.«

Hören wollte ich, wie er las, und ging in eine Vorlesung, die er, einstündig und privatissime, im Hauptgebäude der Universität am Augustusplatz hielt. Er sprach frei und ohne viel Vorbereitung; sein Sprechen hatte nichts Eingelerntes, und zu merken war, daß der Satz, den er formte, ihm selbst neu war. Doch fiel mir auf, daß er in dem, was er sagte, nicht ganz da war, daß er abwesend blieb. Was tut er hier noch? dachte ich. Offenbar lag ihm an dem Wissen, das etwas Gewußtes und Fertiges ist, nichts mehr. Ihn beschäftigte die Frage, wie er leben konnte, wie er in dieser Zeit und an dem Ort, an dem er sich vorfand, Luft und Atem bekam. Wem daran gelegen ist, der spürt schon, daß wenig frische Luft vorhanden ist. Um es genauer zu sagen – seine wachsende Not entsprang der Wahrnehmung, daß die Wissenschaft zum Kollektiv gehörte, er aber nicht. Wahrnehmbar wurde, daß er sich in einer Krise seines Lebens befand, daß er Brücke um Brücke abzubrechen begann. Tätig zu sein ohne Teilnahme ist weder das Rechte noch das Richtige. Nichts zu tun und warten auf etwas, das kommt, sei es von außen oder innen, ist ein hartes Geschäft. Er kam jetzt aus seiner Flasche hervor und wurde gegenwärtig. Und zugleich sah er ernüchtert auf seine Arbeit zurück, die ihm mühselig und unergiebig vorkam. Der Anteil des Chimärischen an unseren Erwartungen, Hoffnungen und Wünschen ist groß; ich konnte es an mir selbst abmessen und kam mir blind vor, wenn ich zurücksah. Ich faßte dann kaum noch, was mich beschäftigt hatte. Das Vergangene der Vergangenheit, das Abgelebte wurde mir deutlich, wenn ich Bekannte wiedersah, die sich darin eingerichtet hatten. Sie sind und bleiben Gefäße, die für immer das verwahren, was einmal in sie hineingetan wurde.

Pistors Gespräche und Briefe gaben mir zu erkennen, was ihm zusetzte. Seine Briefe, die er flüchtig und hastig zu jeder Tages- und Nachtzeit schrieb, waren die Fortsetzungen unserer Gespräche. Er unterbrach in ihnen den Monolog, den er führte; sie waren Zeugnisse seiner Unruhe und seines Verlangens nach Mitteilung. Ich werde auf diese Briefe noch zurückkommen.

Bel Ami, den ich durch Pistor kennenlernte, war ein junger Mann, der damals auf dem Lande bei einer adligen sächsischen Familie Hauslehrer war. Diese Stelle versah er, obwohl er nie Lehrer gewesen war und auch nicht im Sinn hatte, Lehrer zu bleiben. Offenbar lebte er dort wie der Vogel im Hanfsamen, als Liebling der Kinder und geschätzt als liebenswürdiger Gesellschafter von den Erwachsenen. Was er eigentlich gelernt hatte und worauf er hinauswollte, wußte ich nicht, fragte ihn auch nicht danach. An einem Beruf war ihm nicht gelegen, und auf seine Zukunft verwandte er keine Überlegungen; sie ging mühelos und von selbst aus seinem Tageslauf hervor. Sein Kapital war anderer Art. Er hatte gute Manieren, drängte sich nicht vor und war in seinen Bewegungen so leicht wie ein Korken. Zudem war er von unveränderlicher guter Laune und ein so hübscher, schlanker Junge, daß ihm die Neigung der Frauen zufloß. Er war der geborene Liebhaber, und an ihm ging mir auf, daß ein solcher nicht wild, feurig und ungestüm sein darf, sondern zärtlich, sanft und nachgiebig. Seine Fähigkeit, in Ruhe etwas Gutes zu genießen, beruhte darauf, daß die Frauen ihn leidenschaftlicher liebten als er sie. Pistor hatte eine Aufwartung, eine junge Frau, die in ihn vernarrt war und davon träumte, eine Nacht mit ihm zu verbringen. Er erfuhr davon, und da sie ihm gefiel, erfüllte er ihren Wunsch. Sie kam nicht auf den Gedanken, daß sie ihm ein Geschenk gemacht hatte; er war es, der sie beschenkte, und diese Nacht war, wie sie sagte, die schönste ihres Lebens. So hatte er die Fähigkeit, etwas oder besser sich selbst zu spenden, und schon damals war vorauszusehen, daß die Gunst der Frauen seinen Weg bestimmen würde. Seine Abenteuer würden ein Buch füllen. Er ging nach England, heiratete eine reiche Engländerin, verlor sie, heiratete eine Ungarin und reiste in der Welt umher. Ihn flog viel an, doch es haftete nicht an ihm. In großen Zwischenräumen schrieb er mir, tauchte auch hin und wieder selbst auf und berichtete mir Kapitel seiner Wanderschaft. Von Mal zu Mal sah ich, daß er an Charme und Leichtigkeit verloren hatte; seine Gaben waren an die Jugend geknüpft, und indem er alterte, nahmen die grauen Stellen zu, und sein Leben wurde mühsamer. Ein alternder Abenteurer macht eine traurige Figur.

Wenn ich von Berlin kam und die Eltern besuchte, dann stieg ich den Berg empor, der mit Kirschbäumen bepflanzt war, sah von oben ins Flußtal hinab und trat ins Haus ein, unter ein Vordach mit schlanken Säulen. Solla kam dann zuerst und begrüßte mich, eine langhaarige, rote Dackelhündin, die meine Mutter auf ihren Spaziergängen begleitete. Sie hatte ein ungemein zartes, scharfes Witterungsvermögen, und wenn ich unten die Tür öffnete, was niemand hören konnte, wurde sie oben unruhig und begann zu winseln und zu bellen. Diese Hündin, die sehr alt wurde, ein edles, reingezogenes Tier, vergaß nie die langen Streifzüge, die ich mit ihr in ihrer Jugend gemacht hatte, und vergaß auch mich nicht. In ihrem hohen Alter kam ich einst, als niemand im Hause war, und hörte, als ich unten die Tür aufschloß, wie sie winselnd und witternd die Treppe herunterkam. Sie war schon so schwach, daß sie die Stufen nicht mehr allein hinaufsteigen konnte; ich nahm sie daher unter den Arm und trug sie in mein Schlafzimmer, wo sie sich auf dem Teppich vor meinem Bett ausstreckte. Sie war vor Freude außer sich.

Nachts wachte ich einige Male auf, und sogleich hörte ich, wie sie mit ihrem buschigen Schweif auf den Boden klopfte, mich begrüßte und mir zu erkennen gab, daß auch sie wach war. Tief drang dieses Klopfen in mich ein; ich vergaß es nicht, kann auch nicht vergessen, wie schwer und zugleich freudig mir zumute war, als ich es hörte. Bald darauf starb sie und wurde unter einem Rosenbusch im Garten begraben, erhielt auch einen kleinen Gedenkstein. Der Garten lag in einer Bachschlucht am Rande der Stadt. Ein kleines, spitzgiebliges Haus stand in ihm, ein Nußbaum dabei, eine Laube, die Robert gezimmert hatte, Obstbäume und eine Fülle von Schlingrosen. In einem Gehege waren Hühner, Goldfasanen und andere Vögel untergebracht. Dieses alles hatte mein Vater eingerichtet, und es verging kaum ein Tag, an dem er nicht in den Garten hinunterging.

Im Herbst grub ich im Garten, pflanzte und nahm das Obst ab. Den Fluß streifte ich hinauf und hinab. Ein Lachsfang war dort ehemals gewesen, doch mit den Lachsen war es vorbei; sie kamen nicht mehr. Dem kleinen Fluß, von dem die Chronik schrieb: »er rauschte gegen Morgen der Stadt«, war ich gut gesinnt. Jahre hindurch badete ich in ihm, befuhr ihn auch mit dem Boot, um nach Reihern, Wildenten und anderen Wasservögeln zu spähen. Die Gegend war fruchtbar und brachte treffliches Korn, weshalb sie schon von Melanchthon »Sumen Misniae« genannt wurde, das fette Stück des Meißener Landes. An Wäldern fehlte es nicht; ich ging tief in sie hinein und suchte den Wald nach Pilzen, die Waldbäche nach Krebsen ab. Insgesamt überwog die Feldhügellandschaft; Hügel und Mulden, kleine Wälder und Büsche, Bäche und verschlungene Wege reihten sich aneinander. Wildreich war die Gegend, an Rehen, Hasen, Füchsen und Dachsen kein Mangel; an den Waldrändern huschten die Kaninchen, viele Fasanen waren da. Wenn ich in der Dämmerung zurückkehrte, fielen sie in die Wälder ein und beflogen mit rauhen Schreien ihre Schlafbäume. Die Herbsttage, an denen morgens und abends weißer Nebel in den Wiesen lag, waren frisch. Tagsüber schien die Sonne, und die Pappeln auf den Feldhügeln standen goldgelb in Licht und Wind.

Von einem solchen Gang kam ich, als es dämmerte, in die Stadt zurück. Ich ging den Berg hinauf und sah oben ein junges Mädchen, das ungeschickt Rad fuhr; gewiß hatte sie das Radfahren gerade gelernt. Sie kam auf mich zugefahren, schwankte, stützte sich mit einem Fuß auf den Boden und sah mich lachend an. Sie konnte kaum älter als sechzehn Jahre sein, hatte braune Augen und dunkles Haar; an beiden Schläfen hingen ihr die Locken schraubenförmig herab. Die Backenknochen traten ein wenig hervor, das Auge schrägte sich fast unmerklich; das gibt manchem Gesicht mit wendischem Einschlag eine eigene Süße. Da es kühl war, trug sie einen Mantel, nicht aus Pelz, sondern aus einem Stoff, der den Pelz nachahmt, Krimmer wohl. Der Mantel war in seiner Länge überall zu kurz geworden, vor allem an den Armen. Sie war aus ihm herausgewachsen und steckte in ihm wie in etwas Vergangenem, in ihrer eigenen, vergangenen Kindheit. Das haftete in mir, als ich weiterging. Fadenscheinig war der Mantel und zeigte, daß sie aus bescheidenen Verhältnissen kam. So wie eine Puppe sich aus ihrem unscheinbaren Gewand herauswindet, mit geschlossenen Flügeln noch, sich entfaltet und Falter wird, so steckte sie in der Verpuppung des Mantels und wuchs aus ihr hervor. Der Hals, die Arme und Beine erschienen in der kurzen Hülle übermäßig schlank, die Brust wölbte sich, als ob sie ungeduldig wäre, das Tuch spannte sich, als ob es zerreißen wollte. Das ist, dachte ich, ein Übergang, der nur einen Augenblick dauert. Den Augenblick in seiner Flüchtigkeit hast du gesehen, als Wendung, Bewegung und Lächeln. Etwas Anmutiges, das frisch wie Tau ist und wie ein Tautropfen im Licht liegt. Nie zuvor hatte ich dieses Mädchen bemerkt, jetzt aber, in den wenigen Tagen, die ich noch blieb, sah ich sie überall. Dort, wo die Kirche stand, war ein von Linden beschatteter Platz, an dem kleine alte Häuser standen. Eine Treppe führte hinab nach der Burg; ein Weg lief am Rande der Höhe ins Tal. Als ich dort ging, sah ich sie am Fenster stehen; sie sang, ging ins Zimmer zurück, und ich hörte den Gesang leiser, eine glockenklare Stimme, eben die Stimme, die ich bei ihr vermutet hatte. Gewiß, dachte ich, singt sie im Kirchenchor mit. Ich verließ die Stadt, fuhr nach Berlin und vergaß das alles.

Berlin veränderte sich damals; die Unruhe nahm zu, und die Frage war, worauf sie hinauslief. An solchen, die die Zukunft immer vorwegnehmen, ist kein Mangel, und daran ist, wenn sie nur die bessere Zukunft bedenken, nichts Schweres. Doch hat der Tag vierundzwanzig Stunden, und keine davon kann überschlagen werden, jede bitter sein.

Vielleicht macht das Vorwegnehmen den Kern jeder Ideologie aus. Noch war die Sprache ideologisch, und wenn ich sie sprechen hörte, spürte ich, daß keine Erde, kein Humus an ihr war. Etwas Fertiges lag in dieser Sprache, diesem Sprechen, etwas, das immer fertiger wurde, sich immer mehr abschliff und etwas Kurrentes erhielt. Die Metapher, die doch das Leben der Sprache und des Sprechenden zeigen soll, wurde zur starren Wiederholung und bekam einen blechernen Klang. So konnte jeder sprechen, so sprach fast jeder, und daraus konnte geschlossen werden, daß Sprache und Sprechen der Deckmantel für etwas anderes waren. Auch war das, wie ich erwähnte, der Vorwurf, den jeder jedem machte. Die mächtigen Ideologien des neunzehnten Jahrhunderts wurden nicht nur dünner und fadenscheiniger, sie waren auch vertauschbar geworden. Es lag keine Anstrengung mehr darin, sie zu wechseln und wie Hemden nacheinander oder übereinander anzuziehen. Die Bewegung, die im Kommen war, der die Massen zuströmten, kam nicht, weil ein Stand, eine Klasse, ein Unterschied sie anlockte, sondern weil sie spürten, daß in dieser Bewegung die Unterschiede untergingen. Sie suchten nicht die Differenz, sondern ihre Beseitigung. Darauf lief alle Demokratie jetzt hinaus und mußte hinauslaufen, da die Riegel von Besitz und Bildung brüchig geworden waren. Schwach waren die Kirchen, schwach auch der Humanismus. So wie er sich zu behaupten versuchte, hatte er nichts Eigenes, keine selbständige Kraft mehr. Das, was ihn kennzeichnete, ist nicht der Gegensatz zum Inhumanen, sondern die Verneinung des Divinen.

Umgang hatte ich mit Einzelnen. Mich beschäftigte auch der Einzelne als solcher, als Gegenspieler der Bewegung. Etwas schien mir neu an ihm zu sein. Er war nicht mehr in den Fächern unterzubringen, mit denen die Soziologen arbeiteten; die Unterscheidungen des neunzehnten Jahrhunderts hatten nichts Festes mehr. Meine Gespräche mit Ernst durchlief ein Faden des Nachdenkens über diese Veränderungen. Berlin war ein Schmelztiegel, in dem die künstlich gewordenen Unterschiede wie die bleiernen Formen im Neujahrslöffel zusammensanken. Eine klassenlose Gesellschaft wurde in der großen Berliner Retorte zubereitet; in ihr erst entfaltete sich der Einzelne und bekam Konturen. Nicht die Zugehörigkeit zu Ständen, Klassen, Parteien und Programmen kennzeichnete ihn; das alles schwand dahin und bot keinen Halt. Wer nach einem Halt sucht, der hat keinen. Aber sich seine Unabhängigkeit wählen, das heißt die Form aller Abhängigkeit selbst zu bestimmen, ist nicht leicht, sondern schwer. Ein eiskalter Wind begann jetzt zu pfeifen.

Über Wurzellosigkeit wurde viel geredet und geschrieben, von denen wohl, die an ihr litten. Etwas Schiefes lag darin, das Schiefe eines bloßen Unbehagens, das nur räsonieren kann, denn Wurzeln lassen sich niemandem ansetzen. Auch ist der Mensch keine Pflanze und hat seine Wurzeln nicht in der Erde, sondern in sich, das heißt im Menschen. Hat er sie dort nicht, so wird er sie nirgends finden, und alles Gerede hilft nichts. Heimat ist nicht nur Landschaft und Boden, sondern auch etwas Geschichtliches. Und heimatlos kann ich werden, ohne wurzellos zu sein. An Hunold ging mir das auf. Ihn traf ich hin und wieder in der Stadt; ich streifte ihn nur, dachte aber über ihn nach. Er war Seeoffizier gewesen, war ein soldatischer Mensch und blieb es. So gehörte er zu den einfachen und gradlinigen Menschen, die sich in der Welt des Befehlens und Gehorchens wohl fühlen, einer Welt der Rangabstufung, Ordnung und Disziplin, die in allem männlich ist. Bitterkeit ging von ihm aus, ohne daß sie verletzte; er war bitter gegen sich, nicht gegen andere. Liebenswert schien mir die stille Trauer, die ich an ihm wahrnahm. Ich lernte ihn kennen, als er aus dem Zuchthaus kam, und sagte mir, daß ein solcher Mann in einer anderen Zeit nicht hinter Gittern hätte gefunden werden können. Er sah aus wie ein Offizier, der zugleich Gutsbesitzer ist, aus freier Luft kommt und frische Luft in die Stadt mitbringt. Auch erinnerte er mich an einen Regimentskameraden, einen ostfriesischen Junker, der vor Heimweh nach seinem elterlichen Gut, dem Landleben und der Entenjagd krank war, mich manchmal auf die Seite nahm und mir davon erzählte. Wenn er dann seine Gänge in Schilf und Ried beschrieb und von den Stockenten, Reiherenten und Tafelenten sprach, die er erlegt hatte, bekamen seine Augen etwas Abwesendes und Spähendes; er sah in die Landschaft hinein, die er verlassen hatte und nach der er sich sehnte. Hunold aber litt an etwas anderem. Als er im November 1918 von seinem Schiff kam, wurde er auf der Straße von der Menge angegriffen; seine Achselstücke wurden ihm abgerissen, seine Waffe zerbrochen. Ihm geschah das, was vielen anderen geschah, die ihr Leben eingesetzt hatten und dafür zunächst mißhandelt, dann aus dem Dienst entlassen wurden. Ein Riß war da, den er nicht verwand, und ihm blieb nichts anderes, als aus diesem Riß weiterzuleben. Sein Charakter wurde dadurch nicht berührt. Was er sagte, hatte, ohne weithin zu zielen, Hand und Fuß; es war Verlaß auf ihn. Etwas Verhängnisvolles war geschehen, über dem er grübelte. Das Verhängnis lag darin, daß das Band, welches Vergangenheit und Zukunft verknüpft, zerrissen war, daß eine Leere entstand, ein Vakuum, in das unberechenbare elementare Gewalten einströmten. Das Vakuum wurde nicht verwunden; aus ihm stieg Hitler zur Macht empor. Hunold wurde wieder Offizier. In dieser Zeit sah ich ihn nicht mehr, und weit später erst erfuhr ich, was ihm zustieß. Er war zu sehr Soldat, als daß er mit Hitler hätte auskommen können. Und dieser ließ ihn nicht außer acht, ließ ihn hinrichten.

Ich denke hier an Ilten, der mir durch andere Bestimmungen merkwürdig wurde. Er war, als der Krieg endete, junger Hauptmann im Generalstab. Das war ein Dienst, der dem Gesicht eine unverkennbare Prägung gab; sie verlor sich nicht und wies auf eine Schule hin, die den Menschen formte. Möglich ist allerdings, daß nur diese Prägung bleibt; auch eine Flasche bleibt ja, wenn der Wein aus ihr verdunstet ist. Wie aber geht es beim Menschen zu?

Nach dem Kriege trat Ilten in die Rote Armee ein; er war in einer hohen Kommandostellung in ihr und führte Krieg im Fernen Osten, an den Grenzen irgendeiner Mongolei wohl. Zu vermuten war, daß es an schlimmen Dingen nichts gab, was er nicht gesehen und gehört hatte; wer über Zeit und Ort nachdenkt, mag sich das selber vorrechnen. Offenbar hatte er Verstand genug, sich in so neuartige Verpflichtungen nicht nur einzufädeln, sondern sich aus ihnen auch herauszufädeln. Und was immer hinter ihm lag, ihm war ein Charme geblieben, der etwas Anziehendes hatte; die gute Erziehung und Ausbildung wirkten nach. Die Frage war für mich, wie er das alles leisten und sich in so fremdartigen Bereichen behaupten konnte. Ich begriff, daß in dieser Frage eingeschlossen lag, welche Aufgaben der Spezialist in unserer Zeit hat und welchen Nutzen man sich von ihm erwartet.

Ein Spezialist ist kein Ideologe und doch immer zusammen mit ihm da. Ihn beschäftigen weder die ideologischen Verknüpfungen, noch wird eine solche Beschäftigung von ihm gefordert. Gefordert wird, daß er sein Wissen zur Verfügung stellt; er wird nach seiner Tauglichkeit und Brauchbarkeit beurteilt, muß also Erfolg aufweisen. Das ist leicht zu verstehen. Wie aber läßt sich das Wissen vor allem Nichtwissensmäßigen so ablösen, daß es speziell und zugleich transportabel und überall anwendbar wird? Dadurch, daß es zum Instrument gemacht wird und in der Achtsamkeit auf mechanische Zusammenhänge und Arbeitsgänge aufgeht. Muß dann nicht auch der Mensch, der über dieses Wissen verfügt, ein Instrument werden und etwas Mechanisches bekommen? Ja, das ist unvermeidlich, da er als Werkzeug behandelt wird und als solches wirkt.

Damals, nach dem ersten Weltkriege, geschah noch nicht das, was nach dem zweiten geschah, als die Kernphysiker und andere exakte Wissenschaftler verhaftet und verschleppt wurden. Das geschah nicht ohne Grund, da ihr transportables Wissen die Voraussetzung dafür war, daß sie selbst transportiert wurden. Die Zahl derer, die über das neueste Wissenswerte verfügen, ist klein, und es ist zweckmäßiger, sie selbst mitzunehmen als die Gehäuse und Apparaturen, in und an denen sie gearbeitet haben. Ihr Wissen hat zudem eine Beschaffenheit, die ausspioniert, verkauft und verraten werden kann; versichert man sich des Mannes und isoliert ihn, wird diese Gefahr vermindert. Ilten aber, der nach dem Kriege seinen Dienst quittieren mußte, war nicht verschleppt worden, sondern aus freiem Entschluß gegangen. Niemand konnte ihm verwehren, sein Wissen an den Mann zu bringen, und er ging dorthin, wo es gebraucht wurde.

An ihm war – seine Augen zeigten es – etwas Totes. Diese Augen mochten zu viel gesehen haben, zu oft das berührt haben, was keine Hoffnung gibt. So war er zwar ein Mensch, dem niemand etwas vormachen konnte, zugleich aber einer, an dem alles Grüne weggeschnitten war. Ihn schweigend sitzen zu sehen, konnte etwas Bedrückendes haben. Sitzt jemand, schweigt und ruht aus, so ist doch Leben in ihm, ein Leben, das sich sammelt. So aber saß er nicht. Und in seinen Sätzen war eine abgestandene Ironie, die, wenn sie zum Vorschein kam, den Satz selbst fertig machte. Ich saß einmal mit ihm zusammen, das Gespräch kam auf eine gemeinsame Bekannte, und ich sagte ihm: »Es liegt ein Reiz in ihrer Bewegung, und er kommt daher, daß die Bewegungen nichts logisch Geordnetes haben, daß sie unvorhersehbar sind.«

Er schwieg einige Zeit, dann antwortete er: »Der letzte Reiz ist der Hustenreiz.« Diese Bemerkung, die ganz abgegriffen war, war mir widrig, schnitt auch das Gespräch sofort ab. Ich sah ihn an, sah sein wohlgeformtes Gesicht und die toten Augen darin, die mich an Hechtaugen erinnerten. Starker Verbrauch verbraucht den Menschen. Aber ein

Mann kann verbraucht und zugleich sehr tätig sein. Das ist etwas, das wir lernen müssen, denn Leben, so wie heute von ihm gesprochen wird, ist etwas Abstraktes. Der élan vital ist schon eine Mechanisierung. Die Dinge liegen so, daß die Verbrauchtheit eines Mannes oft die Bedingung seiner vermehrten Bewegung ist.

Das Zwielichtige, Zweideutige und Verborgene an ihm war unschwer zu erkennen. Ein Mann, der in so verschiedenen Bereichen arbeitet, bekommt etwas Undurchsichtiges. Das, was ihn sichtbar beschäftigte, schien immer nur der Mantel einer unbekannten Tätigkeit zu sein. Die Böden, auf denen er arbeitete, wechselten; sein Lebensgang führte ins Untergründige. Ich sah und hörte nichts mehr von ihm. Nach langer Zeit erfuhr ich, daß er ermordet worden war, und wunderte mich nicht darüber.

Meine Mutter liebte die böhmischen Bäder, vor allem Karlsbad, das sie oft besuchte. Die Wässer dort taten ihr wohl und auch die Wanderungen in den weiten Wäldern. Ich begleitete sie manchmal und leistete ihr Gesellschaft. Ihr Bedürfnis nach Bewegung war groß, und wir wanderten in die Landschaft hinaus; es ist kaum ein Berg oder Hügel dort, den wir nicht besucht hätten. Ein solches Bad ist, schon durch seine Bestimmung, merkwürdig. Die Tepl fließt im engen, von Waldbergen umgebenen Tal, die heißen Glaubersalzquellen brechen aus einer Spalte im Granit hervor, schießen dampfend aus der Erde und setzen kohlensauren Kalk ab, den Sprudelstein, einen Kalksinter, der geschliffen und zu mancherlei Gegenständen verarbeitet wird. Mich beschäftigte die Stadt und die Menschen, die dort zusammenströmten. Auf den Waldgängen dachte ich an Luise, und unruhige, trübe Gedanken stiegen dabei in mir auf. Wenn ich jetzt, vom

Anfang her, alles überdachte, sagte ich mir, daß die gute Zeit bei ihr lag, daß ich die Stunden, die sich mir am tiefsten einprägten, mit ihr verbracht hatte. Nichts schien sich verändert zu haben, und doch war in mir eine Vorahnung der Trennung. Wir sahen uns seltener, und sie war nachdenklicher.

Deutlich wurde mir, daß in unserem Verhältnis eine Unsicherheit lag, die ich weder mir noch ihr zu nehmen vermochte. Meine Unruhe war für sie eine Quelle des Kummers, und sie begriff wohl, daß sie davon ausgeschlossen war. Für sie lag darin etwas Fremdes und Heimatloses, das ihr bis in die Träume hinein nachging. Wahr ist, daß die Unruhe, in der ich lebte, groß war; nie setzte sie mir mehr zu. Und meine Vermutungen und Überlegungen, die auf die Zukunft gerichtet waren, beschäftigten Luise nicht; sie lebte reiner in der Gegenwart und genoß sie mehr. Ich wußte das und vermied, wo immer es ging, Gespräche, die sie beunruhigen konnten, aber schon die Anspannung, in der ich mich befand, brachte den Unterschied hervor, und so ruhig sie selbst war, so untrüglich fein war ihr Spürsinn dafür. Ihre Gedanken waren häuslich, und meine liefen auf die Wahrnehmung hinaus, daß das Haus abgebrochen wurde. Sie verstand sich auf das Einrichten, und ich wußte davon nichts. Für sie war alles, was sie angriff, wirklich, für mich nicht; Ort, Zeit und Menschen riefen in mir oft eine Empfindung des Unwirklichen hervor. Daran dachte ich, entsann mich auch, daß wir uns einmal in einem Café trafen, das mir sogleich merkwürdig vorkam, nicht durch seine Einrichtung, sondern durch eine Art atmosphärischer Übelkeit, die bei seinem Anblick in mir entstand. »Spürst du hier nichts?« fragte ich sie.

»Nein, was sollte ich spüren?«

»Daß hier kein wirklicher Ort mehr ist und keine wirklichen Menschen mehr sind. Daß es so nicht weitergehen kann.«

»Das verstehe ich nicht. Warum sollte es nicht weitergehen? Die Leute werden immer Kaffee trinken und irgendwohin gehen.«

»Ja, aber nicht hier. Das ist ein Ort, der für den Abbruch reif geworden ist.«

»Das darf man nicht denken«, sagte sie und sah mich ratlos und bekümmert an. Hatte sie nicht recht, wenn sie sich an das hielt, was Dauer versprach? Daß die Leute immer etwas trinken würden, war unzweifelhaft. Auch in den Zeiten größter Verwirrung mußte Brot gebacken, mußten Anzüge geschneidert werden. Mir fiel dabei ein, daß die Lektüre römischer Geschichtsschreiber in mir manchmal falsche Vorstellungen über die Zustände in der Stadt erweckte. Die Darstellung ließ vermuten, daß alles drunter und drüber ging, wenn die Köpfe etlicher Senatoren fielen, doch rauchten die Garküchen unbekümmert weiter, die Plebs ging ebenso unbekümmert in die Spiele und empfing ihre Kornzuweisungen, vergnügter vielleicht als je beim Empfang der Nachrichten, die aus dem Kaiserpalast kamen. Die Frage für mich war, warum in einer solchen Ansicht der Dinge wenig Trost lag.

Indem ich an Luise dachte, am Ufer der Tepl, und die Fische betrachtete, die sich im Wasser Flanke an Flanke aufreihten, fragte ich mich auch, was es mit meiner Unruhe auf sich hatte. Mancher wünscht sich eine andere Nase, möchte in Spanien leben, auf dem Mond oder anderswo, wohl auch in einem anderen Jahrhundert geboren sein. Das sind Erwägungen und Wünsche, die vielleicht aus Unzufriedenheit, Mißmut und Langweile hervorgehen, in denen sich daher nicht mehr als eine Verneinung verbirgt. Wir wechseln ja den Ort nicht, ohne uns selbst mitzunehmen. In einer anderen

Zeit zu leben, wünschte ich mir nicht und war überzeugt davon, daß die Zeit, in der ich lebte, meine Zeit war und keine andere, die Zeit also, in der zu leben mir allein möglich war. Also waren ihre Schwierigkeiten auch meine, und sie mußten mich beschäftigen. Lag die Unruhe darin, daß ich kein Ziel hatte und keinen Weg vor mir sah, daß dieser Weg immer dort endete, wo ich eben angelangt war und stand, ich ihn daher jeden Tag wie einen Graspfad austreten mußte? War nicht ein Vorgefühl in mir, das von Jahr zu Jahr schneidender wurde, ein Vorgefühl davon, daß Menschen, Geschehnisse und Dinge sich mit wachsender Geschwindigkeit auf einen Wendepunkt zubewegten? Ich hatte es auch jetzt, als ich an der Tepl stand, mich über das Geländer beugte und die Fische betrachtete.

In mir war keine Erleichterung, aber auch nichts Widerstrebendes. Gut wäre es, dachte ich, wenn sie jetzt hier stände und du mit ihr den Fluß hinuntergehen könntest. Ich ging ins Haus zurück und schrieb ihr einen Brief, auf den ich keine Antwort erhielt.

Bald darauf fuhr ich nach München, um meine Schwester zu besuchen, und aus dieser Reise, die kurz gedacht war, wurde ein langer Aufenthalt. Ich kam im Sommer und blieb bis zum Einbruch des Winters. Dort wohnte ich in einer Pension, die am Rande von Schwabing lag, inmitten eines großen Gartens, dessen Bäume und Blumen durch einen hohen, schwarzen Holzzaun von der Umgebung abgesondert waren. Dieses Anwesen ist, wie ich mich später versicherte, in seiner alten Form nicht mehr vorhanden, gehörte auch damals schon einer vergangenen Zeit an. Als ich an dem Holzzaun stand, an der kupfernen Türglocke läutete und den Mann sah, der mit einer Laterne kam und mich im Regen durch den dunklen, tropfenden Garten führte, kam mir alles seltsam und doch vertraut vor. Der Ort war so peripherisch wie die Gegend im Berliner Westen, in der Luise gewohnt hatte, war ein Zwischenreich, in dem Mietshäuser endeten und Gärtnereien und Bauernhöfe begannen. Als ich am Morgen den Garten betrachtete, der weitläufig war und dabei etwas Verborgenes hatte, fand ich Ulmen, Obstbäume und dichtes Gebüsch darin, dazu eine Fülle von blühenden Zinnien, Löwenmaul und goldbrauner Tagetes. Noch war er ein Sommergarten, doch zog der Herbst bald ein, und die reifen, roten Tomaten begannen überall hervorzuleuchten. Endlich, als der Winter kam, fiel Schnee darauf.

Offenbar konnte hier jeder nach Lust und Laune sich einrichten und sein Leben führen; die Hausordnung verlangte nicht mehr, als daß keiner den anderen störte. Etliche Gebäude standen im Garten, in denen die wenigen Gäste wohnten; im Garten konnte gegessen und gebadet werden, und jeder suchte sich seinen eigenen Platz darin. Nachts, wenn ich im Bett lag, weckte mich der dumpfe Aufprall der reifen Birnen, die auf das flache Dach schlugen; ich hörte den Wind sausen und den Regen plätschern. Später zog ich in einen Schuppen, aus dessen Mittelstück ein Zimmer mit schräg abfallendem Dach hergerichtet worden war. Nur eine gemörtelte Wand trennte es von dem Ziegenstall zur Linken, in dem zwei braune Ziegen standen, und dem Hühnerstall zur Rechten, dessen Hähne mich in der Frühe weckten. Ein alter, mächtiger Holunder überwuchs das alles.

In diesem Garten wohnte ich über drei Monate, und kaum kann ich mich einer Zeit entsinnen, in welcher die Schwermut mir mehr zugesetzt hätte als damals. Ich hatte zunächst einige Gesellschaft, den Studenten, der mich hierhergebracht hatte, und zwei Studentinnen der Medizin, mit denen ich etliche gute Stunden verbrachte; als sie gingen, blieb ich allein zurück. So wie eine bittere Tinktur in ihrer feinsten Verdünnung noch spürbar ist, so war die Schwermut in jedem Gedanken spürbar und drang in alles ein. Zugleich merkte ich, daß ich alle äußeren Beziehungen nur noch mühsam aufrechterhielt; sie strengten mich an, weil ich zu stark einer inneren Bewegung folgte. Wo bist du? fragte ich mich immer. Du bist nicht präsent, bist nicht da, bist nicht in deiner eigenen Bewegung.

Ich fuhr zunächst an den Staffelsee, fuhr nach Uffing, wo Sailer sich aufhielt. Nicht von ihm will ich hier sprechen; mir war nicht nach Umgang zumute, und sein Wesen, in dem Unversöhntes und Gewaltsames zusammenlag, lud mich dazu nicht ein. Wir badeten, segelten und angelten zwei Tage, und als er abfuhr, fragte ich mich, ob ich bleiben solle. Mir gefiel der See, den ich zuerst an einem klaren, durchsichtigen Sommertage sah, an dem die Alpen sich scharf am Horizont abzeichneten. Einige Inseln liegen in ihm, eine größere mit schönem Baumwuchs, umgeben von Wiesen blühender, weißer Seerosen, in denen die Bläßhühner auf und nieder tauchten, und einige kleinere. Ich hatte seit langem nur in Flüssen gebadet, deshalb überraschte mich die Stille des dunklen Seewassers, in dem keine Bewegung spürbar war. Nach der kleinen Rabeninsel schwamm ich in der Dunkelheit hinaus. In der Dämmerung streichen große Schwärme von Krähen und Dohlen auf den See zu und fallen auf der Insel ein. Wolken von schwarzen Vögeln wirbeln dann über den Baumkronen und raufen wild krächzend um ihre Schlafplätze. Die Landschaft, die für mich etwas Pfahlbäuerliches hatte und Erinnerungen an Pfahlbauernzeiten in mir weckte, zog mich an. Sie war auch bei Sturm schön; ich nahm das bei einer Segelfahrt nach der Kuhinsel wahr, die leicht meine letzte hätte werden können. Der Wind wurde böig, der Himmel verfinsterte sich rasch, und kleine gelbbraune Wölkchen trieben mit reißender Geschwindigkeit heran. Noch gelang es uns, an Land zu kommen und das Segel zu bergen, dann brach das Unwetter los. Der See kochte und schäumte, und hohe Wirbel von Wasserstaub, Fahnen von Gischt fuhren pfeilgeschwind über ihn hin. Der Regen stürzte in dicken Güssen nieder, Blitze erhellten die Dunkelheit, und der Sturm riß starke Äste von den Bäumen ab.

Manches sprach für mein Bleiben, und doch blieb ich nicht. Ich weiß noch, daß dieser Entschluß mich beschäftigte, ja verwunderte. Das Wasser schlug nachts ans Boot, die Käuzchen riefen; ich fragte mich, warum ich nicht blieb, da alles mir gefiel, und sagte mir, daß unser Kommen und Gehen nur den Anschein des Zufälligen hat, daß wir darin einem Plan folgen, den wir selbst nicht kennen. Du könntest jetzt, sagte ich mir, bleiben, wo du willst, und reisen, wohin du willst, aber du könntest es auch nur und tust es nicht. Fahrkarten, die in alle Richtungen der Windrose weisen, liegen bereit, aber nur eine davon wird von dir gelöst werden. Hier ist jetzt nichts mehr, was dich hält, aber vielleicht wirst du zurückkommen.

So blieb ich in meinem Münchener Garten, der herbstlich wurde, war mit meiner Schwester und ihren Kindern zusammen und fuhr im Herbst für einige Tage nach Tirol. Von Innsbruck aus ging ich den Inn entlang, wanderte über der Stadt zwischen Bergen und Wassern und kam an eine Klamm, in welche die Wildwasser hineinschossen. Und dieses war der Augenblick, in dem die lästige Schwermut, von der kein Fortkommen zu sein schien, mich verließ. Ich sah in das schäumende, weiße Wasser hinab, und sogleich spürte ich, daß ein Druck wich und eine schwere Last von mir abfiel. Mir wurde leicht, ohne daß ich etwas dazu getan hätte; ein freudiges Gefühl ergriff mich und verließ mich nicht mehr. Als ich nach Schloß Ambras ging, wurde überall auf den Feldern der Mais geschnitten. Von den Mauern der Bauernhäuser hingen die gelben Kolben, untermischt mit roten, herab. Schwarze Trauben drängten sich an den Spalieren über schneeweiß gekalkten Mauern. Ein ganz bunter Tag war das. Auf dem Wege kam ich an einem Friedhof vorbei, auf dem mohammedanische Soldaten lagen, trat ein und überlas die Namen auf den Steinen. Auf allen Hängen sonnte ich mich und trank in allen Dörfern vom roten Wein. Abends stand ich auf der Innbrücke, von der Sonne und vom Wein so erhitzt, daß ich die Stirn am eisernen Geländer kühlte. Am Morgen kaufte ich frische Feigen, Trauben und Nüsse und stieg auf den Patscherkofel.

Von Luise hatte ich in dieser Zeit keine Nachricht erhalten, hatte ihr auch nicht mehr geschrieben. Als ich nach Berlin zurückgekehrt war, suchte ich ihre Wohnung auf und fand sie verschlossen; niemand öffnete mir. Es war Abend, die Straße leer, und ich stand einige Zeit dort, in Nachdenken versunken. Sie ist verreist, dachte ich. Mir fiel ein, daß ich sie an der gleichen Stelle einmal verfehlt hatte, eines Mißverständnisses wegen, das über die Zeit des Treffens zwischen uns war. Am Tage darauf erzählte sie mir, wie sie alles vorbereitet hatte, wie die Erwartung in ihr immer stärker geworden war, wie sie, immer wieder hinauseilend und umherspähend, unruhiger und unruhiger wurde, bis alles Warten in Enttäuschung umschlug und ihr die Tränen kamen. Ein solches Mißverständnis und Verfehlen wird wettgemacht; jetzt aber sagte ich mir: wenn du fortgehst, nach rechts oder links, dann sei gewiß, daß du sie nicht wiedersehen wirst. Ich ging endlich und spürte bei jedem Schritt die Entfernung zwischen ihr und mir. Indem die Zeit verstrich, vergrößerte sie sich. Ich schrieb ihr nicht mehr und erhielt keinen Brief von ihr. Doch zog es mich wieder nach ihrer Wohnung. Der Name, den ich auf dem Türschild las, zeigte mir, daß Fremde dort eingezogen waren.

Ich wollte, ich könnte deutlicher machen, was damals in mir vorging, könnte die Entfremdung zeigen, die in mir war, den Wechsel des Daseins und Nichtdaseins, die Verwunderung, die mich überkam. Ich brauchte nur in einen Spiegel zu sehen, um mir zu sagen; das bist du nicht. Die Verwunderung war ein Herausfallen aus aller Gewohnheit, nichts Leeres und Aufgeräumtes, wohl aber leer wie etwas Neues, das noch keinem Zugriff ausgesetzt war, an das ich mich gewöhnen mußte und doch schwer gewöhnte. Im Umgang mit anderen wurde sie schmerzhaft. Das Verständige, mit dem ich mir Mühe gab, machte auch Mühe. Das Zugerichtete darin machte mir Mühe, und auch das Vernutzte und Verbrauchte, das darin sein mußte, weil es das Verstehen erleichtert. Unsere Klugheit läuft auf Zweckmäßigkeit hinaus, und das Nisteln des Scharfsinns ist nichts anderes als das Zuschleifen von Zwecken. Ich sagte schon, daß meine äußeren Beziehungen etwas Mühsames bekamen, und ich faßte es als Warnung. Innerlichkeit war kein Zustand, den ich erstrebte, und schien mir, wenn ich darüber nachdachte, auf ein Verhalten zu mir selbst hinauszulaufen, das einer Abkapselung und Trennung gleichkam. Doch war ein Hang zur Einsamkeit in mir, der leicht zur Vereinsamung führte, und auch diese ist etwas Innerliches und kann zu einem Mönchsleben führen. Vielleicht bewahrten mich meine Eltern davor, solchen Gelüsten allzusehr nachzugeben, weshalb mein Zusammenleben mit ihnen immer ersprießlich war.

Ich will etwas anderes erzählen. Mehr als ein Jahr war vergangen, seitdem ich Luise zuletzt gesehen hatte, eine lange Zeit, und gewiß war wohl, daß wir uns weit voneinander entfernt hatten. Doch sagte ich mir, daß die Länge der Zeit, die räumliche und zeitliche Entfernung nicht in Anschlag kam, war sie doch durch sich selbst nichts und nur die Folge einer Entfremdung. Ich stand an der gleichen Stelle in Karlsbad, an der ich gestanden hatte, am Ufer der Tepl, sah ins Wasser und sah wieder die Fische, die sich Flanke an Flanke aufreihten. Wieder hatte ich meine Mutter begleitet, und dieses Mal waren auch Ernst und Hans da. Sie hatte drei ihrer Söhne um sich, und sie genoß das sehr. Wir leisteten ihr Gesellschaft und tranken das Wasser mit, das widrig nach schwefelsaurem Natron schmeckte, aber seinen widrigen Geschmack durch die Gewöhnung verliert. Mir fiel da auf, wie viele gnomische Wesen unter den Brunnenmädchen waren, die aus den umliegenden Dörfern kamen. Wenige schlanke, gutgewachsene Geschöpfe zeigten sich unter ihnen; sie schienen mehr aus den Wurzeln als aus dem Stamm der Tannen gebildet. Manche unter ihnen waren rechte Holzgeister, wie mit dem Schnitzmesser geformt; die Natur hatte bei ihrer Bildung einen Humor zugesetzt, der auf Kosten des weiblich Schönen ging. Überall kam das Närrische hervor, nicht ohne daß ich dabei an Märchen erinnert wurde, so daß ich gewisse Eigenheiten der Landschaft in diesen Mädchen faßte. Das Böhmische wurde mir deutlicher, und Böhmen ist ein Land, das mich immer anzog, durch Musik, Wald und Glasbläserei.

Wir wohnten in Karlsbad im Hause zum Goldenen Apfel bei einem alten jüdischen Ehepaar. In Karlsbad wohnten viele Juden, und eine weit größere Zahl kam in jedem Jahr, um die Bäder zu gebrauchen. Wenn viele kamen, wurden die Fische teurer. Ich sagte mir, daß diejenigen kamen, die das Gesetz Moses nicht beachteten und davon krank wurden. Doch kamen auch die polnischen Juden, die sich daran hielten, und merkbar war, daß alle sich hier wohl fühlten und eine Vorliebe für den Ort hatten. Unter ihnen war jetzt Streit und Unruhe; es befehdeten sich die orthodoxen, liberalen und zionistischen Juden und führten diesen Kampf mit Anschlägen und Versammlungen. Darum kümmerte ich mich nicht; mir fiel etwas ganz anderes auf. Die Wohnung im Goldenen Apfel war mir sogleich merkwürdig, da alles darin, Möbel, Bilder, Tapeten, mir nicht sowohl uralt als müde des Daseins zu sein schienen. Die Schubladen der Schränke und Kommoden klemmten, die Stühle wackelten, die Betten ächzten, die Spiegel waren erblindet und rissig. Das tägliche Wischen und Säubern half nicht mehr; in der säuberlich geordneten Wohnung wurde das Verfallen aller dieser Knechte des Menschen noch spürbarer. Ich faßte zunächst nicht, was hier vorging, begriff aber, als ich den alten Juden in einem Stuhl vor seinem Haus sitzen sah. Er saß dort wie jemand, der still wartet, und als ich vorbeiging und ihn grüßte, fragte ich mich, worauf er warten möge. So, sagte ich mir, sitzt niemand, der auf einen anderen wartet oder überhaupt etwas erwartet, so sitzt ein Mensch, der abstirbt, dessen einziges Geschäft auf dieser Erde das Absterben geworden ist. Darin lag weder Heiterkeit noch Trauer, wohl aber Ergebenheit, denn er tat nichts hinzu und nahm nichts hinweg. Es war, als ob die Zeit in Tropfen abfiele und er dieses unwahrnehmbare Geräusch belauschte, Tropfen um Tropfen, bis es endete. Vielleicht würde sich am Ende zeigen, daß er doch auf jemanden gewartet hatte, auf den Boten, der erscheinen würde, der auf ihn zutrat, ihm winkte und ihn mit sich nahm. Dann, wenn der Engel des Todes erschien, mußten die Dinge, die nur auf den Tod ihres Besitzers lauerten, auseinanderfallen, sich auflösen und ihr künstliches Dasein aufgeben. So wie Uhren stehenbleiben, wenn ihr Besitzer stirbt, Spiegel von der Wand fallen, Tischplatten sich spalten, so würde ein Riß durch alles Hinterlassene gehen und es unbrauchbar machen. Was bewegte mich bei dem Anblick, warum ergriff er mich und ging mir nach?

Etwas Rechtschaffenes war für mich daran und zugleich etwas Fremdes. Vielleicht war an einem solchen Sterben nichts Schweres, obwohl alles Warten schon Schmerz ist, aber ich sagte mir, daß ich so nicht sterben konnte und auch nicht sterben würde. Ich dachte auch an meinen Vater, der, anders als dieser alte Jude, sorgfältig alles aus seinen Gedanken ausschloß, was an den Tod erinnerte. Er schloß auch die Friedhöfe aus, und meine Neigung, sie zu besuchen, war ihm unverständlich; er mied und umging sie. Der Tod war für ihn nicht nur das Ende, er war zugleich ein Feind und Fremder, ein Gegenüber und etwas ganz von ihm Getrenntes. Das war er für mich nicht, und ich merkte es schon daran, daß mir die Darstellungen des Todes nie etwas sagten. Wenn ich solche Bilder betrachtete, blieb für mich etwas Unglaubwürdiges an ihnen. Der Tod etwa als Knochenmann, der einem jungen, nackten Weib über die Schulter sieht, schien mir eine platte Erfindung zu sein, denn so kommt er nicht, nicht von außen mit Sense und Stundenglas, sondern von außen und innen zugleich. Als ein eigenes Wesen war er für mich nicht vorhanden, und schon in einer frühen Zeit sagte ich mir, daß in diesen Darstellungen etwas Falsches und Schiefes stecken müsse. Ebenso schief ist es, wenn ich das Leben personifiziere; ein Bios, den ich selbständig mache und mir gegenüberstelle, taugt nichts. Was hätte ein solcher Bios anderes zu sagen als Dummheiten?

Herbstlich feuchtes Waldwesen und Blättergeriesel umgab uns. Die Regentage kamen, das Bad leerte sich und bekam jenes trübselige Ansehen, das verlassene Badeorte haben. Alles in ihnen dient dem Menschen und versinkt, wenn er sich davon abwendet, in nutzlose Trauer. Wir besuchten Ellbogen, dessen altes Schloß ein düsteres Gesicht hat. Dort liegt vor Altsattel ein Steinbruch, in dem wir versteinertes Holz und Abdrücke von Blättern suchten und fanden, Fossilien. Auch Karlsbad schien ein Fossil geworden zu sein, ein Abdruck vergangenen Lebens. Noch geisterte das alte Österreich darin, das gespenstisch geworden war wie eine Kubinsche Zeichnung, in deren Strichen sich zugleich ein Bilderrätsel zu verbergen scheint. Ernst machte seine Glossen darüber, als wir an einem Regentage im Posthof gewesen waren und in den Wald gingen. Wir kamen an einer Schießbude vorbei und schoßen nach Scheiben. Hirsche, Gemsen und Reiter fielen. Eine alte Dame legte zwei Störche um, ein Einfall, der mich zum Lachen brachte. Dann stellte ein uralter, wankender Mann, der die Bude bediente, die Figuren durch eine verborgene Vorrichtung wieder auf. Ich sah, wie er mühsam an seinem Spielzeug arbeitete, und sagte mir, daß er diese Arbeit nicht lange mehr verrichten werde.

»Spürst du, wie hier alles lautlos wird und endet?« sagte ich zu Ernst, als wir durch den feuchten Wald weitergingen. »Es ist wie der alte Jude, der auf seinem Stuhl wartet. Etwas in ihm stirbt, und etwas stirbt noch nicht.«

»Es ist am Ende. Doch du nimmst es nur wahr, weil anderswo starke Bewegung ist.«

Ein Besuch, den ich in der Weihnachtszeit meinen Eltern machte, hat sich mir erhalten, so wie eine Kerbe in der Erinnerung haftet. Feste, welche wiederkehren, sind etwas Festes, und meine Überzeugung war, daß die gute Ordnung des Jahres und aller Zusammenhang durch sie begründet wurde. Es war vor dem Fest, ich saß in der Dachkammer, die ich mir zum Arbeitszimmer hergerichtet hatte, und sah in die verschneite Feldhügellandschaft hinaus. Von dieser zweifenstrigen, hölzernen Zelle ging der Blick weit ins Land und die Flußauen. Ich hörte, wie das Holz im Zimmer knackte, und dieses ganz trockene Geräusch verband sich mit einem Zeitgefühl, das ich vorher nicht gehabt hatte. Es war, als ob die Zeit in diesem Knacken für einen Augenblick anhielte, und im Anhalten wurde mir ihr lautloses Verstreichen spürbar. Ich sah von dem Buch, in dem ich las, auf, spürte, daß das Haus im stillen lebendig war, daß ein starkes Leben in ihm war, und spürte zugleich, daß meine Eltern alterten. Du wirst sie verlieren, dachte ich, wirst nicht immer mit ihnen zusammen sein. Daran hatte ich nie ernstlich gedacht, kaum gemerkt, daß sie älter wurden, deshalb wohl, weil in mir keine Empfindung des Alterns war. Mir war wunderlich zumute, festlich schon, da das Fest bevorstand, und zugleich winterlich schwermütig. Das Zimmer war, da die Sonne schien, sehr hell, und leuchtendes Licht wurde von den weiten Schneeflächen zurückgeworfen. Weiträumig war die Landschaft, winterleer, und aus dieser durchlichteten, leuchtenden Leere kam mir ein Glücksgefühl. Mir ging durch den Kopf, daß Kinder nicht nur jünger, sondern auch älter als ihre Eltern sind, daß das Jahrhundert, in dem wir leben, älter ist als das vorangehende. Ein Baum, sagte ich mir, hat weder Vorn noch Hinten, darin mag ein eigenes Lebens- und Zeitgefühl stecken. Und wenn ein Rad sich dreht, ist schwer auszumachen, was oben und unten ist.

Diese Erwägungen beschäftigten mich, weil ich in den Briefen von Leibniz las. Gab es überhaupt Zeit und Raum? Raum ist, wie Leibniz in seinem Fünften Brief an Clarke bemerkt, ein Phänomen, eine Ordnung der Situationen, welche gleichzeitig sind. So wie die Gleichzeitigkeit räumlich scheint, sagte ich mir, scheint das Nacheinander zeitlich. Wenn dem so war, waren dann nicht Zeit und Altern etwas Verschiedenes und ging nicht die Zeit aus dem Altern hervor, ein Anschein von Zeit?

Ich las im Leibniz und hörte von unten her, die Treppen herauf, daß mein Vater Klavier spielte. Er spielte jetzt seltener als in den vergangenen Jahren; ich lauschte und hörte, daß er mit der Ouvertüre von Cosi fan tutte beschäftigt war. Das gab meinen Gedanken eine andere Wendung. Die Wiederkehr melodischer Figuren beschäftigte mich, und mir schien, daß diese Musik auch zu einem Wintertage gut paßte. Rund war die Bewegung, ein rundes Silbergeläut, und silberne Triangeln fielen auf Flächen von durchsichtigem Eis herab, auf denen sich schlanke Mädchen anmutig drehten. Ich stand auf, ging die Treppen hinunter, und Stufe für Stufe war in mir ein freudiges Gefühl, das ich nicht vergaß. Ein Drang nach Bewegung war in mir, der mich hinauszog; ich verließ das Haus und streifte in die Dörfer.

Ein Hochwasser kam in diesen Tagen, und das Tal wurde weithin überschwemmt. Der Fluß schoß rauschend unter der Brücke durch, auf der ich mit Buri einst gestanden hatte, und die Eisschollen zerbrachen knirschend an den Brückenpfeilern. Um das zu sehen, war ich hinuntergegangen, und als ich zurückkam, traf ich das Mädchen wieder, das ich beim Radfahren betrachtet hatte, sah ihr an, daß sie sich meiner erinnerte, und ging mit ihr ein Stück zusammen. Jetzt war sie ausgeschlüpft und nahm sich anders aus, da sie einen Pelz und mit Pelz besetzte polnische Stiefel trug. Offenbar waren das Weihnachtsgeschenke und neue Sachen, in denen sie sich wohl fühlte. Sie summte Melodien vor sich hin und wiegte sich im Gehen; in ihren Bewegungen war etwas, das gleich in Tanz und Gesang übergehen wollte. Mit glänzenden, neugierigen Augen sah sie mich an, beantwortete meine Fragen und fragte selbst. Sie war unbefangen und mitteilsam, wobei mir auffiel, daß sie ihr Sprechen irgendwie überwachte, wohl auf die Aussprache hin. Sie sprach ein reines Hochdeutsch, das kaum mehr sächsische Färbung hatte, doch war der Zwang des Erlernten noch merklich. Jede ihrer Bewegungen zeigte die Lust, die darin lag. Sie drehte und wendete sich, und die dunklen, schraubenförmigen Locken pendelten hin und her.

Während sie neben mir ging, erfuhr ich, daß sie Elise hieß. Auch erzählte sie mir, daß ihr Vater in Flandern gefallen sei. Sie und ein Bruder waren von der Mutter aufgezogen worden, nicht ohne Zutun und Mithilfe einiger Verwandter, die teils in der Stadt, teils anderswo wohnten. Von diesen mochten auch der neue Mantel und die Stiefel kommen. Ich fragte sie, ob sie warm hielten, und sie bejahte es. Mir fiel ihr Gesang ein, und da wir allein gingen und niemand in der Nähe war, bat ich sie, mir etwas vorzusingen. Sie tat es sofort und ohne Scheu. Ihre Stimme war rein, kräftig und wohllautend. Auch meine Vermutung, daß sie im Kirchenchor mitsinge, wurde bestätigt. Sie wurde als Solistin verwendet und sang Partien von Bach, Händel, Haydn und Mozart. Eine Nachtigall. Ich sah sie wieder und ließ mir Lieder von ihr vorsingen. Als ich nach Berlin zurückfuhr, bat sie mich, ihr zu schreiben. Das versprach ich ihr.

In den Berliner Jahren merkte ich, daß meine Neigung zu den Pflanzen stärker wurde. Sie geht in meiner Erinnerung bis zu den Gängen zurück, die ich als Kind mit meinem Vater machte. Ich habe von ihm noch eine »Anleitung zum Botanisieren und zur Anlegung von Pflanzensammlungen«, die er als Student benutzte, die Flora von Karsten und andere Bücher. In Wald, Wiese, Moor und Heide zeigte er mir zuerst den Aronstab, die Knabenkräuter, den Sonnentau und weckte durch seine Bemerkungen meine schlummernde Teilnahme. Solange die Apotheker noch Heilpflanzen zogen und sammelten, war an guten Botanikern unter ihnen kein

Mangel. Seitdem sie Verteiler von fabrikmäßig hergestellten Arzneien geworden sind, ist es mit ihrer Botanik nicht mehr so gut bestellt, und noch dürftiger sind die Kenntnisse der Ärzte. Ich zeigte einmal einem Apotheker, der zu mir in den Garten kam, eine Diptamblüte und einen Melissenzweig, ließ ihn auch daran riechen; er kannte beide Pflanzen nicht. Wie sehr das Landleben und unsere Gärtner meine Neigung begünstigten, habe ich erzählt. Ein Garten war damals und später immer da, und Gartenarbeit gehörte zu meinen Beschäftigungen.

Mein Vater bestimmte die Pflanzen noch nach dem Linnéschen System, das ihm einfacher und handlicher vorkam als die natürlichen, und auch ich tat das zunächst, ging aber davon ab. In späteren Jahren benutzte ich Hegi's »Flora von Mitteleuropa«, ein sehr schönes Werk, das niemanden im Stich läßt, der es zur Hand nimmt. Wir denken Systeme in die Pflanzen hinein, künstliche und solche, die wir natürlich nennen, die aber wiederum künstlich sind. Künstlich bleibt jedes System, insofern es von Merkmalen ausgeht und selbst eine Ordnung, ein Gerüst von Merkmalen ist, die wir, weil sie wiederkehren, als dauernd bestimmte und bestimmende annehmen. Auf Gleichheit und Ähnlichkeit stützt sich das System und kann einem Gitter oder Raster verglichen werden, der über Vorhandenes gelegt wird, also etwas Hinzukommendes ist. Es ist die Stütze unseres Gedächtnisses und schließt die Erinnerung aus. Erinnerungen gehören nicht in ein System, doch lebt in ihnen, was unser Leben mit dem der Pflanzen verbindet. Daß eine Art in die Familie der Umbelliferen oder Kompositen gehört, ist Gedächtniswissen; die Blume aber, die ich an einem Frühlingsabend auf einer Mauer blühen sah, steht nicht im System, sondern in meiner Erinnerung. Was erlernbar ist, ist Sache des Gedächtnisses, und Erinnerungen sind nicht erlernbar; das Wissen, das sich mit ihnen verbindet, ist systemlos. Mir aber lag daran, beides zu verbinden, meiner Neigung nachzugehen und meine Kenntnisse dabei zu vermehren.

In Berlin hatte ich keinen eigenen Garten und vermißte ihn. Oft ging ich die Blumenhandlungen ab; eine der schönsten lag damals Unter den Linden, neben dem Hotel Adlon. In den ersten Jahren wohnte ich in den westlichen Bezirken der Stadt, geraume Zeit in der Nähe des Botanischen Gartens, der als grüne Oase im Gestein der Straßen liegt und ein Lieblingsort für Ernst und mich wurde, ein Ort auch unserer Gespräche. Ich will ihm hier einen kleinen Denkstein setzen, als einem Bereich der Muße, den ich oft und in manchen Zeiten täglich besuchte. Er war groß genug, um in ihm zu streifen und sich zu verlieren, war auch der Ort, in den der Berliner Frühling zuerst einzog. Wenn die Stadtgärten noch kahl dalagen, blühten hier Zaubernüsse, sibirische Rhododendren, Winterjasmin, Seidelbast, Winterling und Schneeglöckchen. Im Sommer fehlte es nicht an Lauben und Schattenorten, auch nicht an Vögeln, die sangen und nisteten. Der Wendehals rief, und in den Eichen trieben sich im Frühling die Pirole umher; der Garten war von ihrem melodischen Flöten erfüllt. Ich pflegte die Hecken nach Vogelnestern abzusuchen und fand darin die Nester der Schwanzmeisen. Wenn die jungen Meisen flügge werden, durchstoßen sie mit ihren langen Schwänzen den Nestboden; das nimmt sich lustig aus.

Ein solcher Garten ist um so schöner, je älter er ist. »Ein Gärtner«, sagte mir später der Obergärtner der Mainau, als er mich über die Insel führte, »müßte zweihundert Jahre alt werden.« Das trifft für einen Baumgärtner und Parkgärtner zu, ist ihm aber nicht vergönnt, auch mag es genügen, daß er in seinem Werk fortlebt. Der Berliner Garten war gut angelegt, war reich an seltenen Pflanzen und in pflanzengeographische Bereiche eingeteilt. Hier konnte ich mit den Siebenmeilenstiefeln Peter Schlehmils, der ja wie sein Biograph ein großer Botaniker war, in kürzester Zeit vom Kaukasus in die Steppen und Tundren hinabsteigen und mich in den sibirischen Osten verlieren, konnte, von den Alpen her kommend, die Laub- und Nadelholzwälder, Moore und Heiden bis nach Skandinavien hinauf durchstreifen. Auch die Gewächse der Subtropen wurden im Sommer ins Freie gestellt; nur die Tropen und ihre Bewohner fehlten. Doch um sie zu besuchen, brauchte ich nur in eins der großen Glashäuser einzutreten, hinter deren Scheiben sie gediehen. Dort waren Palmen und Baumfarne, Lianen, Bromeliaceen und eine Fülle von Orchideen. Einst, als ich dort war, sah ich, daß eine Seychellennuß gepflanzt wurde, und das Unternehmen beschäftigte mich. Die Seychellenpalme wächst nur auf den beiden kleinen Inseln Praslin und Curieuse, ihre Nuß, die auch Salomons Wundernuß genannt wird, erreicht ein Gewicht von fünfzig Pfund und braucht zehn Jahre zum Ausreifen. Sie bringt erst nach neun Monaten das erste Blatt, und die Palme braucht hundert Jahre zu ihrer vollen Entfaltung. Viel Vertrauen also steckte in dieser Pflanzung. Ich sah einmal, wie der Direktor des Gartens einer kleinen, zierlichen Malayin eine Papayafrucht schenkte, und es vergnügte mich. In einem solchen Geschenk lag, wie ich mir sagte, eine zarte Aufmerksamkeit und Huldigung; einem Mädchen, das in den Tropen aufwuchs, eine tropische Frucht schenken, zumal in Europa, das hat etwas Zartes. Der Ort, an dem das Geschenk überreicht wurde, war zu bedenken. An diesem Ort war die Frucht etwas Kostbares, ja ein Unikum, da in Deutschland, selbst wenn alle Gewächshäuser geplündert würden, kaum ein Korb reifer Papayas zusammengebracht werden könnte. Viele Jahre später erst sah ich frische, importierte Früchte in einem Münchner Geschäft. Die kleine

Malayin lächelte, als sie die Frucht entgegennahm; ihre sammetschwarzen Augen vergrößerten sich, und im Gesicht war etwas von der Süßigkeit der Frucht, die sie geschenkt erhielt. Die Anmut des kleinen Vorgangs war groß. Für mich hatte die feuchte, warme, aromatische Luft der Häuser etwas Vertrautes, erinnerte sie mich doch sogleich an das Warmhaus meines Vaters, an Robert und meine Gespräche mit ihm.

Trat ich in den Garten ein, dann kam ich an dem Denkmal für Christian Konrad Sprengel vorbei. Er hat die Befruchtung der Blüten durch Insekten erkannt, hat »Das entdeckte Geheimnis der Natur im Bau und in der Befruchtung der Blumen« veröffentlicht, starb in Vergessenheit und blieb vergessen, bis Darwin, der ein Buch über die Befruchtung der Orchideen schrieb, die Erinnerung an ihn weckte. In der Nähe des Denkmals saß ich einmal im Frühling vor einem Beet blühender Darwintulpen, die schlank und hochstielig sind. Mich beschäftigte ein Gespräch, das ich mit Niekisch gehabt hatte; mir ging etwas auf dort. Was ist es denn, fragte ich mich, was dir in seinem Denken hart erscheint? Worin steckt diese Härte? Sie liegt nicht nur darin, daß für ihn alles Planung wird, die er auf seine eigenen Pläne bezieht, sie ist tiefer angelegt in seinem Denken über die Natur. Für ihn wie für seinen Lehrmeister Hegel ist die Natur ein minderer Kreislauf, welcher der Vernutzung dient und seine Bedeutung nur durch diese Vernutzung erhält. In diesem Denken ist Geschichte ein mühsames Machen und Zurechtmachen im Bewußtsein, ist Arbeit, die auf Kosten der Natur geht. Ein Mangel an Ehrfurcht liegt darin. Vielleicht, sagte ich mir, vernutzt dieses Denken sich selbst mit, da es nur sich selbst anerkennt, keine Grenzen hat und Vorhandenes nach den Zwecken seines Gebrauchs abmißt. Über das Geschichtslose denkt er nicht nach, bedenkt es vielleicht nur mit Verachtung. Was ist aber das Geschichtslose? Es kann nicht vor oder hinter der Geschichte liegen, in der Art, in der Urgeschichte, Vorgeschichte, Frühgeschichte und Spätgeschichte gegeneinander abgesetzt werden, in der auch eine Nachgeschichte erfunden werden könnte. Es ist immer da und muß immer da sein, denn wenn es nicht da wäre, aus welchen Nährböden sollten wir uns ernähren? Es ist uns stets zugeordnet. Und niemand hat das Recht, es rücksichtslos zu verbrauchen; es muß geschont werden.

Während ich so saß und grübelte, näherten sich zwei Frauen dem Tulpenbeet und betrachteten es. Sie standen schweigend davor, dann sagte die eine: »Wunderbar ist, daß es so etwas gibt. Wunderbar ist alles, was die Natur hervorbringt.«

»Ja, wunderbar«, antwortete die andere. Dann, einer eigenen Erwägung folgend, fügte sie hinzu: »Aber ist das Natur? So wachsen die Blumen nicht von selbst, so sind sie von den Züchtern gezüchtet worden.«

Das schien auch der ersten einzuleuchten. Sie schwieg eine Weile und bemerkte dann: »Sie können das doch nur, weil die Tulpe da ist. Wäre sie nicht da, so könnte sie nicht veredelt und so schön gezogen werden.«

Mich erfreute dieses kleine Gespräch damals sehr, und es erfreute mich, weil es der Beleg zu dem war, was ich, auf der Bank sitzend, gedacht hatte; es setzte den Punkt aufs I.

Mancherlei Begegnungen hatte ich im Botanischen Garten, die Begegnung mit dem Amerikaner, der die Catalpen seiner Heimat wiederfand und darüber beglückt war, die Begegnung mit den Blinden, die Ernst geschildert hat, und andere. Eine davon will ich hier noch erwähnen. Ich stand mit Ernst im Frühling vor den Hyazinthenbeeten; ihr starker Duft stieg in Wellen vom warmen, sonnenbeschienenen Boden auf. Auf der prallen, fleischigen Blüte erscheint die

Farbe nicht als Auftrag, nicht an den Stoff der Oberfläche gebunden, sondern leuchtend von innen her, als Saftstrom. Ein Mann, der zerstreut und abwesend schien, trat an das Beet heran, vor dem wir standen, betrachtete es und rief begeistert aus: »Hyákinthos! Hyákinthos!« Er sprach das Wort als Proparoxytonon aus, dachte also wohl an den Jüngling und die Blume, die aus seinem Blute hervorsproß. Jetzt wandte er sich zu uns, machte uns auf die Farben der Hyazinthen aufmerksam und entwickelte aus dem Stegreif seine Gedanken über die Folge der Blütenfarben in den Jahreszeiten. Sie hing, wie er versicherte, mit dem zyklischen Hervortreten der Metalle zusammen und begann mit dem leuchtenden Eindringen der Leichtmetalle in die Frühlingsblumen. Neben wunderlichen Kombinationen brachte er Sätze hervor, welche reiche Kenntnisse verrieten, doch beschäftigte er selbst mich mehr als das, was er sagte. An dem lateinischen natus – denatus suchte er uns deutlich zu machen, daß es keinerlei Vernichtung und Zerstörung geben könne, sah uns prüfend an, schwieg und sagte dann leise: »Ich liebe die Erde sehr«, worauf er sogleich von Gneis und Granit zu sprechen begann. Unvermittelt wie er gekommen war, brach er ab und verschwand.

»Das ist ein Mann, der einsam lebt«, sagte ich zu Ernst.

»Und ein beglückter«, antwortete er.

Oft noch sah ich ihn den Garten und die Gewächshäuser durchstreifen; er trug ein Fernrohr bei sich, mit dem er die hochsitzenden Blüten der Palmen und Schlingpflanzen betrachtete. Liebhaber wie er gehörten zu den wenigen Besuchern, die sich hier immer wieder trafen. Der große Garten war an den Wochentagen fast leer. Als ich aus dem Westen fortzog, in die alte Mitte der Stadt, ging ich ungern, weil ich mich weit von ihm entfernte.

An einem Frühlingsmorgen, den ich im Botanischen Garten verbrachte, kam mir der Gedanke, die Landschaft zu besuchen, in der ich aufgewachsen war. Ein Traum, dessen ich mich entsann, mochte daran beteiligt sein. Manche unserer Träume, so auch dieser, sind Rückkehren und Wiederkehren; er kehrte wieder, nicht als der gleiche Traum, aber mit dem gleichen Thema, und dieses Thema war das Nichtzurückfinden. Eine seiner Variationen, die deutlichste, war die folgende. Mir träumte, daß ich auf einer Landstraße ging, auf der an beiden Seiten weißblühende Kastanien standen. Diese Straße kannte ich gut; sie war ein Teil des Schulweges, den ich Jahre hindurch gegangen war. Merkwürdig an den Träumen war, daß ich nie vom Hinweg, immer nur vom Rückweg träumte; stets kam ich von der Schule her und ging nach Hause. Oft schon hatte ich im Traum diesen Weg zurückgelegt, und so wußte ich, aus der Erfahrung früherer Träume heraus, daß er nicht ohne Mühe begangen werden konnte. Denn bald hielt mich eine Überschwemmung auf, bald verlor ich mich im Gebüsch und irrte umher, bald wurde ich von der Dunkelheit überrascht und mußte umkehren. Diese Schwierigkeiten schienen jetzt behoben zu sein, ich kam auf der Straße gut voran und sah sie so deutlich, daß ich jeden Baum an ihr wiedererkannte, darunter auch den morschen, ausgehöhlten, in dem einst eine Schleiereule ihre Jungen aufgezogen hatte. Ich stieg den Hügel empor, auf dem die Ruine der abgebrannten Mühle lag, und erreichte den Ort, an dem das Haus meiner Eltern stand. Hier aber hatte sich alles verändert. Zwar fand ich das Haus wieder, aber es lag jetzt abseits, als hätte es sich ins Verborgene zurückgezogen. Wenig fehlte, und ich hätte es nicht wiedergefunden, so heimlich und still war es inzwischen verrückt worden. Das berührte mich seltsam, da es einst der Mittelpunkt der Landschaft gewesen war, und nicht ohne Erstaunen murmelte ich vor mich hin: »Du hast es gerade noch gefunden.« Auch verlor ich es gleich wieder aus den Augen. Indem ich umherblickte, sah ich, daß mächtige Neubauten, teils im Aufstieg begriffen, teils vollendet, die Gegend veränderten, in der einst nur Felder und Wiesen, Wälder und Heiden sich ausgedehnt hatten. Da kein Arbeiter zu sehen war, schien eben eine Ruhepause in der Arbeit eingetreten zu sein. Die Menschenleere und vollkommene Stille, die auf den Werkplätzen herrschte, erhöhte irgendwie das Bild wüster Unordnung. Steine, Balken, Kalk und Werkzeuge lagen umher. Ich sah mich überall von halb Fertigem umgeben, und die Trauer, die mich ergriff, konnte auch durch den Gedanken nicht überwunden werden, daß binnen kurzem die Ordnung des Fertigen eintreten werde. Besser, dachte ich, wäre es, wenn alles so liegenbliebe, dann könnte der Holunder sich wieder ausbreiten und die Trümmer verhüllen, das Fertige aber würde den Gipfel des Häßlichen bedeuten. Die Trauer übermannte mich mehr und mehr und wurde durch die vergebliche Anstrengung vermehrt, die ich machte, um etwas Bekanntes, Vertrautes wiederzufinden. Da es mir nicht gelang, irrte ich im Labyrinth umher, ohne Eingang und Ausgang zu finden. Als ich so umherstreifte, kam eine Schar mächtiger, von Muskeln schwellender Löwen herbei, erblickte mich und drang unverzüglich auf mich ein. Ich fand mich im Besitz eines Gewehrs, doch als ich es anlegte und abdrückte, versagte es, wie alle diese elenden Traumgewehre gegen den schwarzmähnigen Traumlöwen versagen. Das Gebrüll der Raubtiere trieb mich in die Flucht, ich eilte davon, aber sie erreichten mich und warfen mich nieder. Dabei fiel ich in einen Keller, der mit Werkzeugen und Baumaterialien vollgestopft war. So unbequem meine Lage auch war, als ich in dem engen Raum, gepreßt von Hacken und Kellen, ausharrte, mir war nun besser zumute, und ich dachte mit einem

Anflug von Heiterkeit: alles ist nicht so schlimm, wie es zuerst schien. Es gibt ja noch Löwen hier.

Nicht Rückkehren

Vielleicht lag in diesen Träumen eine Abmahnung, doch faßte ich sie nicht so auf. Ich dachte auch an einen Satz meines Vaters, den ich oft gehört hatte: »Geh nicht wieder an einen Ort, an dem es dir gut ging, weil es dir dort gut gegangen ist.« Er hielt sich an diesen Satz, als ob in solchem Wiedersehen etwas Verbotenes läge. Ich wünschte, alles so wiederzusehen, wie es gewesen war, und wußte zugleich, daß das nicht anging. Alles hatte sich ja verändert, eine Fülle von Bewegung lag im Dazwischen, und durch ein Fenster, als Betrachter sah ich aus einem veränderten Zustand auf das Vergangene. Ein Kind, das ein Brett verschiebt, um in einen verzäunten, unsichtbaren Garten zu sehen, mag eine ähnliche Empfindung haben, wie ich sie damals hatte.

Ich fuhr zuerst ans Steinhuder Meer und sah von dort, beim Segeln nach dem Weißen Berge und dem Wilhelmstein, die Moor- und Bruchwiesen, die ich so oft durchstreift hatte, sah die Waldhöhen dahinter liegen. Es war an einem Sonnentag, den ein starker Wind kühlte. Ein Pfauhahn schlug auf der kleinen Insel sein Rad und wurde, wenn er seinen Fächer mit einem klirrenden Geräusch entfaltete, vom Winde fast umgeweht. Auf dem See liefen weiße Schaumkronen; ich sah bald auf die Landschaft hin, bald auf den schönen Vogel, der sein Rad schlug und zu tanzen begann.

Zwei Tage später ging ich vom Brunnen her die Straße hinunter und kam zu den Sechs Buchen. Nur vier der alten Bäume standen noch, und auf dem untersten Ast der ältesten Buche fand ich die Namenszüge wieder, die Ernst ehemals hineingeschnitten hatte. Ich kam von einer anderen Seite als der, die mich meine Träume führten, ging durch den Wald weiter und sah im Grunde unser Haus unter den Eichen liegen. Von der Höhe und Ferne aus schien es unverändert zu sein, doch als ich näher kam, nahm sich alles anders aus. Das Haus lag tiefer im wuchernden Grün und hatte etwas Vernachlässigtes. Alte Bäume waren gefällt, darunter die Eiche, unter der ich mit Ulla gelegen hatte, die Treibhäuser waren abgerissen worden, der Obstgarten verwildert und Roberts Lauben auseinandergewachsen. Ich blieb lange dort, betrachtete alles und ging nach dem Brunnen zurück. Die Kurkapelle spielte; ich saß an dem Wasserbecken, an dem ich vor zwei Jahrzehnten die Schimmelreiterin gesehen hatte.

Indem ich nun die Landschaft durchstreifte, drangen eigene Empfindungen auf mich ein. Sie war es und war es nicht mehr. Dort, wo Kahlschläge und Schonungen gewesen waren, stand jetzt junger Wald; wo Wald gewesen war, fand ich Schonungen und Kahlschläge. Neue Häuser standen in der Landschaft und teilten sie anders auf. Durch das Neue mußte ich hindurchsehen, um Altes wiederzufinden; wie ein Netzwerk lag das Hinzugekommene über ihm. Jeder nimmt das wahr, der nach langer Zeit an einen Ort zurückkehrt, an dem er gelebt hat. So ging es mir nach, und die Frage: was ist geschehen? beschäftigte mich.

Ich kam durch den Hohlweg, in dem ich zuletzt vor dem Ausmarsch in die erste Flandernschlacht gegangen war. Damals schon verwilderte er, und jetzt war er fast zugewachsen und zu einem Dickicht von Nüssen, Brombeeren und Wildrosen geworden; offenbar brauchten und benutzten ihn die Bauern nicht mehr. Er führte auf den Haarberg zu, den Ort vergangener Spiele, an dem wir Nattern gehascht und Wasserkäfer mit dem Netz gefangen hatten. Die kleinen Teiche im Steinbruch fand ich noch, hörte auch die Wildtauben gurren, die sich dort immer aufgehalten hatten. Am Hang lag ich im Thymian und dachte nach.

Die Bilder, die ich mitgenommen hatte, als ich ging, waren unverändert. Sie fanden sich dort, wo nichts sie verändern konnte; Zeit und Raum standen in ihnen still. So wie ich sie mitgenommen hatte, als ich fortging, so tauchten sie jetzt wieder auf. Das, was ich vergessen hatte, kam wieder, und ich erkannte es. Wenn wir einen Ort verlassen, lassen wir ihn, wie er ist; er bleibt als Bild unverändert, solange wir ihn nicht wieder berühren. Erst die Berührung zeigt das Neue, zeigt die Veränderungen, die ohne uns vorgingen. Dann ist es, als ob das alte Bild verschoben, verstellt und verrückt würde, und Verwunderung ergreift uns. Die Frage ist, warum wir zurückkehren und die alten Bilder berühren. Ein Verlangen bringt uns dazu, ein Wunsch, das zu sehen, was längst unser inneres Leben geworden ist, nach den Spuren zu forschen, die wir hinterlassen haben und über die doch lange Gras gewachsen ist. Der Spruch meines Vaters fiel mir wieder ein, als ich am Hange lag. Wahr an ihm ist wohl, sagte ich mir, daß manches nur in der Erinnerung berührt werden darf.

Vielleicht kam daher meine Scheu, Menschen zu begegnen, die ich gekannt hatte. Ulla blickte aus ihrem Dicken-Bohnen-Garten hervor und erkannte mich. Ich ging hinein, und als wir uns begrüßten, errötete sie. Ihr Lächeln kam mir so vor, als ob sie etwas verberge. Zu verbergen war nur, daß ihr eben jetzt zwei Zähne fehlten und sie darüber in Verlegenheit war. Das, dachte ich, ist wenig für eine so lange Zeit.

Ich saß in einer Wirtschaft, als mein alter Lehrer Holm mit einem Begleiter eintrat. Er war älter geworden, doch schien er mir wenig verändert in Haltung und Bewegung; auch der Anzug, den er trug, war so bequem und geräumig, wie seine Anzüge immer gewesen waren. Ich betrachtete ihn, wie er am Schanktisch stand, ein Glas Bier trank und auf seinen Begleiter einredete. Was hielt mich davon ab, aufzustehen und ihn zu begrüßen, und warum blieb ich sitzen und betrachtete ihn. Er war nicht mehr mein Lehrer, ich nicht mehr sein Schüler, doch daran lag es nicht. Mir schien, daß ich keinen Weg zu ihm hatte, weil alles abgeschlossen und vollendet war. So wie er da stand, trank und sich unterhielt, war er nah und doch fern, durch eine unsichtbare, unberührbare Wand von mir getrennt. Vielleicht betrachtete ich ihn nie mit mehr Neigung als jetzt. Er hing an seinen alten Schülern und hätte sich gefreut, wenn er mich gesehen hätte. Auch sah ich ihn nicht wieder.

Ich verließ die Landschaft, fuhr nach München und von dort mit Ernst nach Dalmatien. Zwischen beiden Reisen war ein Unterschied, der mir deutlich wurde, den ich auch Ernst deutlich zu machen suchte. Alles Vergangene ist schon ein Inneres, ist, indem wir uns ihm zuwenden, eine Rückkehr. So war die erste Reise etwas Inneres und eine Rückkehr; diese nahm sich anders aus.

Wir fuhren über Venedig nach Dalmatien, und ich merkte während der Fahrt über den Brenner, daß mir leichter zumute wurde. Der Lichtraum vergrößerte sich. Ist uns leicht zumute, so rühren wir auch nur leicht an das Vorübergehende; sind wir aber locker und durchlässig, dann dringt alles tiefer ein. Jenseits des Brenners fiel ein warmer Frühlingsregen, und die Landschaft dampfte wie ein Braukessel. Unsere Gespräche waren heiter. Wir reisten mit dem geringsten Gepäck und ohne Vorsatz, bestimmte Dinge zu sehen; diese Art des Reisens schien mir immer die beste zu sein. Fertige Pläne geben auch einer Reise etwas Fertiges. In mir war kein Verlangen, etwas Bestimmtes zu sehen oder viel zu sehen; mir schien, daß das, was ich brauchte, reichlich vorhanden sei – der kleinste Schlendergang brachte es herbei.

Etwas Augenhaftes war an dieser Reise. Gut gestimmt waren wir, und mir fiel gleich auf, daß die Bilder leichter zudrangen, daß sich Figuren in ihnen zeigten. In Trient kauften wir uns cestini und verspeisten ihren Inhalt im Zuge, wobei uns zwei Mädchen, große, üppige Mädchen von dem blonden, venezianischen Schlag, der nach dem Norden hin geht, lächelnd zuschauten. Ich verstand dieses Lächeln gut. Belustigung war darin, Wohlwollen und eine Zustimmung, die sowohl uns wie unserem Vorhaben galt. Sie stießen sich an, blinzelten sich zu und lächelten vor sich hin. Als wir in Mestre hielten, sahen wir auf dem Bahnhof einen riesigen Fisch liegen, stiegen aus und betrachteten ihn. »Ein gutes Zeichen«, sagte ich. Ernst sah den Fisch lange an und bemerkte dann: »In jeder guten Geschichte kommt ein großer Fisch vor.« Es war schon dunkel, der Fisch lag, in Stricke verschnürt, feucht glänzend im elektrischen Licht, und der Satz, den er hervorgerufen hatte, gefiel mir. Er schien mir rund zu sein, so daß sich ihm nichts hinzufügen ließ, gab etwas her und hinterließ Zuversicht.

Um Mitternacht kamen wir in Venedig an und gingen nach San Marco. Die Nacht war warm, vom Regen noch feucht und schwül wie ein Treibhaus. Freudenmädchen saßen auf den steinernen Bänken und riefen uns in englischer Sprache an. Mich brachte eine Geschichte zum Lachen, die Ernst mir von einem italienischen Mädchen erzählte, das oft mit Engländern zu tun hatte, von ihrer Sprache aber nur die Worte: »Come upstairs« kannte. Wir gingen zurück, verirrten uns im Gewirr der Gassen und Gäßchen, die von mageren Katzen wimmelten, und fanden mit Mühe unser Quartier wieder.

Bevor ich einschlief, ging das alles noch einmal an mir vorbei, das regenfeuchte Frühlingsland, die Venetianerinnen, der große Fisch, der Gang durch das nächtliche Venedig.

Manchmal ist in unserem Sehen mehr Auge, in unserem Hören mehr Ohr, als die Gewohnheit zuläßt; etwas Neues ist darin. Dergleichen vergißt sich nicht, und so entsann ich mich eines Ganges mit meinen Eltern, auf dem mir zumute war wie jemandem, dem die Augen gewaschen worden sind. Nicht nur sah ich alle Dinge deutlicher, womit noch nicht viel gewonnen ist; das Licht traf sie nicht nur, sondern kam aus ihnen hervor. Ihr Zusammenhang war ein anderer geworden, und dieser Zusammenhang war eben der Glanz, den sie ausströmten. Offenbar, sagte ich mir, verbindet unser gewohntes Sehen sogleich Absichten und Zwecke mit jeder Bewegung und legt in jede von vornherein die Verknüpfung. Hebt sich dieses Netz einmal, dann verwandelt sich alles. Könntest du immer so sehen, sähest du in das Unscheinbare hinein, du wärest der Glücklichste, und nichts könnte dir mehr etwas anhaben. Am Morgen, als ich erwachte und hinaussah, sah ich einen blühenden Baum. Die Gärten sind in Venedig rar, Bäume etwas Besonderes, und dieser Baum kam mir wie ein Glückszeichen vor. Still stand er in der warmen Luft, von der Sonne beschienen. Der Regen fiel nicht mehr, der Morgen war schon sommerlich, und wir schlenderten in der Stadt umher, in deren neptunischem Bereich die Entdeckungen nicht enden. Mich beschäftigte das Rudern der Gondelführer, das wie die Stadt selbst einer anderen Zeit angehört. So wie sie das lange, schmale, scharfgebaute Boot stehend rudern, mit sparsamen Bewegungen, die doch schnell voranführen, überraschen ihre Ruderschläge durch die Vollendung. Eine durchgebildete Bewegung ist das, keiner verbessernden Zutat fähig, immer wiederkehrend. Leicht gleitet das Boot durch das schwarze Wasser, mit aufsteigendem Kiel, mit steilaufragendem Vor- und Hintersteven, am Vorsteven in eine blanke, eiserne Axtschneide endend. In der Gondoliera, dem Lied des Gondelführers, kehrt die taktmäßige Unterbrechung des Ruderns wieder, im Sechsachteltakt mit Akkordbrechung. Die Aufmerksamkeit von Ernst aber galt den Duc d'Alben, die vor den Palästen im Wasser eingerammt sind und durch Zahl, Farbe, Wappen und Verzierungen auf alte Pracht hinweisen. »Möchtest du hier leben?« fragte ich ihn. »Und wie würdest du dich hier einrichten?«

»Provisorisch«, antwortete er. »Und so einfach und genußreich wie möglich.« Der Dampfer, der uns fortführen sollte, lag schon im Hafen, und während wir auf ihn zugingen, entwarf er den Plan zu einer Einrichtung. Er legte mir dar, daß man das Eigentümliche einer Stadt studieren, sich aneignen und zunutze machen müsse, um gemäß ihrem Charakter in ihr zu leben. »Arbeiten läßt sich in einer solchen Stadt kaum. Verbessern auch nichts.«

»Ihr Vorzug ist also, daß du nicht mit guten Vorsätzen zu kommen brauchst.«

»Du mußt am Meer leben, mit dem Meer leben, im Meer leben. Das reicht hin.«

Unser Ziel aber war nicht Italien, sondern Dalmatien, war Sabioncello, die größte dalmatinische Halbinsel, die von den Kroaten Peljesac genannt wird. Dort lebten wir am Meer, mit dem Meer und im Meer, in einer kleinen Bucht, die gegenüber den Mauern und Türmen der Insel Korcula lag. Wir fanden sie schon am ersten Tage, als wir die Macchia des Ufers durchstreiften. Ernst ging da vor mir, spähte in die Sträucher, stieß mit dem Griffe, der lang geübt war, in einen Strauch hinein und brachte eine Schlange hervor, die windend und ringelnd sich zur Wehr setzte. Er hatte eine Leopardennatter gefangen, wohl die schönste Schlange, die in Europa lebt. Sie hat viele Spielarten, und er hielt die in der Hand, die auf der Oberseite blutrote, schwarzgesäumte Flecken trägt; sie sind in zwei Längsreihen angeordnet. So wie er da lächelnd stand und das schnelle, in Bäumen und Sträuchern kletternde Tier überlistet hatte, hatte ich ihn oft stehen sehen. »Sie möchte beißen«, sagte er. Wir betrachteten das schöne Tier und gaben ihm seine Freiheit zurück. Es war uns ein gutes Vorzeichen.

Dankbar gedenke ich der kleinen Bucht, einer steinernen, in das Meer vorgeschobenen Wanne, umgeben von Steinen, die das Wasser ei- und kugelrund geschliffen hatte. Alte Meerstrandkiefern, in denen die Zikaden schrillten, standen dort und gaben Schatten. Ein summendes, knisterndes, knackendes Geräusch kam aus der Einöde; die trockene Hitze rief es hervor. Ebbe und Flut sind dort kaum spürbar, das Meer ist kristallklar, die Inselwelt nahe. Wir salbten uns von Kopf bis Fuß mit Olivenöl ein und schwammen weit hinaus. Delphine spielten draußen, und manchmal fuhr ein Dampfer vorüber und grüßte mit Sirenentönen die alten Kapitäne, die sich an der Küste zur Ruhe gesetzt hatten.

Es war die Zeit, in der die frühen Feigen reifen und auf den Hängen der Oleander rot blüht. Wir besuchten die Inseln, wanderten ins Hinterland und stiegen den Monte Vipera empor. Lichte Laub- und Nadelgehölze liegen um den Berg, und Ginster, Geißblatt und Brombeeren wuchern in ihnen. Schatten geben sie kaum, und in der Schattenleere des glühend heißen Tages kletterten wir den Gipfel hinan, durch eine Zone blühender Alpengärten, wie sie kein Gärtner kunstvoller in Stein hätte einlegen können, über messerscharfe Kalkblöcke, die tief zerklüftet waren. Von oben sahen wir das Festland mit der Einmündung der Narenta und das Meer mit seinen Inseln und Klippen.

Als wir auf der Rückfahrt Venedig verließen, stiegen die beiden Mädchen wieder ein, die uns auf der Hinfahrt betrachtet hatten. Sie stießen sich an, als sie uns entdeckten, und lachten, als sie uns braun wie Mohren wiedersahen. Mich freute das Wiedersehen; mir war, als ob etwas sich rundete. Rund schien alles geworden zu sein.

Überdachte ich diese beiden Reisen, so zeigte sich, daß sie ein Kapital gebildet hatten und Zins abwarfen. Mich beschäftigten damals Gedichte, die ich aufzeichnete, und eine Schrift über das Komische, mit der ich langsam vorankam. Ich arbeitete bald in Berlin, bald im Hause meiner Eltern daran. Im Winter, als ich bei ihnen war, sah ich Elise wieder und ging mit ihr in einer hellen Orionnacht nach Neujahr in den Wald. Sie trug ihren Mantel aus Pelz und ihre polnischen Stiefelchen. Allein hätte sie sich nicht in den Wald gewagt; sie war furchtsam im Dunkel und fuhr bei jedem Geräusch zusammen. Sie ging neben mir, und ihre Locken pendelten auf und ab.

»Wie entstehen diese Locken denn?« fragte ich. »Muß das Haar gebrannt oder eingebunden werden?«

»O nein«, sagte sie, »es lockt sich von selber, ich brauche nichts dazu zu tun. Auch wenn ich das Haar glätte, kommen die Locken wieder.« Im Zug der Locken, dachte ich, wiederholt sich eine Bewegung, die in ihr ist. Sie war schlank gewachsen und sehr biegsam. »Du würdest eine gute Akrobatin abgeben«, sagte ich ihr. »Auch auf dem Seil würdest du dich gut ausnehmen. Denk dir, daß über der Stadt ein Seil befestigt ist, das von der Spitze des Kirchturms bis zum Rathaus hingeht. Hättest du nicht Lust, auf dem Seil zu gehen? Hast du nie Lust dazu gehabt?«

»Nein, daran denke ich nicht.«

»Tanzt du gern?«

»Sehr gern, doch ich möchte keine Tänzerin werden.«

»Dann vielleicht Sängerin?«

»Auch das nicht. Ich möchte Schauspielerin werden.«

Dieser Wunsch beschäftigte sie und setzte ihr zu. Ihr Köpfchen war voll bunter, phantastischer Bilder, und in ihr war ein Trieb zur Nachahmung, zur Wiederholung und Darstellung dessen, was sie um sich sah. Etwas Künstliches war in dieser Zeit an ihr sichtbar, in der Haltung, im Gang, in den Locken, die wie Korkenzieher auf die Schultern fielen. Sie war frisch wie ein Apfel, und dabei geziert und spielerisch. Sie spielte sich alles selbst vor und lebte in einer Welt der Einbildung, die gefügig am Faden und Schnürchen ihrer Träumereien hing. Stets war sie mit Gedanken an Verkleidungen, Maskeraden und Theateraufführungen beschäftigt. Unbefangen und mitteilsam wie sie war, sprach sie alles geradezu heraus und schwatzte wie eine Amsel. Unfähig war sie, etwas zu verbergen, so daß jedes Wölkchen, das sie bekümmerte, jeder Druck, der auf ihr lag, sofort zu erkennen war. Leicht traten ihr die Tränen in die Augen; sie lächelte und weinte zu gleicher Zeit. Mir ging nach und nach auf, daß sie nie unzufrieden war, sich nie beklagte, nie einen Vorwurf oder ein mißmutiges Wort aussprach. Ganz uneigennützig war sie, dabei immer zu Neckereien aufgelegt, übermütig wie ein Füllen vor überquellender Lebensfreude. Ich spürte, daß mir leichter wurde, wenn ich mit ihr zusammen war; ihre Bewegungen, ihre Tanzschritte, ihr Singen, ihr Gespräch stimmten mich heiter. Sie fragte viel, fragte das Blaue vom Himmel herunter. Offenbar strebte sie aus den engen Verhältnissen, in denen sie sich befand, mit allen Kräften heraus, und mir kam der Gedanke, zu ihrer Ausbildung etwas beizutragen. Ich bezeichnete und brachte ihr die Stücke und Bücher, die sie lesen sollte, und wir unterhielten uns darüber. Sie wußte fast nichts, aber sie hatte eine schöne Singstimme, sprach klar und genau und war mimisch begabt. Ich hörte ihre Stimme gern; es gibt viele blecherne Stimmen, aber in ihrer war eine Resonanz, die in mir nachklang. Ein sinnlich heiterer Wohllaut war darin.

»Weißt du, daß das kein leichter Beruf ist, den du dir da ausgesucht hast?« fragte ich sie auf einem unserer Gänge.

»Nein, warum sollte er schwerer sein als andere?«

»Aus mancherlei Gründen und um so schwerer, je mehr Erfolg du haben könntest. Es hilft dir jetzt nichts, wenn ich dir das erkläre. Hast du darüber nachgedacht, für welche Rollen du dich eignest?«

Auch darüber hatte sie nicht nachgedacht. Sie fand in sich nichts als die unbezwingliche Lust, eine Figur auf der Bühne darzustellen und sich zu produzieren. In ihren Bewegungen war sie schon dort, wohin sie strebte. Es verwirrte mich manchmal, daß die Art, in der sie ging, den Körper hielt, die Hände bewegte, schon in eine gedachte Rolle einbegriffen zu sein schien. Waren das noch natürliche Bewegungen? Daran, sagte ich mir, ist kaum zu zweifeln, denn in ihrer Natur liegt es, sich darzustellen. Indessen kam ich mir, wenn sie so agierte, als Zuschauer vor, und daran war nichts Erfreuliches. »Vergiß das«, sagte ich ihr. »Vergiß, daß ich dein Zuschauer bin. Du mußt das vergessen. Auf dem Wege, den wir hier gehen, ist weder eine Bühne noch ein Zuschauer.« Aber daran zu denken, fiel ihr schwer, weil ihre Lust, eine Figur darzustellen, überaus groß war. Es zuckte ihr in Händen und Füßen, sie liebte Verkleidungen und steckte ein Schelmengesicht auf. Etwas Spitzbübisches war an ihr.

»Weißt du, was eine Heroine ist?« fragte ich sie.

»Ja.«

»Nun, du bist keine und kannst keine werden, obwohl du groß und schlank genug dazu bist. Weißt du, was eine Agnese oder Gurli ist?«

»Nein.«

»Das sind Mädchenrollen, die von einer naiven Person

gespielt werden, die zugleich etwas Schelmisches und Schlaues hat.«

»Du meinst also, daß ich schlau bin?«

»Nein, aber das Schelmische und Schlaue könntest du darstellen. Mir scheint, daß du dich für jugendlich-komische Rollen eignest.«

Darauf lief es bei ihr hinaus, und solche Rollen spielte sie später. Die Fähigkeit dazu zeigte sich in ihren Bewegungen, in denen etwas Verwegenes und ein Überschuß sichtbar wurde. Die Torsion der Locken war schon im Körper, den sie wie eine Spirale drehte. Große, blanke, neugierige Augen, eine neugierige Nase. Etwas Sinnlich-Komisches war in ihrem Sprechen, naive Unbekümmertheit. Damit erheiterte sie mich. Das Heitere und das Zärtliche gingen bei ihr zusammen.

Wie die Eulen und Fledermäuse flogen wir in der Dämmerung aus. Ihretwegen blieb ich manchmal länger und kehrte in kürzeren Abständen von Berlin zurück. Sie entfaltete sich. Es war die erste Zeit unserer Bekanntschaft, und meine Erinnerung daran sind die Gänge in Schnee und Laub, auf denen sie neben mir sang und trillerte. Ich brauchte ihr nur die Melodie zu bezeichnen, die ich hören wollte, und sie fiel ein; sie hatte eine Unzahl von Melodien im Kopf. Dann, als ich wiederkam, fand ich sie nicht mehr; sie hatte die Stadt verlassen, und ich brachte zunächst nicht heraus, wohin sie gegangen war.

Von den Randbezirken Berlins zog ich in die Mitte und wohnte in der Werderschen Rosenstraße, unmittelbar an der Werderschen Kirche. Wer dieser Straße ihren Namen gegeben hat, weiß ich nicht. Rosen wuchsen nicht darin, wohl aber einige Bäume. Von hier erreichte ich mit wenigen

Schritten die Linden, war nicht weit vom Alexanderplatz entfernt und blieb doch in einem stillen, lautlosen Winkel der Stadt, in dem alles einem anderen Jahrhundert angehörte. Das Haus hatten in einer früheren Zeit Ordonnanzoffiziere des Königs bewohnt; es gehörte dem preußischen Fiskus, der, wie ich bald wahrnahm, ein ebenso abstrakter wie angenehmer Mietsherr ist, denn er bleibt unsichtbar und begnügt sich mit bescheidener Miete. Die Wohnung übernahm ich von einem Bekannten, der sich auf Teneriffa ansiedelte. Er schien nur nebenbei in das Gewand eines preußischen Regierungsrats und Majors geschlüpft zu sein und war ein rastloser, ruheloser Mensch, immer unterwegs, an keinem Ort zu Hause, am wenigsten in sich selbst. Gut paßte daher zu ihm, daß er sich neben anderem in den Kopf gesetzt hatte, die Reisen des Odysseus geographisch festzulegen. An solchen Versuchen ist kein Mangel, doch versicherte er, daß sie alle nichts taugten und fehlerhafte Zeit- und Ortsbestimmungen enthielten. Ich dachte über sein Unternehmen nach und fand daran nichts, was mich anzog, wohl aber einen Mangel an Einbildungskraft. Mir war nicht daran gelegen, die Äpfel der Hesperiden oder die Säulen des Herkules in Verkehrszeichen umzuwandeln. Er war kein Reisender wider Willen wie Odysseus; auch warteten kein Ithaka und keine Penelope auf ihn. Ihm lag daran, aus der eigenen Haut zu fahren, und da das nicht gelingt, wechselte er ohne Aufhören den Ort, einem Fieberkranken gleich, der sich nach rechts und links, auf den Bauch und auf den Rücken wirft, ohne durch die Lageveränderung erleichtert zu werden. So fuhr er jetzt zwischen Teneriffa und Berlin hin und her.

Die Wohnung kam mir zustatten; ich spann in ihr manchen Gedanken ab. Doch war sie auch wunderlich, ihrer Einrichtung wegen, die ich zunächst verwahren mußte. Nach großen Reisen sammelt sich manches an, und da mein

Vorgänger Südamerika, Afrika und Asien bereist hatte, fehlte es nicht an Mitgebrachtem. Solchen Dingen haftet auch das Mitgebrachte an; sie sind der zu ihnen gehörigen Umgebung entrissen worden und behalten in der neuen das Fremde und Zusammenhanglose. Da war ein maurisches Zimmer, das durch einen bunten Glasperlenvorhang von meinem Arbeits- und Wohnzimmer abgetrennt war. Intarsien, durchbrochene Holz- und Metallarbeiten, eingelegte bunte Steine, kupferne Ampeln, persische und türkische Teppiche erzeugten in dem Raum, in dem man sich mangels Sitzgelegenheit nur mit gekreuzten Beinen niederlassen konnte, ein buntes Dämmerlicht. Das Zimmer hätte jedem Museum zur Zierde gereicht, war daher zum Bewohnen ganz untauglich. Im Schlafzimmer standen zwei jener ungeheuren Betten, wie sie in Südamerika gebraucht werden, Betten, die aus den schwersten Hölzern gearbeitet sind, dem Termitenfraß Widerstand leisten und so breit sind, daß man in ihnen in der Quere schlafen kann. Die Betten selbst waren trefflich, seltsam aber ein Gerank aus Weinlaub, das sich an ihrem Kopf befand, aus Metall zierlich gearbeitet und mit bunten elektrischen Lampen durchflochten war. Lag ich im Bette, so wölbte es sich wie eine Laube über mir, eine Laube der Liebe vermutlich, obwohl nicht abzusehen war, was sie den Umarmungen an Süßigkeit hinzufügte. Die weißen Gipsabgüsse der Venus von Milo und der Venus Kallypigos hüteten in Lebensgröße das Zimmer, und da ein großer Spiegel sie leuchtend zurückwarf, sah ich beim Erwachen vier Abbilder der Göttin, was mich erheitert hätte, wenn mir Gips nicht immer ein wenig erfreuliches Material gewesen wäre. Solche Nachahmungen haben etwas Widriges, und die zwiespältige Empfindung, die mich beschlich, als ich die exotisch-antike Einrichtung zuerst betrachtete, milderte sich nur dadurch, daß ich keinen Gebrauch von ihr machte und sie übersah. Luisens Bemerkung, daß ich an seltsamen Orten wohne, fiel mir ein. Das alles verschwand, als der ruhelose Reisende auf den Gedanken kam, sein Mobiliar nach Teneriffa zu schaffen. Als ich den Packern bei ihrer Arbeit zusah und sah, wie das maurische Zimmer, die Betten und Göttinnen in große Kisten verpackt wurden, sagte ich mir: das alles wird nie zurückkehren. Und so geschah es. Hin und wieder kam der Reisende von den Kanarischen Inseln zurück, besuchte mich und klagte darüber, daß das Reisen schwieriger werde. Die Zeit kam, in der es unmöglich wurde; er mußte sein Inselschlößchen verlassen, fand nicht zurück und starb darüber hinweg. Wohin mag seine Habe sich zerstreut haben? Dorthin, wohin alle Habe sich zerstreut, ins Wesenlose. Gipsmehl mag aus den Göttinnen und Kleinholz aus dem maurischen Zimmer geworden sein. Vielleicht sind die Betten noch da; in ihren unverwüstlichen Eisenholzbrettern mögen jetzt Inselbewohner schlafen.

Indem ich dieser Wohnung gedenke, die ich später gegen eine andere im Nebenhause vertauschte – auf sie fiel im Krieg Feuer herab –, gedenke ich auch der schönen persischen Katze, die ich von klein auf in ihr aufzog und der ich den Namen Felis gegeben hatte. Ihr kam das maurische Zimmer zustatten, das sie vielleicht an ihre wärmere Heimat erinnerte und das sie benutzte, um darin ihre Siesta zu halten. Der Glasperlenvorhang war ein herrliches Spielzeug für sie; sie brachte ihn immer wieder zum Klirren, indem sie wild durch ihn hindurchsprang oder sich an ihm aufrichtete. Ritters Erdkunde war damals lange Zeit hindurch meine Lektüre, aber Felis sah nicht gern, daß ich las, schoß mit zwei, drei Sprüngen hinter den Glasschnüren hervor, stand auf meiner Schulter und rieb ihren Kopf an meiner Nase. Nachts, wenn sie zum Spielen aufgelegt war, sprang sie auf mein Bett und biß mich sanft ins Ohrläppchen. Wollte ich sie fangen und aus dem Zimmer schaffen, begann eine wilde Jagd; sie sprang geschwind auf und unter die Betten, voltigierte auf den Fensterbrettern, versteckte sich hinter den Göttinnen und schnurrte vor Behagen, wenn ich mich vergeblich abmühte, sie zu erhaschen. Anmutig und geschmeidig war sie, hatte ein bläuliches, seidenweiches, elektrisch knisterndes Fell und einen langen, buschigen Schwanz. Angenehm ist es, eine Katze um sich zu haben; ein Wohlgefühl geht von ihr aus, das sich uns mitteilt. Sie ist graziös, kennt die Muße und teilt sie mit. Vielleicht weiß sie nicht, was Zeit ist, aber sie hat Zeit und hat auf eine wundervolle Weise Zeit, die an der Rundheit ihrer Bewegungen abzulesen ist. Ihre Anmut liegt darin, daß sie Zeit hat.

Zeit haben wir nur, wenn die Zeit uns als solche nicht zusetzt, uns nicht bedrängt; werden wir bedrängt, dann hat die Zeit uns. Zeit ist da, wenn wir nicht an Zeit denken. Zeit zu haben, so daß sie da war, ohne bemerkt zu werden, war mein Anliegen. In mir war ein Hang zu leidlicher Ordnung, aber Ordnung wurde mir sogleich drückend, wenn sie auf zeitliche Ersparnisse hinauslief. Eine Folge von Bewegungen zu vollziehen, die nur dem Gesetze zeitlicher Ökonomie dienten, war mir lästig; ein Widerstand erhob sich dann in mir und brachte mich dazu, etwas zu tun, das diese Folge durchbrach. Ordnung sollte von mir ausgehen, von innen nach außen, nicht umgekehrt. Ordnung und Ökonomie setzte ich nicht gleich; auch sind sie nicht gleich. Jede äußere Einteilung und Einschränkung meiner Zeit beunruhigte mich, und so ließ ich mich auf Fristen und Termine nicht gern ein. Termine gleichen den Bürgschaften und schränken nicht nur unsere zukünftige Zeit ein; sie liegen schon als Hypothek auf der Gegenwart, und wir zahlen den Zins des Darandenkens. Gewiß, wer an Datum und Uhrzeit nicht zu denken braucht, ist gut daran. In dieser Lage sind wenige, und ebenso gewiß war, daß Berlin und seine Bewohner ohne Datum und Uhrzeit nicht leben konnten. Mich beschäftigte schon lange, in welchem Umfang unsere Bewegungen von mechanischen Vorgängen abhängig geworden sind, und ich knüpfte Erwägungen daran, die nicht hierher gehören.

Mich beschäftigte auch, inwiefern andere Zeit hatten und keine Zeit hatten. Tibor etwa hatte viel Zeit; er hätte mir davon viel mehr zuwenden können, als ich brauchte. Ich merkte, daß er seine Zeit gegen meine eintauschen wollte, und ein solcher Tausch konnte nicht aufgehen. Das Mehr an Zeit, das er nicht brauchte, war auch für mich unbrauchbar, war nicht verschenkbar. Darin steckte kein Überfluß, sondern Langeweile, und wenn Langeweile ihn zu mir trieb, war er für mich ungenießbar. Er schien mir ein Mensch zu sein, der wartet und die Geduld zum Warten hat. So wie ein Mensch, der wartet, sich die Zeit vertreibt – ein zweideutiges Wort –, so vertrieb er sie, durch Hinundhergehen, Lektüre, Notizen, sein endloses Streifen in der Stadt und sein Abspinnen von Träumen und Monologen. Er wartete nicht auf ein gewisses Ereignis, sondern auf ein ungewisses, auf das unbestimmbare Eintreten eines Umschwungs, einer Flut, die ihn mitriß, sei es Katastrophe oder Glücksfall.

Darauf warteten viele, auch die, die sich von ihm dadurch unterschieden, daß sie keine Zeit hatten oder doch nur soviel Zeit, daß sie haargenau in Zwecken und Zielen aufging und nichts übrigblieb. Eine Art nervöser, distanzloser Geschäftigkeit, die im Spinnen von Beziehungen, in der Verstärkung von Einflüssen, in Hinundherlaufen und beständigem Telephonieren aufging, war häufig, und an Brack ließ sie sich studieren. Solche Netze werden nicht nur gesponnen, sondern spinnen zugleich ein. Erkennbar wird auch, daß ein

Mensch, der keine Zeit hat, niemals etwas Geräumiges hat und haben kann. Jede Beschleunigung, insbesondere die mechanische, zieht den Raum in Mitleidenschaft und vernutzt ihn, vernutzt die eigene Geräumigkeit.

Als ich in die Werdersche Rosenstraße übersiedelte, kam Tibor zu mir, verdüstert und ärmer an Hoffnung als zuvor. Seine äußere Lage hatte sich verschlechtert, denn die Gelder, die er von seiner Familie aus Polen erhielt, stockten, und da er untätig blieb, war an eine Erleichterung nicht zu denken. Damals wurde die Lethargie an ihm wahrnehmbar, die ihn manchmal ganz unbeweglich machte und herunterbrachte, so daß er Zimmer und Bett kaum noch verließ und zu vegetieren begann. Starke, äußere Anstöße mußten kommen, um ihn solchen Zeiten zu entreißen und seine Kräfte wieder zu wecken, und die Zeit dafür war noch nicht gekommen.

Bedenklicher als seine Geldnöte war die Erkrankung seiner Frau. Über zwei Monate waren vergangen, seitdem ich sie zuletzt gesehen hatte; mir schien bei diesem Besuch, daß sie erschöpft und ruhebedürftig war. Rasch hintereinander hatte sie drei Kinder geboren, von denen eines tot auf die Welt kam, und ich führte ihre Schwäche darauf zurück, daß die Geburt des letzten Kindes, eines Mädchens, sie überanstrengt hatte. Als ich mich von ihr verabschiedete, dachte ich nicht daran, daß ich sie zum letzten Male gesehen hatte. Wenige Tage darauf fiel sie in geistige Verwirrung, die mit starker Angst und Verfolgungswahn begann, dann auch in Anfälle von Tobsucht überging. Ihr Zustand besserte sich wieder, so daß sie zu ihrer Mutter reisen konnte, um sich dort zu erholen. Ihre Erkrankung erschreckte mich; eine ungute Vorahnung beschlich mich. Manches daran schien mir verborgen zu sein, das Ganze mehr ein Resultat als ein Anfang; ich wußte davon nichts, erfuhr aber nach vielen

Jahren den Zusammenhang. Daß sie in der Pflege ihrer Mutter war und ruhiger wurde, gab einige Hoffnung.

Ich habe von ihr schon gesprochen. Mich beschäftigte manchmal, daß auch sie wünschte, sich unsichtbar zu machen, doch auf andere Weise als ihr Mann, der von Gyges' Ring träumte. Sie war schwer ins Gespräch zu ziehen und wollte unbemerkt von anderen leben, still und unscheinbar. Ein weniger eitles Wesen ist schwer zu denken. Die Größe der Stadt, ihr Lärm, die Härte der Menschen erschreckten sie; sie sehnte sich nach einer Muschel, in der sie unbehelligt träumen konnte. Manchen, und zu ihnen gehörte Helmer, mochte sie leblos vorkommen, doch leblos war sie nicht, wohl aber hilfsbedürftig und schwach. So wie in warmem Wachs, in dem jede Kontur, die dagegen gehalten wird, sich abdrückt, so war in ihr etwas Weiches, das von jeder Härte mitgenommen wurde. Sie erzählte mir einmal, daß sie gern in ein Kloster eingetreten und Nonne geworden wäre, und als sie es mir sagte, verstand ich auch, wodurch das Klosterleben sie anzog. Nicht Frömmigkeit ließ diesen Wunsch entstehen, sondern ihr Verlangen, sich durch Mauern von Stein und Schweigen gegen die Außenwelt abzuschließen, gegen die sie so empfindlich war wie gegen das Sonnenlicht.

Zwei Tage nach dem Besuch Tibors erfuhr ich, was in der Ferne geschehen war. Auch Mutter und Schwester hatten gehofft, daß sie sich erholen werde; sie war still geworden und zeigte keine Verwirrung mehr. Was sie aber in der Verwirrung nicht bedacht hatte, kam jetzt; ihr muß der Gedanke weiterzuleben unerträglich geworden sein. In der Nacht stand sie leise auf, schlich sich in die Küche, öffnete das Gas und legte sich mit dem Kopf darüber. Sorgsam, um niemanden zu gefährden, hatte sie die Außentür weit geöffnet und sich, um sicherer zu gehen, ein Tuch über den Kopf gezogen. So fanden Mutter und Schwester sie am Morgen, kniend und tot. Sie war noch sehr jung, als sie starb. Ich sah ihre Totenmaske, ein schönes, friedliches Gesicht, in dem keine Unruhe mehr war, das Gesicht einer Schlafenden. Als ich mich über die Maske beugte, sah ich auch die feinen, blonden Härchen, die der Abguß mitgenommen hatte. Ich vergaß ihr Gesicht nicht und will hier etwas anfügen, das einer viel späteren Zeit angehört. Zwanzig Jahre nach ihrem Tode nahm ich ihr letztes Kind ins Haus, und die Tochter glich der Mutter, war so anmutig wie sie, war schwach wie sie, und Anmut und Schwäche waren eins und untrennbar. Was sie an Kleidern auch anziehen und tragen mochte, es verlor an ihr das Fertige und nahm die ihr eigene graziöse Form und Bewegung an. Wenn sie saß oder stand, lehnte sie sich seitlich an, und in einer solchen Haltung konnte sie lange verweilen; sie war schweigsam und hatte etwas Abwesendes. Wenn sie lag, war sie so anmutig wie eine Katze, und wer sie so liegen sah, wünschte nicht, daß sie aufstand. Auch nahm ich wahr, daß die Katzen, welche die mäßigen Menschen lieben, sich zu ihr hielten und ihr große Neigung bezeigten. Unsere arme, schwachsinnige Anna, die morgens kam, um das Haus zu säubern, war verliebt in sie, verliebt in ihre Anmut und duldete nicht, daß sie grobe Arbeit verrichtete. Vielleicht war sie noch anmutiger als die Mutter, aber auch unverläßlicher; beides geht leicht zusammen. Mir kommt manchmal der Gedanke, daß Schwachsinnige leichter das Wesen eines Menschen erfassen, nicht durch Verstand und Überlegungen; sie haben einen anderen Zugang, der auf Sympathie beruht und nicht trügt.

Öfter und auf längere Zeit verließ ich die Stadt, und der Gedanke, sie ganz zu verlassen, tauchte hin und wieder auf.

Mir war, als ob das Leben in ihr an Frische verliere, als ob eine Zeit für mich komme, die einen anderen Ort forderte. In den Jahren, die vergangen waren, lag eine ablösende Kraft, ich begann an sie wie an etwas zu denken, das hinter mir lag. Darin steckte, wie sich zeigte, keine Täuschung, sondern ein Vorgefühl, das Veränderungen vorausgeht und im Umgang, im Gespräch und überall wahrnehmbar wird.

Im Zusammenhang damit stand das äußere Geschehen. Eine tiefe Unruhe war schon lange in der Stadt, und jetzt, da Hitler Reichskanzler wurde, war sie durch Wochen und Monate von einer nicht endenden Bewegung erfüllt; es war, als ob die Häuser leer ständen und ihre Bewohner sich auf den Straßen einrichteten. Aufmärsche und Umzüge uniformierter Kolonnen, Massenversammlungen, rote Fahnen überfüllten die Stadt, Redner tauchten auf allen Plätzen auf, und die Straßen waren so verstopft, daß ich lange Umwege machen mußte, um in meine Wohnung zu kommen. Die Umzüge hatten nichts Festliches; sie blieben Demonstrationen und gehörten zu dem beständigen Plebiszit, zu dem die Massen aufgefordert wurden. Das alles erinnerte mich an die Novembertage des Jahres 1918, an die ruhelosen Umzüge und Aufmärsche, die ich in Oldenburg, Hannover und anderen Städten gesehen hatte. Auch ist zwischen beiden Ereignissen ein genauer Zusammenhang; eines ist ohne das andere nicht zu denken. Temperatur und Temperament beider Vorgänge war freilich verschieden. Der düstere, feuchte November des Jahres 1918, in dem der Krieg verloren war, das Volk seine Waffen niederlegte und die Straßen sich mit erschöpften, ärmlich gekleideten und unterernährten Menschen füllten, bot keine Hoffnung. Damals schränkte die Not alles ein, und die Bewegung war in sich uneinig, während jetzt eine schrankenlos scheinende Zustimmung jeden Widerspruch verstummen ließ. Die Frage, wodurch so große Kräfte frei gemacht wurden, war nicht schwer zu beantworten; es war der Zusammenfluß zweier Ideologien, durch den sie ausgelöst wurden. Alles, was in deren Fronten seit langem eingebaut war, alle Mittel und Mannschaften, die an diese Fronten bisher gebunden waren und sich bekämpft hatten, wurden jetzt frei. Darin lag für viele, für viele Gegner auch, eine gute Verheißung, die auf inneren Frieden und gute Zeiten hindeutete. Und die Anfänge schienen dem recht zu geben.

Doch war in mir kein gutes Gefühl des Kommenden. Dachte ich darüber nach und fragte mich, worauf es beruhte, so waren es zuletzt physiognomische Wahrnehmungen, die mich bedenklich stimmten, Wahrnehmungen, welche die Sprache, das Sprechen, die Gesichter und Bewegungen betrafen. Physiognomik ist keine exakte Wissenschaft, sondern etwas weit Lebendigeres, ist der Rhythmus unseres Wahrnehmens und der Schlüssel zu aller Bewegung. Das Tote des Sprechens, der Sprache eines Menschen ist daran abzulesen, daß Fertiges in ihr wiederkehrt, daß seine Wendungen, Metaphern, Bilder, Vergleiche diese tote Fertigkeit zeigen. Ich sagte schon, daß mir das zusetzte, und es lag für mich in den Reden Hitlers, die von maschineller Härte waren und stets das gleiche wiederholten. Wer auf den Einfall kommt, solche Reden in einer späteren Zeit nachzulesen, der erstaunt wohl über ihre Leblosigkeit, aber er vergißt, wenn ihm die Gewalt des Wortes als Null erscheint, das Wort der Gewalt, das sie fürchterlich machte. So las ich einmal die Reden von Robespierre und St. Just durch und wunderte mich, daß mit solchem Gewäsch und miserablen Theater eine ganze Nation beschäftigt werden konnte. Beschäftigen mußte sie sich damit, weil an den Fingern der Redner Blut klebte. Meine rhetorischen Studien fielen mir dabei ein, und ich fand den Unterschied heraus, der zwischen antiker Rhetorik und der neuen besteht; diese hat etwas Abgeschältes und, um es noch genauer zu sagen, Aufgeklebtes. Ich hatte einen Bekannten, der die Redeweise Hitlers parodierte und es darin zu einer erstaunlichen Vollkommenheit gebracht hatte; vortrefflich an seiner Nachahmung war die Gereiztheit des Sprechens und der stoßweise, bellende Ton. Als er diese gefährliche Kunst einst auf einer Landstraße übte, an der Bauarbeiter beschäftigt waren, hörten sie mit ihrer Arbeit auf, kamen herbei und fragten, ob ein Sendewagen in der Nähe sei.

Sah ich nun auf die Gesichter, wurde mir nicht besser zumute. Was da heraufdrängte, war noch nie zum Zuge gekommen. Solange der preußische Staat Kraft hatte, war er eine Kandare, die jedem jederzeit zeigte, wohin er gehörte. Wäre noch irgendeine Kraft in seinen Nachlaßverwaltern gewesen, so hätten sie sich zur Wehr gesetzt. Aber der preußische Staat war tot, und das, was jetzt gefeiert wurde, schloß sein Begräbnis ein. Niekisch, der in diesen Jahren Rankes »Preußische Geschichte« verlegte, war nicht ohne Neigung für den preußischen Staat, dessen harter Wille zur Gerechtigkeit ihm ebenso einleuchtete wie alles, was auf Dienst hinauslief. Ganz andere Dinge kündeten sich jetzt an. Sicherheit war es, was die Massen wollten, und sie ist nicht ohne Abhängigkeit zu haben. Freiheit und Gleichheit sind unvereinbare Gegensätze. Wenn in jedem Kopf das gleiche vorgeht, wenn jeder gleich denkt und gleich handelt, dazu noch in der gleichen Uniform steckt und den Arm zur gleichen Begrüßung reckt, dann ist alles kanalisiert und gerät in den Fluß einer vorgezeichneten Bewegung. Der Inhalt einer solchen Gleichheit kann nichts anderes sein als die Begradigung der Gefälle, deren Kräfte genutzt werden, als Einebnung, die freiwillig und gewaltsam betrieben wird; ein menschliches Minimum ist es, auf das jetzt hingearbeitet wird und hingearbeitet werden muß. Talsperren sind künstliche Unternehmen, sind ebene Wasserspiegel, deren Stauung einem künstlichen Zweck dient. Durch enge Schleusen hindurch stürzt das gestaute Wasser, um Kräfte zu erzeugen. Was sich ihm entgegensetzt, wird weggerissen.

Teilnahme und Beteiligung waren mir nicht möglich. Wenn ich nicht beteiligt war, so wurde ich doch belehrt. Ein Vortrag über Spengler wurde angekündigt, und ich las an den Plakatsäulen, daß Arber ihn halten werde. Seitdem ich ihn in Dresden gesehen und die Wanderung im Erzgebirge mit ihm gemacht hatte, waren etliche Jahre vergangen. Er erschien hin und wieder in Berlin und erhielt dort, mit Niekischs Unterstützung, eine Professur. Ich ging in den Vortrag und fand einen überfüllten Saal; viele Studenten waren erschienen. Das, was der Redner jetzt vorbrachte, war nicht mehr und nicht weniger als eine Denunziation. Wie Schuppen fiel es mir von den Augen, und ein Gefühl, das aus Verdruß und Beschämung über meine eigene Dummheit und Blindheit gemischt war, ergriff mich. Ich sah jetzt in den kleinen, zähen Ehrgeiz dieses Philosophiebeamten hinein, der seine Schliche und Striche immer sorgfältiger verdeckt hatte. Zeit und Ort für seinen infamen Vortrag hatte er schlau gewählt und sprach zum ersten Male ohne Scheu, nicht als Gelehrter, sondern als Agitator, der sich in die Exekutive des Parteiwesens eindrängte. Dieses Ziel erreichte er, übernahm sich aber dabei und verlor später seine Professur, seinen wissenschaftlichen Ruf und seine Freiheit.

Alles an diesem Vortrag war schlau und plump. Er taugte nichts, aber als ich in der Dunkelheit nach Hause ging, machte ich meinen Kommentar dazu. Der Anlaß war geringfügig, aber er war und wurde für mich zu einem Modell menschlichen Verhaltens. Wenn das Feuer stark in ein Schiff eindringt, dann geht es in alle Kammern. Ein unterirdischer, lange gestauter Haß bricht durch die Krusten der Konvention und durchbricht sie als Stichflamme der Vernichtung.

Eine Erleichterung, ein Abwerfen von Lasten liegt für viele Menschen darin, sich einem solchen Haß ganz hinzugeben; sie finden nicht nur einen Schutz, sondern eine Wohltat darin, ihn kenntlich und öffentlich zu zeigen, zu zeigen, daß die zu Feinden Erklärten auch ihre Feinde sind. Ein Umsturz des Staates bietet viele Gelegenheiten, private Rachegelüste mit dem Mantel des Politischen zu umkleiden. Der Mensch, der nicht nur sich selbst, sondern sich selbst in den anderen haßt, stürzt sich in den Haß wie in ein Bad hinein und fühlt sich wieder im Element, das ihm lange mangelte. Die Bande, Fesseln und Verpflichtungen werden fühlbarer, und der Wunsch entsteht, diese Zwangsmittel einer künstlich gewordenen Gesellschaft mit einem Ruck abzuwerfen. Dann scheint nichts wohltätiger, als sich in einen Tiger und Jaguar zu verwandeln oder doch, da den meisten die Kraft dazu fehlt, zum Marder, Frettchen und Iltis. Sie möchten den Urwald in allen seinen Verhältnissen wiederherstellen, doch ist dieser Urwald nicht der alte, ursprüngliche, sondern ein künstlicher.

Eine neue Unruhe war in der Stadt, und ich war an ihr nicht beteiligt. Im Siede- und Schmelzpunkt der Bewegung hauste ich in der Mitte des alten Berlin, im Mittelpunkt des Wirbels, also in der Zone der Windstille. Wenn das dumpfe, mächtige Geräusch der Stadt sich in diesem Winkel verlor, der immer lautlos blieb, als lausche er nur noch auf Vergangenes, so spürte ich doch an jedem Tage, daß starke Bewegungen und Veränderungen um mich vorgingen. Ich brauchte nur einige Schritte aus meiner Wohnung herauszugehen, um sie wahrzunehmen. An einem Februarmorgen ging ich die Linden hinauf. Rauch stieg in den Winterhimmel; das am Vortage in Brand gesteckte Reichstagsgebäude, auf dem die Kuppel sich noch hielt, war nur noch ein Schutthaufen. Die Zugänge zu ihm waren gesperrt; ich bog ab, warf einen Blick auf die Ruine und fragte mich, wer den Brand gelegt hatte. Die Berliner, die an der Brandstätte vorüberzogen, stellten sich stumm die gleiche Frage; sie schwiegen, und dieses Schweigen war sehr beredt.

Oft war ich an dem Gebäude und seiner vergoldeten Kuppel vorbeigegangen, nie eingetreten. Nie hatte ich mehr als einen flüchtigen Blick darauf geworfen. Es war für mich der Inbegriff aller toten, verlogenen Monumentalität, ein architektonischer Leichnam. Solche Gebäude hat das neunzehnte Jahrhundert viele gebaut, und sie alle sind tot und hauchen Grabeskälte aus. Sie suchen zu imponieren und treiben großen Aufwand, aber mit kleinlichen Mitteln, mit lebloser Symmetrie und kahler Nachahmung, die an der Fassade überall abzulesen ist. Wann endlich, dachte ich manchmal, wird man aufhören, solche entsetzlichen Bauten zu konstruieren. In allem, was an die Renaissance anknüpfte, an den Renaissancepalast und die Renaissancevilla, war kein Leben, weil das alles längst in uns abgestorben ist und keinen grünen Schoß mehr treibt. An dem Gebäude lag mir nichts und nichts auch an dem, was darin abgehandelt worden war. Mich beschäftigte an diesem trüben Wintermorgen etwas anderes.

Leicht, schnell und ohne mein Zutun lösten sich in diesen Monaten die Verbindungen, die ich in der Stadt geknüpft hatte. Die Menschen, die ich sah und traf, zerstreuten und entfernten sich, und neue Bekanntschaften knüpften sich nicht an. Mir kam das vor, als wenn ich mit Reisenden auf dem Weg wäre, die an einer Wegkreuzung den Kompaß befragten und eine neue Richtung einschlugen, die sie von mir fortführte. Diese Erfahrung machte ich nicht zum erstenmal, doch verstand ich sie jetzt besser, als das untrügliche Zeichen einer geschichtlichen Veränderung. In dem weiten Planetarium menschlicher Beziehungen sind die meisten flüchtig und vorübergehend wie die Erscheinungen von Meteoren und Meteoriten; die zusammengehörigen aber kennzeichnen sich dadurch, daß sie den Veränderungen standhalten. Der Wechsel der Bahn berührt sie nicht, der Weg wird gemeinsam fortgesetzt.

Ernst blieb in der Stadt, und wir waren in beständiger Verbindung. Auch ging mein Gespräch mit Niekisch fort. Ich sah ihn nicht oft, aber doch oft genug, um die Wahrnehmung zu machen, daß diesem Gespräch manches fehlte. Er schnitt daraus fort, was ihn nicht beschäftigte, was nicht zu seinem Plan gehörte. In seinem Denken war etwas, das ich als fest, aber auch als starr empfand. Im Grunde trug er Begriffe von Entwicklung vor; er heizte seinen Ofen mit ihnen. Dialektische Bestimmungen dachte er in alles hinein; er nahm die Methoden des dialektischen Materialismus und verarbeitete sie für seine Bedürfnisse. Ich entsinne mich, daß er mir ein Manuskript zu lesen gab, eine Sammlung von kurzen Aufsätzen über europäische Staatsmänner. Was er geschrieben hatte, waren keine Porträts, keine historischen Abhandlungen, sondern politische. Alle zielten in starken, gewaltsamen Verkürzungen auf die politische Gegenwart und waren eine Anwendung und Nutzbarmachung von Vergangenem für die Gegenwart. Ich las die Aufsätze und sagte ihm auf seine Frage, was ich davon hielte: »Ich sehe, daß Sie die Methode des dialektischen Materialismus anwenden.«

»Ja«, antwortete er, »aber Sie werden gemerkt haben, daß ich sie abwandle.« Darauf antwortete ich nicht, machte mir aber meine Gedanken über das Unternehmen. In vielem mochte er recht haben und recht behalten. Richelieu, dem er eine Betrachtung gewidmet hatte, erhielt seine gute Zensur, weil er die ständisch geordnete Monarchie zerschlagen hatte;

die absolute Monarchie konnte als ein Fortschritt der politischen Organisation gewertet werden. Wallenstein, der an einem ähnlichen Unternehmen arbeitete und im stillen vielleicht davon träumte, die Reichsfürsten abzusetzen und sich selbst die Kaiserkrone aufzusetzen, ging dabei unter, war aber auf dem rechten Wege. Ebenso das napoleonische Kaiserreich, als es die Ideen der Französischen Revolution über Europa ausbreitete. In solchen Gedanken und Schlüssen, die als Mittel zum Zweck arbeiteten, lag etwas Verständiges, für mich aber auch Nivellierendes, eine nivellierende Kraft. Sie mochte weit reichen, durch eine Kette von Umschlägen hindurch, aber ich sah nicht eben vertrauensvoll in diese Zukunft hinein. Welche Fortschritte würde, nach Auflösung der Monarchie, die politische Organisation noch machen, durch welche Stadien der Auflösung die Demokratie sich noch entwickeln? Und warum erkannte Niekisch das Unternehmen Hitlers nicht als politischen Fortschritt an, obwohl es mit den gleichen Mitteln der Darstellung als solcher ausgelegt werden konnte? Der Sozialismus arbeitete, durch Versorgung der Massen und deren Sicherung, auf einen riesenhaften Staats- und Parteiapparat hin und mit ihm auf die immer maschinellere Tyrannis, die durch den technischen Automatismus und sein Schaltwerk unfehlbar funktionierte. Sollten wir fortschreiten zu den Ordnungsbegriffen südamerikanischer Republiken? Oder zu einem Ameisen- und Termitenstaat, der von technischen Funktionären geleitet wurde?

Dergleichen und manches andere ging mir durch den Kopf. Hinzufügen muß ich, daß Niekisch ein Mann der Ordnung war, daß er die Revolution in Permanenz, an deren Gedanken viele sich labten, nicht vom Mittel zum Zweck erhob. Sein Denken kreiste stets um das staatliche Organisieren von oben herab; sein Glaube an Organisationen, die mechanisch arbeiteten, war stark. Aber Organisation ist keine Quelle. Zudem mußte er jetzt, da der Staat und alle Organisation in die Hände seiner Gegner übergingen, entgegenlaufende Gedanken entwickeln, mußte die Freiheit und das Recht des Einzelnen verteidigen. Darin steckte etwas Zwiespältiges. Je mehr er von stärkeren Kräften an den Rand gedrückt und in seiner eigenen Freiheit bedroht wurde, desto mehr mußte er den vom Staat nicht besetzten Spielraum gelten lassen, mußte alles Notwehrrecht des Einzelnen gegen Staat, Nation, Volk und Gemeinschaft begünstigen. Er mußte Bundesgenossen anwerben, die nur durch den gleichen Notstand zu ihm stießen.

Niekisch war Lehrer gewesen, und in ihm steckte, verkappt noch, ein marxistischer Professor. Hegel, Marx, Lenin und Stalin waren seine Kronzeugen. In sein Denken und Gespräch gingen wissenschaftliche und pseudowissenschaftliche Ergebnisse ein; Politik als Wissenschaft, Ökonomik, Soziologie, Statistik, Biologie fanden darin ihren Niederschlag. Alle diese Fächer erweckten in mir ein zähes und tiefes Mißtrauen, weil sie samt und sonders über mechanisch wiederkehrende Bestimmungen nachdenken und den Menschen durch ein Netz von Determinationen festlegen und einengen. Ich vermied, auch im Gespräch, mich einer wissenschaftlichen Sprechweise zu bedienen, mich auf wissenschaftliche Ergebnisse zu stützen. Wer das tut, der nimmt dem Gespräch von vornherein seine freie Bewegung, der unterwirft die Sprache starren Schlüssen und Begriffen. Ist unser Leben ein wissenschaftliches Ergebnis? Dürfen wir überhaupt von Ergebnissen ausgehen? Und tun wir das, wenn wir lebendig sind? Kann ich mit meinem Mitmenschen als einem Gegenstand der Soziologie umgehen, ihn so behandeln? Umgehen konnte ich mit niemandem so, ihn nicht annehmen oder ablehnen als ein Ergebnis, das durch den

Filter wissenschaftlicher Begriffsbildung gegangen war. Behandelt die Wissenschaft den Menschen nur noch als Gegenstand, so ist, wie sich schon ankündigte, der Weg zur Halsabschneiderei nicht mehr weit.

Niekisch lebte wie viele andere Sozialisten bürgerlich, moralisch und in wissenschaftlichen Überzeugungen. Seiner Lebensführung wie seinen radikalen Gedanken lagen Ordnungsbegriffe zugrunde, die ich achtete, mir aber nicht zu eigen machen konnte. Der Respekt, den er vor Wissenschaft und Technik hatte, war nicht der meine. Er glaubte an sie, glaubte, daß sie das Leben und auch den Menschen bessern würden. Dergleichen Überzeugungen, in denen die Mittel selbständig werden, sind nicht Wissenschaft, sondern Theologie, und zwar eine versetzte. Der Glaube an die Wissenschaft hat nichts Wissenschaftliches mehr. Niekisch hielt, wie eine spätere Zeit zeigte, auch die Politik für eine Art exakter Wissenschaft, für ein Fach, das in Vorlesungen an der Universität abgehandelt werden konnte und erlernbar war. Er selbst war kein Wissenschaftler, war kein Erwerbsmensch und kein musischer Mensch, obwohl er Achtung vor diesem Menschen hegte. Für ihn war die Sprache ein Mittel, um seine politischen Überzeugungen durchzusetzen, nicht mehr; sie war das Instrument, mit dem er arbeitete. Sein harter Stil, hart von Versicherungen, Nachweisen, Argumenten und Wiederholungen, bestätigte es. Sein Hauptgeschäft war jetzt der politische Kommentar zum Tagesgeschehen. Wie ein Schachspieler, der eine Partie, eine Stellung, einen Zug analysiert, verfolgte er das politische Geschehen. Er stellte Zusammenhänge her, kombinierte und griff an. Manchmal erweckte das meine Teilnahme, doch konnte es mich auch anöden. Es gab Gespräche, die ich gründlich satt hatte und nicht mehr hören mochte; zu ihnen gehörten die Gespräche, die mit festen Größen operierten, mit Größen, die so starr genommen wurden, daß sie verschiebbar wurden wie die Kugeln einer Rechenmaschine. Die Theorie der Klassen und des Klassenkampfes durfte jetzt nicht mehr gezeigt werden; sie wurde wie der Besen in den Schrank gestellt. Es gab nur noch Arbeiter und Bauern. Alles andere hatte keine Bedeutung mehr, den Verbrecher ausgenommen, der sich nicht organisieren läßt. Schon das Lumpenproletariat – eine Erfindung des Marxismus, und keine gute – wehrt sich gegen Sozialismus, der es deklassiert, weil es sich nicht organisieren lassen will. Die Theorie der Ausbeutung hatte Bewegung in solche Konstanten gebracht, die für sich nichts, durch ihre Abhängigkeit voneinander alles waren. Die Theorie der Ausbeutung, die abhängig vom Entwicklungsbegriff und sein politisches Fahrzeug ist, beschäftigte auch mich. Wunderlich mag scheinen, daß die Gespräche junger Mädchen – Mädchen, wie ich sie bei Brack traf – mich über sie nachdenken ließen. Doch ist es nicht wunderlich. Marx hat den Begriff der Ausbeutung eng gefaßt, hat ihn auf Klassen beschränkt. In welches Verhältnis aber, das zwischen Menschen stattfindet, nistet sich die Ausbeutung nicht ein? Und wer vermag das alles in seine Verästelungen und Verzweigungen hinein zu verfolgen? Nicht immer ist leicht zu erkennen, wer wen ausbeutet, denn aus den Ausgebeuteten werden Ausbeuter, und aus den Ausbeutern Ausgebeutete. Hinzu kommt, daß in einer Zeit technischer Vernutzung die Arbeit selbst sich mit der Ausbeutung weithin deckt, daß aller Scharfsinn, alle Tätigkeit auf diesem Wege geht. Das sind Verhältnisse, die so genau und so eng sind wie physikalische Gesetze.

Vielleicht waren diese Jahre die besten und kräftigsten von Niekisch. Sein Widerstand mochte, an den Kräften der Gegner abgemessen, nutzlos erscheinen. Aber es lag etwas daran, daß er standhielt und sich nicht einschüchtern ließ. Er brauchte nichts Gewaltsames zu denken. Man riet ihm, alles liegen- und stehenzulassen und ins Ausland zu gehen. Aber er ging nicht, obwohl er mehr und mehr umstellt und in seiner Bewegung beschränkt wurde. Sein Spielraum verengte sich, bis er sich in die Zelle des Zuchthauses verwandelte, in dem er Jahre hindurch gefangensaß. Damals, in der Zeit, in der er am Hallischen Ufer wohnte, wurde seine Wohnung zum Ein- und Ausschlupf von Menschen, die sich darin trafen und wohl auch Schutz suchten, wie der alte Graf Kleist-Schmenzin, der später hingerichtet wurde. Alte Konservative, Sozialisten, Gewerkschaftler, Liberale, Leute, die sich immer bitter gehaßt und bekämpft hatten, trafen sich dort und breiteten ihre Sorgen aus. Das war ein Wetterzeichen, ein Signal des Unheils. Die großen Fischzüge des Todes künden sich an; ein tiefes Vorgefühl geht den geschichtlichen Wenden voraus. Daß etwas zu Ende geht, daß die Dinge so nicht weitergehen können, ist eine Erfahrung, die vorläuft. In den Wandel und Wechsel, der in sich beständig ist, dringen ganz nahe, drohende Warnungen ein. Du wachst auf und merkst, daß das Gespräch sich verändert hat. Eine neuartige Erregung durchzittert es, und in das Geschwätz des Tages mischen sich schneidende, tödliche Äußerungen. Das alles nahm ich in Berlin Tag für Tag wahr. Hier, sagte ich mir, wenn ich in einer Gesellschaft war, begegnen Menschen, die im Sinken und Fallen begriffen sind, den anderen, die einen nahen Aufstieg wittern. Heute sprechen sie noch miteinander, morgen werden sie übereinander herfallen. Die Zeit kam, in der Stöße des Schreckens die Stadt durchfuhren, und manchmal kam mir die Überzeugung, daß ich unter Wahnsinnigen war.

Diese Erwägungen ließen sich auch anders fassen. Niekisch zog das rote Kollektiv dem schwarzen und braunen vor; er war überzeugt davon, daß es verläßlicher gegründet und reicher an Hilfsmitteln sei. Darin hatte er recht; ihm steht ein ganzer Kontinent zur Verfügung. Ich entsinne mich der Gespräche, in denen er ausführte, wie ein Bündnis mit Rußland alles sicher und unangreifbar mache, wie in einer solchen Union, die vom fernsten Sibirien bis an den Rhein reiche, die Aufgaben sinnreich verteilt werden konnten. Diese Gedanken entwickelte er – ich weiß nicht in welcher Form – den Russen, als er nach Moskau fuhr, brachte sie auch in Rom gegenüber Mussolini vor, der ihnen seinen Beifall gab; sie mochten damals in seine Pläne sich fügen, die einen anderen Weg gingen. Wenig ließ sich dagegen einwenden, um so weniger, als zwischen Deutschland und Rußland zwar eine ideologische Verschiedenheit, aber kein Gegensatz in den Interessen bestand. Auch mir schien ein gutes, genaues Verhältnis zu Rußland unerläßlich zu sein.

Eine andere Frage war, welcher angemessenen Form die Arbeitswelt des zwanzigsten Jahrhunderts zustrebte. Darauf hatte Ernst in seinem Buche »Der Arbeiter«, das im Jahre 1932 erschien, eine Antwort gegeben. Daß wir in einer Arbeitswelt leben, daß alles in ihr einen Arbeitscharakter annimmt, daß dieser an jedem sichtbar wird, war ein Thema unserer Gespräche, das wiederkehrte. Berlin war der Ort, der ein solches Gespräch ermöglichte. Was mich an seinen Gedanken stark anzog, war das Unternehmen, den Gang des Geschehens als Kristallisationsprozeß darzustellen, der in seinem Verlauf zu einem streng regulären Gebilde führte. Die Technik war das Mittel dazu, war die Mutterlauge, die den Kristall gebar. Darin lag einbegriffen, daß dem Dynamismus, der sich in nie endenden Entwicklungen begriffen fühlte, ein Schlußstein gesetzt werden sollte; ein Angriff auf den Historismus und Modernismus lag darin. Zusammengehörig sind das kausale Denken und das Denken in Entwicklungen, bandwurmförmig, gleich dem Bandwurm, Glieder oder Proglottiden ansetzend und abstoßend. Dieses Denken hat eine gummiartige Beschaffenheit, die nach Belieben ausziehbar und einziehbar ist, geht in Vermittlungen vor sich und entbehrt des Charakters.

Um beim Kristall zu bleiben – er zeigt eine Symmetrie, in welcher der Rhythmus starr wird. Die Kristallographie, die mich beschäftigte, lehrt, daß es verschiedene Abteilungen oder Systeme von Kristallen gibt; ihre Eigenschaften sind leicht an den idealen Kristallgestalten zu erfassen. Zieht man Ebenen durch den Mittelpunkt von Kristallen, so lassen sich viele von ihnen in zwei spiegelbildlich gleiche Teile zerlegen; die Symmetrieebene ist da als Spiegel gedacht. Das Kollektiv, so wie es sich eben jetzt formierte, war kein Gebilde von erkennbarer Symmetrie; auch blieb sein Rhythmus mechanisch. So ist im »Arbeiter« ausgesprochen, daß wir »noch in einer sehr veränderlichen Welt« leben. Ich führe solche Erwägungen an, weil in mir ein Bedürfnis war, jedes Gebilde, das mir begegnete, auf das ihm eigene Verhältnis von Rhythmus und Symmetrie hin zu prüfen.

Wenig Sinn hat es, vom Kollektiv zu reden, wenn nicht erkannt wird, daß es technisch begründet ist. Seine ideologischen Verschiedenheiten sind sekundär, die Technizität bestimmend. Ich suchte das Analogon zu den politischen Vorgängen in den technischen. Eine Fabrik arbeitet mit mechanischen Kräften, mit Steuerungen, die automatisch werden und von einer Zentrale her wirken. Der Begriff der Gleichschaltung, den damals jeder im Munde führte, kam von der Technik her. Auf Schalttafeln sind Meßgeräte, Schalter, Relais, Kontakte und dergleichen angebracht; Schaltungen sind Verbindungen von Maschinen und Geräten, sind Einstellungen. Auch Einstellung ist ein mechanischer Begriff. Das alles wird auf die zentrale Steuerung des Staates und seiner Menschen übertragen. Automatische Funktionen sind es, die sowohl willig geleistet wie erzwungen werden.

Deutlich wurde mir damals, daß sie erzwungen werden müssen, und den Beleg dafür sah ich in der Organisation. Sie, selbst ein Plan, wird jetzt nicht nur einem neuartigen Plan unterworfen, sie wird auch als Quelle alles Hervorbringens gedacht, ein alter, immer wiederkehrender Irrtum. Ein Zeichen alles Überflusses ist, daß die Organisation gering oder gar nicht vorhanden ist, und so zeigt ihr Zwang an, daß die Vernutzung den Nutzen überwiegt, daß alles Produzieren nichts anderes als vermehrter Konsum ist. Freilich, ihre technische Steuerung, innerhalb deren Elektrizität, Gas, Öl, Benzin, Kohle, Wasser und dergleichen flutet, genügt nicht. Die Spezialisten, die das alles in Gang halten, genügen nicht. Gesteuert wird das Kollektiv von einer Ideologie; sie ist ein stärkerer Treibstoff als die technischen Mittel und weist aller Apparatur erst Richtung und Ziel an. Der alte Staat war nicht ideologisch gewesen; er wurde jetzt zum Mittel und einer Organisation unterworfen, die ihn veränderte.

Mich begannen damals Fragen zu beschäftigen, die ich später in Zusammenhang brachte und aufzeichnete. Was in Berlin vorging, beschäftigte mich. Als ich die Umzüge sah, den großen Maiaufmarsch sah, zu dem über eine Million Menschen erschienen, als diese mächtige Maschinerie zu arbeiten begann, sagte ich mir: in diesen Vorgängen ist etwas, das sich nicht zurücknehmen läßt. Es kommt nicht darauf an, daß du sie mit Teilnahme oder Abneigung betrachtest. Du mußt den Dingen auf den Grund zu kommen suchen. Ich spürte den Zwang, der im Geschehen liegt; vielleicht spürte ich damals nur den Zwang und die ruhlos arbeitende Notwendigkeit. Mich überraschte etwa, wie Zwang und Begeisterung zusammengingen. Doch ist es nicht überraschend. Ich suchte auch dem Zwang auf den Grund zu kommen und sagte mir, daß er aus der Notlage des Kollektivs komme, das sich mechanisch gründet, mit steigenden Verlusten arbeitet, sich daher sowohl intensivieren wie ausdehnen muß. Seine Organisation preßt aus Menschen und Vorräten noch die Rückstände aus, doch reicht das nicht hin, deshalb muß sie von einer Propaganda begleitet werden, die noch vernutzender ist. Ein solcher Verzehr ist Nivellierung und treibt sie voran. Kleine Leute sind es, die heraufkommen, und sie führen große Sprüche im Munde. Sie vernutzen Vorhandenes und müssen um so schärfer an die Substanz selbst gehen; diese Substanz aber ist zuletzt immer der Mensch.

Deshalb, seiner Notlage wegen, hat dieses Kollektiv immer recht, und ihm gegenüber bist du immer im Unrecht. Du mußt das begreifen, mußt begreifen, daß du ihm gegenüber nie ins Recht kommen kannst, daß du alles, was du warst, bist und sein wirst, ihm zu verdanken hast, daß es dein Vater und deine Mutter ist und dir eine Prämie zahlt, wenn du deine wahren Eltern denunzierst. Es setzt alles von vornherein als eins mit sich, läßt keine Unterschiede gelten und hebt die Differenz auf. Und da es ohne sie nicht leben kann, reißt es neue Klüfte auf, nach außen hin gegen andere Kollektive, nach innen hin gegen alle, die die Differenz noch geltend machen. Es ist immer optimistisch, fälscht stets die Wahlen, ist die wahre Gemeinschaft und vermehrt unablässig die Polizei, mit der auch ich noch zu tun bekommen sollte. Idolatrie ist es, die von dir gefordert wird. Wenn du nicht vor Begeisterung dampfst, bist du schon verloren. Sei dem, wie ihm sei, du lebst im Kollektiv und hast, wenn du kein Begeisterter bist, nur zwei Möglichkeiten: du mußt dich in ihm verstecken oder auswandern.

»Wie lange«, fragte ich Helmer, »wird das Dritte Reich dauern?«

»Auf zehn Jahre müssen Sie sich einrichten«, antwortete

er. Das war, am Zeitpunkt der Antwort abgemessen, eine erstaunlich genaue Voraussage.

Damals spürte ich, so wunderlich das klingen mag, eine Erleichterung, als ob mir etwas abgenommen würde. Die Dinge gingen ihren Gang, und er führte ab von dem, was mich beschäftigte. Wenn die Frage, was Geschichte ist, nicht hinreichend beantwortet werden kann, so liegt doch im Bereich der Erfahrung, daß die äußere Geschichte und unsere eigene, innere nicht immer eins sind. Der Anschein besteht, daß hier ein Riß ist, der sich gegen das Vergangene hin erweitert, und in ihm liegt keine Mehrung unseres Glücks, sondern eine Not, die bewältigt und verwunden werden muß. Die Frage ist, welchen Spielraum wir gegenüber Ereignissen, die drängend und drückend werden, behalten und ob wir, wenn er verlorenzugehen droht, noch fähig sind, uns neuen, zusätzlichen Spielraum zu schaffen. Die bloße Verneinung reicht dazu nicht hin und ist, wie das Ergebnis lehrt, so eins mit dem Verneinten, daß Verwechslungen möglich werden.

Bedachte ich, wie andere sich dem Geschehen gegenüber verhielten, so schien mir, daß Pistor am härtesten von ihm überrascht und betroffen wurde. Seine Briefe folgten mir, und in ihnen ist manches aufbewahrt, nicht das, was dieser Zeit ihr Gepräge gab, sondern der Widerstand dagegen, Ratlosigkeit und auch Verzweiflung. Einige Auszüge aus diesen Briefen will ich hier einrücken.

»Kommen Sie diese Woche wieder nach Leipzig?« schrieb er mir. »Ich benutze die müßige Zeit, um die Menschen zu beobachten. Dabei frage ich mich: wie bin ich in dieses Leben und in diese Welt geraten? Vielleicht ist das alles nur ein böser Traum, den wir uns eines Tages aus den Augen wischen. Jetzt erreiche ich zum Beispiel den Gipfel meiner Kräfte. Vielleicht kann ich eine Zeitlang auf dem Grat wandern, dann geht es auf der anderen Seite hinab, und es wird schön sein, wenn der böse Traum, wenn alles eines Tages zu Ende ist. Ich bin nie in die Lage gekommen, von meinen Kräften und Anlagen einen entsprechenden Gebrauch zu machen, und werde wohl auch nie mehr in diese Lage kommen. Wahrscheinlich bin ich der Welt ebenso unnütz, wie sie mir unnütz ist. Das, was die Menschen als Leben bezeichnen, kann ich nur als Halb-, Viertels- oder Scheinleben bezeichnen, und ich sehe, daß mir hier keine Verständigung möglich ist. Leider muß man durch den Dreck hindurchgehen; ich werde aber niemals das, was grau ist, grün nennen, zum mindesten nicht für grün halten. Es ist mir doch ziemlich sicher, daß dieser Ausschnitt der Existenz, durch den wir hindurchgedreht werden, nur ein sehr kleiner und sehr außenliegender Ausschnitt ist und daß wir noch an anderen Ordnungen teilhaben als denen des Staates und dieser menschlichen Gesellschaft. Wahrscheinlich ist da ein Grund der Existenz, in den wir eines Tages zurückgenommen werden, und wartet da, wie in den Himmeln des Koran, eine Geliebte auf uns, die uns für das, was wir hier sehen mußten, entschädigt. In ihren Armen möchte ich dann noch einmal jede Phase dieses Lebens durchgehen und aus einer unendlichen Entfernung auf diese Misere zurückblicken. Ich habe den Eindruck, wenn ich nicht kapituliere, sondern diese Welt und ihre Menschen verachte und hasse, daß ich dann auf diese Weise einer solchen Geliebten treu bleibe, die von Anfang an dieses mein Leben durch diese Misere hindurch teilnehmend verfolgt, die darauf achtet, welche Haltung ich bewahre, und die mich am Ende wieder aufnimmt. Ich empfinde dieses Leben als eine Trennung von einer Geliebten, die mir doch überall näher ist als alles, was mir aufdringlich als angebliche ›Wirklichkeit‹ auf den Leib rückt.«

»Wenn ich mir alle widerlichen Begegnungen und Erfahrungen mit Menschen überlege, so finde ich überall dasselbe Grundübel: die Menschen wollen dem Außergewöhnlichen nicht die Interessen ihrer alltäglichen Existenz opfern, sondern sie tun das Umgekehrte leichteren Herzens. Darin sehe ich das Wesen der Gemeinheit und des gemeinen Menschen. Er freut sich, wenn er die Unruhe los ist, die ihm die Begegnung mit dem Ungewöhnlichen bereitet, und er freut sich, wenn er leichten Kaufs loskommt, nämlich so, daß er das Ungewöhnliche seiner eigenen Gewöhnlichkeit zum Opfer bringen kann. Leider muß sich in Deutschland das Ungewöhnliche mit dem herrschenden und zahlreichen Gewöhnlichen immer wieder einlassen, wenn es nicht gleich, nachdem es den Mutterleib verließ, Selbstmord verüben will. Diese Menschen verarmen sich dabei selbst ihr Leben, sie gehen in ihrer Banalität und ihrem armseligen Berufs- und Eheleben unter, sie haben manchmal, wenigstens einer oder der andere, einen Augenblick der Besinnung, in dem sie sich sagen: für eine Minute wahren Glücks würde ich dieses ganze Elend hingeben. Wenn aber jemand kommt, der ihnen die Hand reicht, dann benutzen sie rasch die Gelegenheit, ihn als ihren schlimmsten Feind rasch in ihren Sumpf hinunterzuziehen. Wer nicht gleichgültig ist, muß wenigstens Gleichgültigkeit heucheln, damit ihn die Unmenschen leben lassen. – Was meinen Sie, wenn ich zur Ästhetik überginge, nachdem ich durch zwei Stadien hindurchging, das philosophische und das soziologisch-politische? Aber wo ist Schönheit? Daran, das Wahre anzutreffen, und daran, das richtige politische Handeln anzutreffen, verzweifle ich. Aber vielleicht können wir das Schöne irgendwo antreffen, und vielleicht liegt mir von Anfang an an dem Schönen mehr als an allem anderen.«

»Glauben Sie, daß mächtigere Stimmungen, die den Menschen überfallen, zeigen, daß er sich wandelt und mit ihm das ganze Sein, zu dem er gehört? Ich wundere mich darüber, daß im Lebenswillen Kapitulation auf Kapitulation erfolgt, nachdem man schon mehrmals meinte, daß es nun ›tiefer nicht mehr geht‹. Wenn es bergab und immer mehr bergab geht, dann merkt man öfters, welche Höhe man eigentlich erreicht hatte. Doch was nützt einem diese nachträgliche Erkenntnis? Vielleicht stürzt man mehrmals mit einem ganzen Bergrutsch ab, und man sieht zu seiner Verwunderung doch noch die Landschaften der Ebene, sehr weit unten in der Tiefe. Man stürzt jetzt und stürzt eben deswegen, weil man mit sinnlosen Anstrengungen eine zu große oder sehr große Höhe erreichte. So bezahlt man auf seltsame Weise nachträglich die Unkosten für die Träume, den Elan, die furchtbare Überanstrengung der Jugend. Von Stufe zu Stufe hinab in die niedrigste Niederung muß man nun überblicken, wie alles umsonst war. Man hat den Kelch der Träume geleert, um nun nach und nach die Sorten minderen Wertes auszuprobieren und so lange an der einzigen und edlen Flüssigkeit zu messen, bis man vor Ekel über den endlich erreichten Abstand zusammenbricht. Wird einmal dieser Tag und diese Stunde der letzten, endgültigen Kapitulation kommen, frage ich? Es ist merkwürdig, ich *kann* es nicht glauben, wenn alle Belehrungen, die die Wirklichkeit mir erteilt, auch noch so untrüglich, plastisch und gesteigert sind. Mein Verstand, der die Bestände aufnimmt und sichtet, sagt mir aber, diese Stunde *muß* einmal kommen. Wir werden die Hölle der Niedrigkeit, der Nichtigkeit unseres eigenen Lebens bis auf ihren letzten Grund kennenlernen. Es gibt Dinge, die der Mensch nicht aufgeben kann – wie die Anforderung an sich selbst. Wenn er diese Dinge aufgibt und immer wieder davon aufgibt, dann kommt der Augenblick, wo der Zusammenhalt seiner Existenz gesprengt wird. Vielleicht werden in diesem Augenblick Kräfte frei, die die moralische Welt bisher ebenso wenig kannte, wie die physische Welt die Kräfte kennt, die bei der Sprengung eines physischen Ichs, eines Atoms, frei werden.

Ich habe in mir zu wenig Ruhe und kämpfe um mein Leben, das mir verlorengeht und das ich vielleicht schon drei-, viermal verloren habe. Ich bin in dem Wahn befangen, daß es vielleicht doch an mir und nicht an dieser Welt und Umgebung liegt, daß das Quantum dessen, was ich in meinem Leben nie wieder gutmachen kann, unendlich anwächst. Wir kämpfen uns in einem widrig dunklen, auf und nieder gehenden Wellenschwall ab. Dann sage ich mir wieder, daß dieser Weltzustand, in dem es keinen würdigen Wettstreit, keine Äußerungsmöglichkeit, keinen kühnen Realismus, keine Liebe und nichts Heiliges mehr gibt, selbst das vorläufige Ergebnis konkreter Menschen und Gruppen ist und daß jeder Sieg einer Gruppe vergänglich ist. Augenblicklich ist mir, als ob mir alle dunklen Wellen über den Kopf zusammenschlagen, als ob ich für immer verloren bin und als ob meine ganze Existenz gescheitert ist. Jeder menschenwürdige Zustand liegt unendlich, unerreichbar entfernt.

Meine Stimmung ist eine immer tiefere Trauer. Ich komme mir vor wie einer, der gar nicht mehr weiß, was alles er noch zu verlieren hat. Das *Unglück* überwiegt bereits sehr weit die *Schuld* derer, die es angerichtet haben. Nachdem Bosheit und Mutwillen einen prächtigen Baum zerstörten, sieht man in dem häßlichen und dürftigen Stumpf nur noch die trauernde Natur und vergißt darüber die Schuld der Übeltäter.«

»Ich habe kein Interesse mehr für Wissenschaft und auch nicht mehr an der Philosophie, die früher gewesen ist. Es ist merkwürdig, bei mir tauchen bestimmte Stimmungen der Kindheit wieder auf. Ich höre klappernde Hufe auf dem Pflaster, die Töne sind mir fremd, die Welt ist so trocken, als ob Jahrhunderte in ihr kein Regen mehr fiel, und doch ist in mir gar kein Durst nach dem ›Tau des Himmels‹. Ich komme mir verloren vor, durch die Trockenheit hindurch zieht sich eine Sehnsucht, die sich mit der halben Schwüle, dem Staub, dem stumpfen Lärm vermischt, dieser Stumpfheit, die durch unendliche Zeitläufte schon dieselbe ist, und jede Anstrengung muß ohnmächtig zerschellen. Es ist, als ob man in einer Flut glanzloser Glasscherben zu schwimmen sucht. Ich suche überall etwas Unendliches, und die Menschen sind nur endliche Wesen. Es ist schauerlich zu beobachten, daß sie hier beginnen und dort enden. Es ist, als ob alle Bewegung nur dazu da ist, gestoppt zu werden, als ob ihr die lebendigen Quellen fehlen. Was sollen wir mit uns selbst anfangen? Ein Stück vorwärts, wir vergessen uns, und dann, wenn der Elan aufgebraucht ist, haben wir bemerkt, daß die Bewegung mechanisch und gemein war, daß wir die rollende Kugel nicht von unseren Illusionen absorbieren lassen können.

Ich treibe Sport und fühle mich im allgemeinen ganz kräftig. Ich bin bestürzt, daß mir auch in diesem Zustand so sehr klar ist, daß ich kein Ziel sehe. Warum kann ich nicht ziellos leben? Ich kann das Leben genießen und ausgelassen sein, dann sehe ich wieder, wie ein furchtbares Gorgonenhaupt, die Ziellosigkeit meines Daseins vor mir. Ich weiß nicht mehr, was mich interessiert und was ich anpacken soll. Ich sehe nur eine Möglichkeit: da draußen in diesem modernen Dasein, wo man liebt, kämpft, ins Kino geht, wo der Pöbel in einer unsinnigen Hast sich selbst die Maschinerie seiner künftigen Vernichtung in Jahresplänen aufbaut, einen Punkt finden, wo sich das Ganze, einschließlich meiner eigenen Existenz als gegenwärtiger, bejahen läßt. Es ist merkwürdig, dieses einzige Ziel, wenn man das ein Ziel nennen kann, beansprucht mich so sehr, daß mich sonst nichts mehr interessiert. Zum Beispiel kann ich keine Bücher mehr lesen; ich finde nichts Neues darin, das mich angeht. Wenn ich umfangreiche Bücher durchblättere, wundere ich mich immer wieder über die Belanglosigkeit der soziologischen und anderen wissenschaftlichen Literatur. Soviel Zeit und soviel Mühe aufgewandt, das zu schreiben, und es lohnt nicht einmal die Zeit, darin zu lesen. Warum den Sand noch um die sandige Darstellung des Sandes vermehrt sehen?

Woher das Beobachtungsmaterial nehmen, wo sich orientieren, in welchem Stile leben und arbeiten?«

»Ich schreibe Ihnen früh halb sechs Uhr – ich gehe sehr spät, zwei bis drei Uhr, zu Bett und wache doch so zeitig auf.

Ich frage mich, warum in mir immer wieder eine starke Hoffnung überhandnimmt. Vielleicht ist es deshalb, weil ich sehe, daß einige Menschen unerschütterlich sich selbst gleichen, während ringsum die Welt sich widerlegt, und daß in einem höheren Sinne auf diesem Schauplatz doch schließlich die moralischen Qualitäten siegen werden. Es geht jetzt viel fühlbarer und direkter als im letzten großen Krieg um Entscheidungen, die den Kern und letzten Rest unsrer Würde, die den großen Sinn und das Glück unsrer Existenz betreffen. Ein Verlieren hat doch ganz furchtbare Folgen; es bedeutet, daß wir von allem entblößt werden und wie die heimatlosen Schatten aus der Hölle Homers auch noch nach unserem Tode über diese Erde irren müssen.

Es gibt zunehmend Menschen, die im Gebirge die gaukelnden Nebelschwaden, die da irgendein Massiv notdürftig verhüllen, nicht mehr für wirkliche Wesen halten. Doch ihr beschränkter und bloß desillusionierter Wirklichkeitssinn zeigt ihnen nur dieses eine Massiv, das den Einblick in die herrschenden Formationen der wirklich großen Landschaft nur verhindert. Ihr lahmer, armselig-nüchterner Blick kriecht an den groben und aufdringlich nahen Linien dieses vorgeschobenen Klumpens entlang, der da beim Abzug älterer Gebirgsformationen liegengeblieben ist. Sie tun sich etwas auf ihren Realismus zugute. Diesen Klumpen überziehen sie mit einer verwirrenden Vielfalt von Wegen, die zu den einfachen Magistralen, die sich im ganzen Gebirge schön abheben, in einem kuriosen Mißverhältnis stehen. Die Augen, vor denen sich eine neue Welt entfaltet, wirken selbst mit an diesem Entfalten, wenn sie unverwandt auf diese Welt gerichtet sind.

Ich träumte, daß ich auf ein Raubtier schoß, das in einem Raum einer großen Wohnung auf einer Estrade stand. Auf einmal stand unten auf dem Parkett ein zweites und drittes Tier, dann war schließlich die ganze Wohnung von ihnen erfüllt, und ich mußte mitten unter ihnen in dieser Wohnung ›wohnen‹.

Manchmal träume ich auch von Mädchen. Diesen Traumgesichtern entspricht leider keine Wirklichkeit, und doch verbringe ich meine Tage, Monate, Jahre damit, diese Wirklichkeit zu suchen. Manchmal ist mir, als ob ich mich einem geweihten Bezirk nähere, wo das Glück wie das Laub voller und hoher Bäume zu rauschen beginnt, als ob das Leben durch solche Zonen hindurchführen müßte. Wie sieht der Weg aus, der zu einem Ziel führt, das nirgends abgesteckt ist? Die Spannung, die in uns selbst ist, das ist wohl das Ganze, und jeder Wissende wird sie merken.

Es ist merkwürdig, mit vierzig Jahren ist kein Grund, die Erfüllung der Sehnsucht für greifbarer zu halten als mit zwanzig Jahren, und doch drängt sich eine wunderbare

Überzeugung auf, daß das Schicksal bald in Fluß kommen wird. Ist das, was wir Leben nennen, nur ein einziger frischer Hauch, mit dem wir an uns selbst vorüberziehen?«

In dem Zeitpunkt, in dem ich diese Briefe erhielt, rührten sie mich an und hinterließen ein Echo in mir. Ihr monologer Grundton ist, daß ein Leben ohne Gefühl des Lebens, ohne Liebe, Freude und Genuß unerträglich wird. »Warum den Sand noch um die sandige Darstellung des Sandes vermehren?« Ja, warum? Mir war bei seinen Briefen, als ob er, ein Fremdling, wach und mit großer Anspannung lauschte – auf das dumpfe, rastlose Geräusch des Leerlaufs, das in seine Ohren drang.

Es mag sein, daß wir im Getriebe der Städte und Menschen nur noch das Mechanische der Bewegung spüren, daß wir selbst in diese Bewegung hineingenommen werden und merken, wie unser Leben einen mechanischen Zug annimmt. Ist es aber nicht so, daß schon diese Wahrnehmung hinreicht, um uns frei zu machen, daß in ihr schon ein Impuls liegt, der uns über die toten Wiederholungen erhebt? In seinen Briefen war auch etwas, das ich nicht annehmen mochte, nicht annehmen konnte. Was mich an ihnen beschäftigte, war zunächst die Befürchtung, daß sich aus der Welt alles Schöne verflüchtigen und ihr Duft, ihre Frische sich gleichsam durch die Löcher eines Siebs verlaufen könnte, so daß endlich das Häßliche und Vulgäre in seiner massivsten Gestalt zurückblieb. Das war ein Thema unserer Leipziger Gespräche, doch ist in solchen Gedanken ein dialektischer Zug, der nicht hinreicht. Ich sehe aus Aufzeichnungen, die sich mir erhalten haben, daß ich mir aus dem Entwurf einer Vorrede, die Baudelaire zu den »Fleurs du Mal« niederschrieb, die folgende Stelle auszog: »Ce monde a acquis une épaisseur de vulgarité qui donne au mépris de l'homme spirituel la violence d'une passion.« Diese und andere Stellen müssen mich schon in Leipzig beschäftigt haben, doch wenn ein Streben in mir war, ging es dahin, diesen mépris nicht aufkommen zu lassen, ihm in keiner Weise Macht über mich einzuräumen. Mit der Verachtung müssen wir, um nicht dem Verächtlichen Macht über uns zu geben, sparsam umgehen.

Leidenschaftliche Verachtung schließt, genau besehen, einen Widerspruch in sich ein, denn die Verachtung ist, wie auch der Ekel, ihrem Wesen nach kalt. Welche Anschauung, welcher Begriff des Schönen liegt einem solchen Ausspruch wohl zugrunde? Die Frage ist zunächst, ob der Mensch häßlicher und vulgärer geworden ist, denn die Welt, die hier gemeint ist, ist nicht Natur, sondern Welt des Menschen, Menschenwelt. Träfe das zu, dann ist die Frage, ob Verachtung auch nur im mindesten hinreicht, an diesem Vorgang etwas zu ändern. Baudelaire lebte im bürgerlichen Paris des neunzehnten Jahrhunderts, nicht in der Arbeitswelt des zwanzigsten, die, des mechanischen Hervorbringens wegen, große Verwüstungen und Kahlschläge anlegt, Verwüstungen und Kahlschläge auch des Menschen, und sich ihrer erfindenden Kraft dabei rühmt. Die Häßlichkeit, die dem Spezialisten, Funktionär und Intellektuellen dieses Jahrhunderts anhaftet, ist nicht zu leugnen, und Pistor litt unter dieser Häßlichkeit. Ihn quälte der Gedanke, daß eine tote Welt heraufzieht, eine Art Mühle, aus der aller Sinn sich in dem Maße hinauszog, in dem sie sich als Selbstzweck setzte.

Ist aber ein solcher Gedanke nicht selbst schon die Folge einer Trennung und Isolierung?

Ich entsinne mich, daß ich auf meinen Leipziger Gängen im Rosental, wo mich die Wildenten überflogen, an anderen Überlegungen spann. Baudelaires Begriff des Schönen ist luxuriös, ist auf die erlesenen, kostbaren und raren Dinge gerichtet, die bei einer Sichtung und Auswahl zurückbleiben. Mir aber schien das Schöne unvereinbar mit allem Luxus zu sein; mir war, als ob ich mich ihm leichter nähere durch eine Art Reduktion, die alles auf seine eigene, pure Bewegung zurückführte, so daß in ihr auch der Gegenstand verschwand. Mehr oder weniger dunkel beschäftigten mich solche Gedanken; ich kam nicht ans Ende mit ihnen. Kann das Schöne in einer Auswahl liegen, wie sie der Kenner, Sammler, Liebhaber und Sachverständige unter kostbaren und erlesenen Dingen trifft, und muß nicht eben die Folge einer solchen Auswahl sein, daß das Häßliche und Vulgäre zurückbleibt, so dicht und massig, daß alles verfinstert wird? Muß ein solcher Begriff des Schönen nicht auf Kosten der Freiheit gehen? Daran knüpften sich andere Erwägungen, denen ich in Berlin nachhing. Ein merkwürdiges Verhältnis von Mechanik und Ästhetik kommt mit dem neunzehnten Jahrhundert herauf und liegt schon in der hegelschen Trennung von Arbeit und Genuß, einem banausischen Gedanken, der, wo er durchdringt, auch Banausen hervorbringt. Wenn etwas tot ist, dann ist es Hegels Ästhetik, eine tote Kompilation von Vorhandenem, das unter Begriffe gebracht wird. Pistors Gedanke, ein Studium der Ästhetik zu beginnen, war absurd; auch zog er ihn sofort in Zweifel. Von hier aus komme ich ihm nie näher, komme nie weiter als zu ästhetischen Begriffen. Es ist nicht damit getan, über das Schöne nachzudenken; es muß hervorgebracht werden, und dieses Verlangen ist im bescheidensten Menschen und verläßt ihn nicht. Wäre es nicht da, könnte er sich über das Häßliche nicht einmal beklagen. Daß er sich beklagt, ist schon ein Zeichen.

Hinzu kam, daß Pistor litt, weil er keinen Staat, kein Volk, keine Nation, keine Gesellschaft mehr vorfand, in der er leben und atmen zu können glaubte. Auch dieses Leiden setzt eine Trennung voraus. So schmerzhaft sie ist, uns bleibt nichts anderes, als sie auszuhalten. Auch gehört sie zu den uns von nun an auferlegten Bestimmungen, welche unser Bewußtsein ausbilden. Wären wir wie die Termiten und Ameisen soziale Wesen, die des Nestes wegen ihre Muße und selbst ihr Geschlecht daran geben, so könnte die Trennung nicht stattfinden. Aber weder gehen wir in einem solchen Wesen auf, noch ist uns erlaubt, andere als solche Wesen zu behandeln, das heißt als abhängige, durch immer mechanischere Bestimmungen geleitete Geschöpfe. Es gibt keine Sozietät, in der wir ausschließlich und widerspruchslos aufgehen könnten; liegt darin ein Glück, so ist es uns wegen unserer Freiheit versagt. Das Kollektiv, unter dem Pistor litt, eignete sich am wenigsten dazu. In ihm war das Drückende wahrnehmbarer, welches große Maschinerien mit sich bringen; in ihm aufzugehen, war gleichbedeutend mit Verkümmerung.

Ich will von etwas anderem sprechen. Mir fielen, wenn ich bei meinen Eltern war und unter den Büchern meines Vaters Umschau hielt, manchmal Zettel in die Hände, die wohl für ein Herbarium bestimmt waren. Epilobium angustifolium stand auf dem einen, dazu das Datum und der Ort des Fundes. Das ist ein Weidenröschen, und der Name erinnerte mich sogleich an die vielen Waldblößen, auf denen ich dieses Weidenröschen gesehen hatte, auf denen es so dicht stand, daß es weithin einen roten Schimmer warf. Offenbar stammte der sehr reinlich geschriebene Zettel samt allen anderen von einem Mädchen, das sich in der Apotheke meines Vaters aufs Studium vorbereitet hatte, zu welcher Vorbereitung auch die Pflicht gehörte, ein Herbarium anzulegen. Ich betrachtete den Zettel und weiß nicht, warum ich ihn verwahrte und in meine Brieftasche legte, aus der er hin und wieder zum Vorschein kam und die Erinnerung an sommerliche Wälder heraufrief. Dieses Mädchen war nicht mehr da, hatte aber, obwohl wir kaum ein Dutzend Worte miteinander wechselten, ein genaues Bild in mir hinterlassen. Ihre Klugheit und ihr Fleiß wurden hin und wieder gerühmt. Sie war blond, zierlich und, wie mir schien, in ihren Bewegungen sehr geschmeidig; auch gehörte ihr Gesicht zu denen, die mir sogleich ähnlich vorkamen, ohne daß sich herausfinden ließ, worauf diese Ähnlichkeit sich stützte. So flüchtig ihr Gesicht vor mir auftauchte und verschwand, es beschäftigte mich doch. Ihre Eltern wohnten in einer kleinen Stadt der Nachbarschaft, und dort traf ich sie wieder.

Gerwin brachte mich in das Haus. Er war Lehrer, und auch Lottens Vater war Lehrer. Bestand denn mein ganzer Umgang hier aus Lehrern? Nein, ich hatte keinen festen Umgang und lernte Gerwin und Lottens Vater durch das Schachspiel kennen. Sie waren gute Schachspieler, mit denen mein Vater spielte. Gute Schachspieler sind außerhalb der großen Städte dünn gesät und pflegen sich auf größere Entfernungen hin zu kennen und zu treffen. Meine Neigung zum Schachspiel war nicht mehr groß, doch begleitete ich meinen Vater und Gerwin manchmal, spielte auch in einigen Turnieren mit.

Er war ein Mann von athletischer Kraft, trieb Sport und hatte ein kupferrotes Indianergesicht, war aber kurzsichtig. In ihm war mehr Neigung für freies, unabhängig geführtes Leben, als sich gemeinhin bei Lehrern findet, auch war er von einer Offenheit, die das Verletzende streifte. Da er derb und geradeheraus sagte, was er dachte, und die Eigenliebe anderer dabei nicht schonte, kam es zu Zusammenstößen zwischen ihm, seinen Direktoren, Kollegen und den Eltern der Kinder, die er unterrichtete. Mir fiel mit der Zeit auf, daß dieser Streit ihm nicht schadete, und ich fragte ihn, wie das zugehe, worauf er mir kurz antwortete: »Ich halte mich an die Sache.« Das mochte zutreffen, da er eine genaue Auffassung von seinen Pflichten hatte. Wie sich jemand an die Sache hält, ist eine andere Frage, und ich sagte mir, daß seine mächtigen Muskeln ihm überall zustatten kamen, auch dort, wo er keinen Gebrauch von ihnen machte. Wozu, dachte ich manchmal, braucht ein Lehrer solche Muskeln? Das ist Überfluß am falschen Ort; er würde besser für einen anderen Beruf passen. Ich sagte ihm das, er stimmte zu und erzählte mir, daß er aus engen, drückenden Verhältnissen komme und keine Wahl gehabt habe.

»Warum sind Sie Lehrer an einer Handels- und Gewerbeschule geworden?« fragte ich ihn. »Sie hätten Sportlehrer werden sollen.«

»Zu meiner Zeit war das noch kein Beruf. Auch bin ich kurzsichtig.«

Als ich ihn kennenlernte, war er noch unverheiratet. Er gab englischen und französischen Unterricht und war ein guter Läufer, Springer, Schwimmer und Radfahrer. Wir trafen uns nicht nur beim Schachspiel, sondern auch am Flusse beim Baden, wo er seinem Training nachging, mit mir um die Wette lief und im Grase lag. Wenn er durch den Fluß schwamm und im Buschwerk des anderen Ufers stand, leuchtete seine kupfrige Gestalt weithin. Die Freude an mächtigen Anstrengungen war ihm anzumerken und schien auch noch seine Liebschaften zu kennzeichnen. Ich nahm das aus der folgenden Geschichte ab, die er mir erzählte. Er hatte eine Freundin, die in abgelegener Gegend auf dem Lande wohnte und schwer zu erreichen war. In der Dämmerung fuhr er zu ihr hin, drei Radfahrstunden durch unwegsames Gelände, in dem er einen Fluß durchqueren mußte, dessen Wasser ihm bis zur Brust ging, denn eine Brücke war weit und breit nicht vorhanden. Er zog sich aus, packte seine

Kleider aufs Rad und stemmte, wenn er durch den Fluß ging, Rad und Gepäck in die Höhe. Das Haus der Freundin lag abseits der Straße, und da sie im ersten Stock wohnte und er sich niemandem zeigen durfte, war eine Leiter bereitgestellt, die er in der Dunkelheit anlegte. Er stieg hinauf und kam ans Ziel. In der Nacht noch fuhr er den gleichen Weg zurück, auf dem er gekommen war.

»Das war eine heroische Liebschaft«, sagte ich ihm.

»Hören Sie zu. Einmal, als wir im Bett lagen, begann die Leiter zu knarren, und gleich darauf erschien das Gesicht eines Mannes, der die Fenstervorhänge zurückschlug und neugierig in das erleuchtete Zimmer hereinsah.«

»Was haben Sie gemacht?« fragte ich.

»Ich sprang aus dem Bette, und der Mann stieg in Windeseile die Leiter hinab. Wenn wir solche Dinge treiben, haben wir wenig Mut.«

»Vielen aber, um sie treiben zu können«, sagte ich. Er erzählte das gut, und ich mußte lachen.

Das Tuch, an dem er spann, mochte ein wenig grobfädig sein, aber er hatte Mut und Verstand; seine Verständigkeit war von der Art, die zunächst auf Vereinfachung aus ist. Ich unterhielt mich gern mit ihm, denn er hielt auf Selbständigkeit und dachte nach, was sich an mancher kleinen Bemerkung zeigte. Einmal, als wir beide beim Baden zusammensaßen, las ich ein Plakat, auf dem die Zahl der in diesem Jahr in Deutschland Ertrunkenen gedruckt war, dazu die Aufforderung: Lernt Schwimmen!

»Das ist Unsinn«, sagte er.

»Warum?«

»Ertrinken mehr Schwimmer oder mehr Nichtschwimmer?«

»Sie haben recht. Je mehr Leute schwimmen lernen, desto mehr müssen ertrinken.«

Auch liebte er Gespräche über Politik, an denen mir wenig gelegen war, die ich aber erwähnte, weil mir an ihnen deutlich wurde, wie unklar alle politischen Begriffe waren und wie sie teils verschwammen, teils Widersprechendes zusammenbrachten. An seinen Ausführungen sah ich, daß er mit dem Wort Demokratie sowohl eine Staatsform bezeichnete wie eine politische Partei und deren Ansichten. Auch fiel mir auf, daß für ihn Demokratie und Republik identisch waren. Ich machte ihn darauf aufmerksam, daß er sie trennen müsse, daß durch sie verschiedene Begriffe gedeckt würden, und er bestritt das.

»Sie glauben also«, sagte ich, »daß jede Demokratie eine Republik, jede Republik eine Demokratie ist?«

»Genau das.«

Es gelang mir nicht, ihn von dem Unterschied zu überzeugen, obwohl ich ihm einwandte, daß die Bezeichnung demokratische Republik für den deutschen Staat eine Tautologie wäre, wenn der Unterschied falle. Diese Unfähigkeit, etwas zu begreifen, das auf der Hand lag, verdutzte mich, und weil sie mich verdutzte, behielt ich das Gespräch und den Ort, an dem es stattfand. Wir standen in der Dunkelheit auf der Straße, vor einer kleinen Bäckerei, in deren Schaufenster sich eben eines jener Bäckerinnengesichter hineinneigte, deren reine, blühende Gesichtsfarbe vielleicht mit dem Mehl zusammenhängt. Ich sagte mir, daß er kein Demokrat war, obwohl er sich für einen hielt, sondern ein Liberaler vom linken Flügel, der Liberalismus und Demokratie verwechselte. Den Unterschied zwischen unmittelbarer und mittelbarer Demokratie hatte er sich nie klargemacht. Schon der Gedanke, daß es Demokratien ohne Repräsentativsystem geben konnte, war ihm fremd; offenbar hielt er dieses System für den Staat selbst.

»Halten Sie Hitler für keinen Demokraten?« fragte ich ihn.

»Eine solche Frage hat keinen Sinn.«

»Wie aber, wenn er durch ein Plebiszit der Nation gewählt wird und die politischen Geschäfte ihm übertragen werden? Ist das keine Demokratie? Was ist es dann?«

»Niemals eine Demokratie, da keine Kontrolle mehr da ist.«

»Auf die Kontrolle durch ein Parlament kommt dabei nichts an. Wenn die Nation als Souverän handelt und die Geschäfte in eine Hand legt, so ist das ein demokratischer Akt. Aus der mittelbaren Demokratie entsteht eine unmittelbare. Sie wollen das nicht wahrhaben, weil Sie liberal und demokratisch für dasselbe halten.«

»Ich verstehe Sie nicht. Wenn da wirklich ein Unterschied ist, welchen Nutzen kann es haben, ihn deutlich zu machen?«

»Für Sie liegt darin gewiß kein Nutzen. Aber alle Bewegung läuft jetzt auf diese Trennung hin. Der demokratische Wolf wird den liberalen Fuchs verschlingen.«

Er schüttelte den Kopf und verabschiedete sich von mir. Ich dachte an dieses Gespräch hin und wieder zurück; andere, ähnliche Gespräche erinnerten mich daran. Alles drängte auf die Entscheidung zu, und die Zeit kam, in der Gerwin selbst bedrängt wurde.

Einige Monate, nachdem Hitler die Regierung übernommen hatte, besuchte ich ihn in seiner Wohnung und sprach über das, was geschehen war. Er saß stumm da, hörte zu und antwortete nicht. Ich war im Zweifel, ob sein Schweigen auf Vorsicht oder Niedergeschlagenheit beruhte.

»Was ist mit Ihnen?« fragte ich. »Warum sagen Sie nichts? Ich habe gehört, daß Sie denunziert worden sind und daß man eine Haussuchung bei Ihnen gemacht hat.«

»Drei Monate sind vergangen«, antwortete er, »und in dieser Zeit habe ich nicht ein Wort der Kritik gehört. Alle

Menschen, mit denen ich gesprochen habe, waren einverstanden mit dem, was geschehen war. Waren sie es nicht, so taten sie doch, als ob sie einverstanden wären. Ich habe nur mit Begeisterten gesprochen, und ich mußte mir sagen, daß ich der einzige Mensch in dieser Stadt und vielleicht im Lande war, der von dieser Begeisterung nichts spürte.«

»Wie können Sie einen solchen Unsinn glauben?«

»Sie wissen nicht, wie mich Ihre Worte erschüttert haben. Ich habe an allem gezweifelt, an meinem Verstand zuerst.«

Mit Gerwin also fuhr ich zum Schachspiel. Wir fuhren – es war im Vorfrühling – nachmittags mit dem Rade fort und wollten am Abend zurückfahren. Das aber gelang nicht, da plötzlich ein Frost hereinbrach, wie ich ihn kaum je gesehen hatte. An den Baumzweigen und Telegraphendrähten bildeten sich Hülsen von Eis, und die regenfeuchten Straßen überzogen sich mit einer dünnen, spiegelglatten Eisschicht, auf der jede Bewegung unmöglich wurde. Wir glitten aus, stürzten und mußten umkehren. So blieben wir über Nacht, spielten weiter Schach, unterhielten uns und legten uns endlich schlafen. Ich lernte Lottens Familie und sie selbst kennen. In ihrem blauäugigen Gesicht, einem musikalischen Gesicht, wie mir schien, war der wendische Einschlag noch spürbar. Ohne Musik war die Familie nicht zu denken; ich sah, daß sie einfach und in gutem Einvernehmen lebte. Damals und auch später kam mir in der Wohnung der merkwürdige Gedanke, daß in ihr eine ältere Wohnung verborgen sei. Mir war, als ob Haus und Möbel sich unversehens auflösen könnten, als ob dann an ihre Stelle eine Rohrhütte trete und in sie hinein der Bewohner, der jetzt kein Lehrer mehr war, sondern ein schlauer, listig blickender wendischer Fischer mit schwarzen Haaren und geschlitzten Augen. Der

Wind pfiff in Röhricht und Reusen, und das Sorgengesicht sah mich mit spähendem Blick an. Dieses Bild beschäftigte mich, und Lotte schien mir, obwohl sie weder Schlitzaugen noch schwarze Haare hatte, nicht schlecht hineinzupassen. Doch war von Angel und Reuse, sie selbst ausgenommen, im Hause nichts wahrzunehmen, und das Gespräch darin war kein Fisch- und Wassergespräch, sondern ein Lehrergespräch, an dem ich nur höflichen Anteil nahm. In jedem Beruf wird über das Berufsmäßige nachgedacht, und so ging Lottens Vater, ein gescheiter und ehrgeiziger Mann, nicht im Unterricht auf, sondern in den Fragen, die der Unterricht hervorruft. Ihn beschäftigte, wie die Schule verändert und verbessert werden könnte; die Mittel dazu gab er an und war ein fleißiger Mitarbeiter von Zeitschriften. Das Pädagogische, so wie er es abhandelte, lag mir fern. Mir schien, daß die Welt hinreichend mit Lehrern und Schülern versorgt war, und ich spürte kein Verlangen in mir, sie zu vermehren.

Mir prägte sich der Besuch aus einem anderen Grunde ein, denn mich beschäftigte etwas anderes. Ich hatte mich schlafen gelegt und konnte nicht einschlafen; ich hatte die Augen geschlossen und sah mit geschlossenen Augen einen Zug von Gesichtern, von denen eines das andere ablöste. Es war, als ob sie zusammenfließend sich auf der Netzhaut bildeten und wieder vergingen; an solchen Erscheinungen hat der Wille kaum einen Anteil, und ich merkte wohl, daß sie ohne mein Zutun sich herandrängten. Unsere Fähigkeit, einen solchen Reigen hervorzubringen, ist nicht immer die gleiche; wenn wir innerlich bewegt sind, überwach sind oder Fieber haben, wächst sie. Alle diese Gesichter waren fremd und unvertraut, vermochten auch, mich zu überraschen. Lottens Gesicht war nicht darunter. Öffnete ich die Augen, dann verlor sich alles. Worauf, dachte ich, beruht die Ähnlichkeit, die du an ihrem Gesichte wahrgenommen hast?

Wem sieht sie denn ähnlich? Ähnlichkeit ist nichts anderes als Wiederkehr, aber ich suchte vergebens und fand nichts. Vielleicht, sagte ich mir, ist der Zusammenhang ein anderer, vielleicht sind die Bilder aller Neigung, die zwischen den Geschlechtern entsteht, immer da, sind vorgeformt in uns, und wir messen an ihnen ab, was uns ähnlich scheint. Über das Entstehen einer Neigung haben wir wenig Macht; wir folgen Bestimmungen, die älter und stärker sind als wir, folgen Entsprechungen. Ich konnte nicht einschlafen; ein Zustand der Erwartung, der mir immer mehr zusetzte, verhinderte es. Was aber erwartete ich? Nichts anderes, als daß die Zimmertüre sich im Dunkel auf leise, heimliche Weise öffnen und Lotte hereinkommen würde. Zu einer solchen Vermutung berechtigte mich nichts, da nichts auf sie hinwies und kein Einverständnis, keine Verabredung vorlag. Nur eine Begegnung war da, doch schien mir, daß in dieser eine Tür sich öffnete. Nichts war vorgefallen, und ich lag, die Hand unter dem Kopf, wach und lauschte auf das kleinste Geräusch. Das Törichte eines solchen Verhaltens suchte ich mir selbst deutlich zu machen, vergebens aber, da das leiseste Knacken und Knistern im Holz mich beschäftigte. Was das Ohr sonst überhört, die feinen flüchtigen Nachtgeräusche, die als Hauch vorüberziehen, das wurde jetzt nicht nur wahrnehmbar, sondern schien auch eine genaue Folge von Zeichen und Signalen zu sein, die sich näherten. Ich hörte vom Garten her das Klappern einer hölzernen Tür, hörte ein Rieseln in der Wand und einen Treppenton, auch summte es wohl in mir, und in jedem dieser Geräusche wie auch in ihrer eingebildeten Folge war ein deliziöser Klang. Wenn das alles nur ein Wunsch und Traum war, woher kam dann die Gewißheit, die in mir war? Die Neigung, die im Keim vorhanden war, setzte mir plötzlich zu, lebensvoll, aber auch quälend, so daß ich froh war, als die Nacht endete und der

Morgen zu grauen begann. Die Straßen waren noch immer spiegelglatt, wir mußten mit dem Zug zurückfahren, und in der Nüchternheit des Morgens vergingen die Träumereien.

Doch kam ich wieder. Nicht die Enttäuschung, sondern die Erwartung zog mich an den Ort zurück, in die Stadt selbst und in ihre Umgebung, die anmutig war. Durch das Flußtal dort war ich mit meinen Eltern noch trockenen Fußes gegangen, doch war der Fluß jetzt gestaut, und ein langer See füllte den Talgrund, ein reines, tiefes Wasser, in dem gut baden war. Die Helle dort war durch den Spiegel und Widerschein groß, das Licht stark, und unvergessen ist mir das Glücksgefühl, das diese durchsichtige Fläche an heißen Sommertagen in mir hervorrief. Am frühen Nachmittage fuhr ich mit Gerwin hinüber, und Lotte, von unserem Kommen verständigt, fand sich ein. Wir saßen am Ufer, sonnten uns, schwammen und plauderten. Die Ufer waren mit Wald bestanden und der Uferhügel uns gegenüber durch einen Kahlschlag entwaldet, der sich bis ans Wasser herunterzog. Die Waldblöße war ganz mit blühenden Weidenröschen bedeckt. Ich schwamm hinüber, der Herbariumszettel, den ich bei mir trug, fiel mir ein, ich zeigte ihn Lotte und erfuhr von ihr, daß sie ihn geschrieben hatte.

Wenn Gerwin zurückfuhr, blieb ich jetzt da. Der Sommer war schön, wir ruderten auf dem See, streiften durch die Landschaft, aßen in einer Wald- und Wassermühle zur Nacht und saßen auf den Hügeln, welche die Stadt umgaben. Spät in der Nacht fuhr ich dann durch Dörfer und Kornfelder zurück, auf Feldwegen inmitten des blühenden Korns, von dem ein betäubender Duft mir entgegenkam. Wenn ich schnell fuhr, brauchte ich für den Rückweg eine Stunde; er prägte sich mir durch seine Hindernisse ein, durch die Wegrinnen, auf denen Stürze drohten, und die Bauernhunde, die aus den Höfen sprangen und auf mich losfuhren. Stärker noch haftete in mir, daß diese Tage so unversehens endeten, wie sie gekommen waren, und den kurzen Sommer nicht überdauerten. Zu Anfang des Herbstes verreiste ich, und als ich wiederkam, war alles verändert. Das Wetter war kühl geworden, Regen fiel, und an Baden war nicht mehr zu denken. Und nicht nur die Bäder, auch meine Besuche endeten, da Lottes Vater versetzt wurde und die Familie den Ort verließ. Es war, als ob ein Riegel vor die vergangenen Tage gelegt wurde, und dabei blieb es, ein Nachspiel ausgenommen, das ich schon hier erwähnen will.

Jahre darauf, im Kriege, als ich nach Leipzig kam und auf meinen Zug warten mußte, fiel mir ein, ihren Vater zu besuchen. Gerwin hatte mir gesagt, wo er wohnte; von ihm hatte ich auch erfahren, daß Lotte geheiratet hatte. Ich kam von einem Gang durch das Rosental, stieg die Treppen eines Miethauses empor und traf ihn in seiner Wohnung. Sein sorbisches Gesicht fand ich unverändert; er war erfreut, mich zu sehen, und wir hatten ein langes Gespräch, in dem er kein Blatt vor den Mund nahm und seinem Mißmut ungescheut Luft machte. Seiner Überzeugung nach war der Krieg verloren, alles am Ende und an den Fingern abzurechnen, wann der Umschwung und die bessere Zeit kommen werde. Mir fiel dabei ein Spruch ein, den ich kurze Zeit vorher – ich weiß nicht mehr wo – an einer Wand eingerahmt gelesen hatte. Der Spruch hatte sich, durch seine simple Fragestellung wohl, mir eingeprägt und lautete:

Wann kommen denn die beßren Zeiten?
Wann kommen sie?
Sie kommen mit den beßren Leuten.
Wann kommen die?

Weder teilte ich seine Freude über den Verlust des Krieges, noch glaubte ich an seine Terminsrechnung. Damals war Leipzig noch eine unbeschädigte, unzerstörte Stadt; die Bombengeschwader waren noch nicht gekommen, ließen aber nicht lange mehr auf sich warten. Im Kriege aber steckte noch eine Kraft, die vorhielt.

Ich verließ ihn, stieg das Treppenhaus hinunter und hatte dabei, indem ich an das Gespräch dachte, eine kahle Empfindung. Vieles war in diesen Jahren anders, manches enger geworden. Das vernutzte Haus, das ich verließ, kam mir finster vor, die Straße, in die ich noch einen Blick zurückwarf, schmutzig und schäbig. Solche Straßen erhalten sich uns vielleicht durch ihr ergebenes, hoffnungsloses Verwittern; ihre Häßlichkeit ist wahrhaftig, täuscht nichts mehr vor und zeigt nur noch einen Fatalismus, der unbesiegbar ist. Reparaturen, dachte ich, sind in einer Zeit, deren Geschehen unreparierbar ist, nicht zu erwarten, aber auch sie würden nichts bessern. Ehemals hatte die Familie halb ländlich im eigenen Hause gewohnt, der Garten war am Haus und Wald und Wasser in der Nähe. Ich dachte an den See und das helle Licht über ihm, dachte an meine Bäder und Wanderungen, und der Wechsel schien mir ohne Vorzüge zu sein. Im Gespräch hatte ich darauf hingedeutet, aber Lottes Vater wollte davon nichts wissen. Er war im Amt aufgerückt und rühmte die Stadt, in der er besser arbeiten und seinen Neigungen freier nachgehen könne. Mir kam seine gute, fast euphorische Laune merkwürdig vor, um so merkwürdiger, als ein Anfall von Schwermut in mir war, den ich nicht leicht verwand. Bald nun zeigte sich, daß ein Unstern mit dieser Veränderung verbunden war; das Unheil brach unversehens über die Familie herein.

Mein Vater war gestorben, und ich hielt mich bei meiner Mutter auf, als Lotte eines Nachmittags hereintrat. Mir schien sie unverändert und so anmutig wie einst zu sein, doch merkte ich sogleich, daß die Ähnlichkeit in ihrem Gesicht, die mich so beunruhigt und entzückt hatte, nicht mehr da war; ich fand sie nicht wieder. Sogleich erzählte sie mir, daß ihr Vater verhaftet worden sei und sich in Untersuchungshaft befinde.

»Wie ging das zu?« fragte ich.

»Es konnte nicht anders kommen«, sagte sie. »Er war zu unvorsichtig und hat nie auf uns gehört. Wir haben ihn oft genug gewarnt.« Bitterkeit lag in ihren Worten, die sich gegen den Vater richtete. Er war in der Haft sehr abgemagert, wurde unzureichend ernährt und bedurfte einiger Stärkungsmittel, um die sie mich bat. Ich schätzte mich glücklich, ihr diese mitgeben zu können. Als sie ging, sagte sie mir noch, daß ihre Mutter mich um einen Besuch bitte.

Merkwürdig berührte mich dieses Wiedersehen. Es ging mir nach, weil ich nichts darin wiederfand, weil kein Wort, kein Blick an das Vergangene rührte. Sie war betrübt und niedergeschlagen, aber nicht daran lag es, daß wir uns als Fremde gegenübersaßen. Lag das alles so weit zurück, daß es sich überspringen ließ? Indessen war sie doch gekommen und gerade zu mir gekommen; vergessen also war nichts. Klug war sie, klug auf eine Weise, in der mehr Zweifel als Sicherheit lag. Sie mißtraute sich selbst und daher auch anderen. Mir fiel ein, daß ich sie einmal gefragt hatte, was sie sich im Leben am meisten wünsche. »Vertrauen«, sagte sie, und ich behielt die Antwort, da ich eine andere erwartet hatte. Wir saßen in der Dunkelheit unter einem Baum, und ich dachte: sie ist sehr jung und wünscht sich gerade das. Vertrauen kann man sich nicht wünschen, es ist da oder nicht da, und immer kommt man dafür auf, weiß also, wo und wem man vertraut. Auch diese warme Sommernacht unter der alten Eiche, die auf einem Hügel stand, konnte sie nicht vergessen haben.

Ich fuhr nach Leipzig und sprach mit der Mutter. Ein Kellner, welcher Agent der Geheimen Staatspolizei war, hatte den Vater denunziert, der beim Schachspiel im Café unvorsichtige Worte gesprochen hatte. Wie immer bei solchen Beschuldigungen wurde vieles bestritten, doch reichte das hin, was stehenblieb. Die Sache hatte kein gutes Gesicht, und ich sagte mir, daß an eine Entlassung aus der Haft nicht zu denken sei, behielt das aber für mich. Ich blieb bei der Mutter zum Essen. Lotte hatte die Stadt schon verlassen, und ich saß mit ihrer Mutter und Großmutter, einer Neunzigjährigen, am Tisch. Die uralte Frau war leicht wie eine Feder, hatte aber einen guten Appetit und war von einer Heiterkeit, die mich mehr und mehr erstaunte und wie ihr Körper etwas Immaterielles hatte. Mir schien, daß sie ganz wach war, aber von einer Wachheit, die den äußeren Vorgängen nur noch flüchtig sich zuwandte; offenbar ging ihre Heiterkeit aus einem schwerelos gewordenen Erinnern hervor, das sich von allen Aufgaben und Pflichten gelöst hatte. Sie sah nur noch Schatten und Nebel und beklagte sich, daß sie nicht mehr lesen könne.

»Sehen Sie mein Gesicht?« fragte ich.

»Nur eine Helle, einen Schimmer.«

»Das ist so übel nicht.«

»Was?«

»An anderen nur noch den Schimmer zu sehen.«

Sie lächelte dazu und bemerkte, daß sie gut höre und ein genaues Gedächtnis habe. Um mir das zu zeigen, rezitierte sie ein Gedicht, beklagte sich dann aber darüber, daß ihr Titel und Verfasser entfallen seien. Es war das »Zigeunerlied« aus dem »Götz«. Mich belustigte, wie sie das Wolfsgeheul und die Eulenschreie halb unheimlich, halb komisch vortrug.

Mich beschäftigte die alte Frau, und ihretwegen kam ich

wieder. Sie war gesprächig und gab mir zu erkennen, daß ihr das Gespräch mit mir Vergnügen mache. »Ich brauche wenig Schlaf«, sagte sie mir. »Morgens um drei Uhr wache ich auf, und sogleich beschäftige ich mich mit meinen Erinnerungen.« Davon erzählte sie mir einige, darunter ihr erstes Liebesabenteuer, ein Stelldichein auf dem Augustusplatz, das sie mit fünfzehn Jahren gehabt hatte. Es lag weit zurück, fünfundsiebzig Jahre, aber indem sie erzählte, nahm ich wahr, daß die Zeit und der Raum dabei nicht in Anschlag kamen und sie die gleiche erwartungsvolle Freude empfand, die sie damals gehabt hatte. Mich verwunderte ihr wacher, klarer Verstand, verwunderte diese Verständigkeit, die dem Vergangenen zugewandt und doch gegenwärtig war, im Rückblick, der etwas Durchsichtiges hatte. Im hohen Alter, sagte ich mir, treten die Gerüste des Lebens sichtbarer hervor, und so siehst du bei ihr das Gerüst dessen, was sich bewährt hat.

Stärker noch berührte mich etwas anderes. Etwas Mädchenhaftes mag im höchsten Alter wiederkehren; ich habe das öfter wahrgenommen. In dem Gesicht der uralten Frau fand ich Züge wieder, die mich an Lotte erinnerten. Es war die Lotte einer anderen Zeit. Auch der Sommer, der vergangen war, lag weit zurück. Ein Gedicht erinnert an ihn.

Der Kuckuck ruft nicht mehr, der stete Rufer,
Die Weidenrose blüht nicht mehr am Ufer.
Die weiße Samenflocke treibt im Winde,
O daß sie in die gute Erde finde.
Die Blüten sind gepflückt, die grünen Pfühle,
Des Mittags Ruhstatt, schaudern von der Kühle.
Die Tage gehn dahin in Lebensstunden.
Der Sommer ging dahin. Er ist entschwunden.

Ich kehre in die Zwischenzeit zurück, die auch für mich ein Dazwischen war. Als ich nach Berlin kam, war ich mitteilsam und zum Gespräch geneigt. Dann spann ich mich aus dem Gespräch heraus, ich verlor fast die Lust, mich mitzuteilen, und lebte in einer Klausur, die nicht erzwungen, sondern freiwillig war. Wer hat nicht die Erfahrung gemacht, daß er das preisgeben muß, was er gesichert glaubte? Die Sicherheit schwindet, aber vielleicht wächst sie wieder an, so wie Boden anwächst, der in starker Bewegung ist. Um jeden Fuß festen Bodens müssen wir uns herumschlagen, und die Ermüdung, die Mutlosigkeit bleibt nicht aus. Doch war ein Vertrauen in mir. Die Araber sagen: Allah hat die Tore des Brotes für jeden geöffnet, und dieser Satz leuchtete mir um so mehr ein, je weiteren Umfang ich ihm gab. Wenn es sich nicht so verhielte, würden wir nicht leben können; wollen wir bestehen, so muß die Welt zunächst Nahrung für uns sein.

Auch sagte ich mir wieder, daß derjenige, der sich polemisch verhält und auf Verneinungen festlegt, das schlechte Spiel behält; er bestimmt nicht das Gespräch und hat nicht einmal eine eigene Sprache. Über dergleichen Verhältnisse werden wir langsam belehrt, und das Lehrgeld bleibt niemandem erspart. Wer nicht in Verneinungen steckenbleiben will, der muß schweigen und einen Kreis eigener, selbständiger Gedanken bilden.

Nicht das, was um mich vorging, bestimmte die Dauer meines Aufenthalts in Berlin. Aber als Ernst fortging, als seine Nähe, sein Gespräch, die mir in diesen Jahren nie gefehlt hatten, nicht mehr waren, erlosch viel von der Teilnahme, die ich spürte, solange er in der Stadt war. Niemand war da, der mir dieses Gespräch hätte ersetzen können, das nicht nur die gemeinsamen Erinnerungen umfaßte, sondern auch das Entstehen, den Gang aller Erfahrung und Wahr-

Ernst geht weg

nehmung, die wir machten und austauschten. Das Gespräch war fortlaufend und zusammenhängend; hätten wir darüber Buch geführt, so wäre der Zug aller Neigung von einer frühen Zeit an im Spiegel darin gewesen. Bei ihm durfte ich sicher sein, daß das Gespräch niemals ein Vorwand war, daß nichts Fertiges darin steckte, daß es immer die Bewegung enthielt, in der er begriffen war. Diese Bewegung trieb uns oft durch die ganze Stadt zueinander. Ihm entgingen die feinen, schwer wahrnehmbaren Erschütterungen nicht; er fand neue Bilder, neue Begriffe dafür, die sich einprägten. In seinem Sehen war eine Genauigkeit, die er selbst stereoskopisch nannte. Nicht von der Seite her wollte er sehen, sondern rund. So schien mir, daß in seinem Sehen, seiner Sprache eine doppelte Bewegung lag, die zugleich in Wurzel und Krone ging. Sehen ist eine Lust; wer sieht, der lebt schon in einer neuen Welt. Aber so sehen wenige. Wichtig ist, daß wir uns mit Lebendigem beschäftigen; darin allein liegt die wahre Genauigkeit. – Jetzt endeten die Gänge, die wir in der Stadt, die Wanderungen, die wir in ihre Umgebung machten. Nie waren diese Gänge ohne Fund; der Gang begleitete das Gespräch, das Gespräch den Gang. Wir waren eingeübt, waren vertraut miteinander und brauchten keine Brücken, um uns zu verstehen. Eine Geste, ein Wort genügten; ich könnte dafür viele Beispiele geben und will eines hierhersetzen. Ich ging einmal auf einem Feldweg mit ihm, in einem Gespräch über Sprache und Satz, wobei er nach seiner Art anhielt und sich bückte, um ein Insekt, eine Blüte, einen Stein zu betrachten oder ein Blatt zwischen den Fingern zu zerreiben und daran zu riechen.

»Der Satz«, sagte ich ihm, »darf kein Ergebnis sein, mit dem du Schluß machst. Tust du es, wird er stumpf und klanglos. Die Bewegung in ihm muß fortdauern.«

»Das ist nur zu erreichen«, antwortete er, »wenn er für

das Ohr wiederkehrt und eine Figur wird, die sich in ihm erhält.«

»Ja, er muß rhythmisch werden. Das Ohr muß ihn berühren können, so wie der Stab Gläser und Metalle berührt, die ihren Ton mit sich führen und zu klingen beginnen.«

Sätze

»Dazu mußt du die gemeine Richtigkeit des Satzes aufheben, seinen voraussehbaren, berechenbaren Gang.«

»Es reicht also nicht hin, mit Sätzen zu argumentieren, wir müssen in ihnen auch atmen können. Ein guter Satz ist voller Duft.«

Er antwortete mir nicht, blieb stehen, beugte sich zu den Büschen von blühendem Besenginster, die am Weg standen, und fächelte den Duft mit der Hand zu sich her. »Leguminosen«, sagte er. »Das ist eine Welt. Wer darin sein könnte.«

Schwer ist zu sagen, was mich an dieser Bewegung ergriff. Solche Abschweifungen oder, um es genauer zu sagen, Analogien haben mich immer entzückt. In seinem Fächeln war etwas Öffnendes, und einen Augenblick sah ich, daß eine Tür da war, die in diese Leguminosenwelt hineinführte. Mimosen, Akazien, Ginster, Korallenbäume, Bohnen, Erbsen, Wicken und tausend andere Pflanzen standen darin, Pflanzen, welche Wurzelknöllchen bildeten und ihren Samen in Schoten und Hülsen ausreiften. Ihre Blüten rochen nach Honig, Kumarin und Bock, hatten viele Düfte, in denen allen etwas gemeinsam war. Legumen war darin, und legumen war für mich etwas Kenntliches; mit geschlossenen Augen, am Duft allein konnte ich herausfinden, daß ich eine Leguminose vor mir hatte. Wie aber ging das zu, daß er durch eine Bewegung der Hand dieses alles in mir heraufbeschwor? Ein Überfluß war da, an den ich nicht gedacht hatte, den diese Bewegung mir zuführte.

Als er fortgezogen war, fand ich mich allein mit meinem Bruder Hans, der in Berlin sein Studium beendete und zu mir zog. Wir lebten in unserer gemeinsamen Wohnung ganz abgeschieden und öffneten nur wenigen Besuchern unsere Tür. Unter ihnen war eine junge Malayin, nicht die gleiche, die ich im Botanischen Garten mit der Papayafrucht gesehen hatte, aber ein ebenso zartknöchliges, zierliches Geschöpf, die Freundin eines der jungen Physiker, die mit Hans zusammen waren, eine Javanerin. Sie sprach recht gut Deutsch; ich ließ mir von ihr malayische Vokabeln sagen und fragte sie nach dem Hang Tuah, einer Geschichte, die mich beschäftigt hatte.

Hin und wieder ging ich ins Physikalische Institut, in dem Hans bis tief in die Nacht hinein an seinen Apparaturen und Meßinstrumenten arbeitete. Ein ganzes Zimmer war mit dem Gestänge erfüllt, in dessen Röhren sich Helium, Krypton, flüssige Luft und Quecksilber umtrieben. Die Apparatur war mit einer photographischen Kamera verbunden, welche Spektrenaufnahmen machte, und während Hans mit seinen Aufzeichnungen beschäftigt war, sah ich ihm zu und horchte in die stille Nacht hinaus. Eine Empfindung des Losgelöstseins stieg da in mir auf, in der alles zu schweben begann. Das Zimmer, ein Laboratorium, schien mir nichts Räumliches mehr zu haben, schien nur noch ein Modell des Bewußtseins zu sein. Und auch die Stadt, die im Schlaf lag, wurde zu einem solchen Modell, das mich Jahre hindurch beschäftigt hatte, jetzt aber an Schwere verlor, sich ablöste und sich entfernte. Diese Empfindung begleitete mich, wenn ich mit ihm in die Kolloquien der Physiker ging und mir die Vorträge und Diskussionen anhörte, zu denen auch der alte Planck noch erschien. Nachts durchwanderten wir die Altstadt und streiften am Ufer der schwarzen Spree entlang.

Er war nicht nur ein guter Mathematiker, sondern auch,

was oft zusammengeht, musikalisch, dazu ein Liebhaber und eifriger Leser von Märchen, von denen er eine stattliche Sammlung zusammengebracht hatte, die mir zugute kam. Mir schien, daß ihm, der mit quantitativen Größen beschäftigt war, diese Lektüre unentbehrlich wurde, daß er in ihr eine Türe hatte, die ihn aus der Welt exakter Messungen in die Traumwelt hineinführte. Vielleicht ist, schwer ergründbar für uns, zwischen der Theorie der Zahlen, die ihn beschäftigte, und dem Märchen ein Zusammenhang, so fern sie in ihrer Genauigkeit auch voneinander liegen. Ich entsinne mich, daß wir damals die Geschichte vom Hauptmann Raggad, dem Bergspalter, lasen und daß sie uns viel Vergnügen machte. Von diesem Hauptmann wird zu Anfang gesagt: »Seine außerordentliche Gefräßigkeit war kaum zu ersättigen, und der Schrecken, den er aller Welt einjagte, hielt die für seine Bedürfnisse nötigen Hilfsquellen von ihm fern.« In diesem Satz steckt schon die ganze Geschichte, einschließlich der Anwendungen, die sie nahelegt. Für die, die sie nicht kennen, sei hinzugefügt, daß Raggad, Besitzer eines gefeiten Schwertes, mit dem er das Härteste spaltet, eine kleine Schar zusammenbringt, die über seltsame Künste verfügt. Einer kann Flüsse austrinken, der andere Feuer ausatmen, der dritte Wolken zur Entladung bringen, der vierte windschnell laufen, der fünfte unbegrenzt weit schießen, der sechste donnerartig trommeln, der siebte riesige Lasten tragen, der achte ein winziges Beutelchen zum Riesenzelt aufblasen. Diese unüberwindlich scheinende Schar tut sich zu Raub und Plünderung zusammen und rückte gegen einen mächtigen Befehlshaber ins Feld. Ein Weiser berät ihn und findet die Mittel gegen solche Künste. Das Schwert spaltet zwar das Diamantharte, versagt aber gegenüber einem alten, verschimmelten Käse, der als Helm dient. Gegen das Feuer wird Wasser verwendet, gegen den Trommler Watte in die

Ohren gesteckt, gegen den Wolkenentlader geht man mit Scheren vor und zerschneidet den Faden, an dem er in die Wolken hinaufsteigt. So gelingt es, Raggad und seine Gefährten durch Mittel zu vernichten, die von den üblichen abweichen, ihren Zauberkünsten aber überlegen sind.

Mehr und mehr zog es mich aus der Stadt hinaus; ich verließ sie für immer längere Zeit und kehrte für immer kürzere in sie zurück. Ein Ausflug an den Wannsee, ein Besuch, den ich Kleists Grab machte, kommt mir wie der Abschied von Berlin vor. Ich war dort an einem Ostertage und Frühlingstage, der so blau war wie die blau blühenden Szillen, von denen ich das Grab ganz bedeckt fand. Eine davon pflückte ich und legte sie in mein Exemplar der »Berliner Abendblätter«. Berlin lag hinter mir, und das, was ich zu Anfang sagte, wiederholte sich. Ich verlor nicht das Empfinden, daß ich in einem Wendepunkt lebte, im Übergang, in einem Provisorium, das kein festes Einrichten duldete. Durch Zustände, in denen alles Bessern und Flicken nicht mehr hilft, müssen wir hindurch. Wohin aber und worauf zu? Niemand weiß es, und doch arbeitet jeder an Veränderungen. Die Zukunft ist immer schon da, ist in uns vorhanden, da wir auf sie angelegt sind, obwohl sie nicht deutlich ist und unser Weg nicht vorweggenommen werden kann. Wenn ich ganz blind gewesen wäre, hätten mich doch die Menschen, die ich kennenlernte, darüber belehren müssen.

Elise, die sich unsichtbar gemacht hatte, tauchte unversehens wieder auf. Ich traf sie auf einem Gang durch die kleine Stadt und sah sie bald darauf wieder. Mir schien, als ich mit ihr sprach, daß sie sich verändert hatte und reifer und weiblicher geworden war; etlicher Kummer, den sie gehabt hatte, mochte dazu beitragen. Ihre Munterkeit wurde dadurch noch anziehender. Sie schrieb mir und bat mich, wenn ich nach Leipzig komme, sie dort zu besuchen. Ich fuhr hin und traf sie als Schülerin einer Schauspielschule. Nicht ohne Mühen und Kämpfe hatte sie ihren Wunsch durchgesetzt, die Zustimmung ihrer Mutter und ihrer Verwandten erhalten und sich ein kleines Zimmer in Leipzig gemietet, in dem sie arbeitete. Sie ging in ihre Stunden, lernte im Zimmer ihre Rollen, nahm Reitunterricht und schien mir unermüdlich fleißig zu sein. »Ich habe nun Ernst gemacht«, sagte sie mir, »und hatte es nicht leicht dabei. Als ich von zu Hause fortging, habe ich alles hinter mir gelassen, habe niemandem etwas gesagt und mich hier mit meiner Arbeit eingeschlossen. Verstehst du das?«

»Sehr gut«, sagte ich.

»Du trägst es mir nicht nach, nicht wahr? Es hat dich nicht verletzt?«

»Wer weiß. Du stellst mir recht listige Fragen.«

»Listige?«

»Wenn ich dir sage, daß es mich ganz gleichgültig ließ, würde dich das nicht verletzen?«

»Gewiß«, antwortete sie lächelnd. »Aber ich erwartete auch nicht, daß du es sagen würdest.«

Ich sah, daß sie eben mit dem »Pygmalion« von Shaw beschäftigt war; sie trug mir ein Stück ihrer Rolle daraus vor, und ich merkte, daß sie Fortschritte gemacht hatte. Die Rolle paßte zu ihr. Mir gefiel das alles, ihr Fleiß und Eifer, der zugleich wache und heitere Blick, mit dem sie mich ansah; offenbar war diese Zeit der Vorbereitung eine gute Zeit für sie. Ihr freudiges Gefühl teilte sie jedem mit; sie lebte ganz bescheiden und hielt sich und ihre Umgebung, wie mir schien, auf eine fast blütenhafte Weise sauber. Ich kam wieder, sah sie auch, wenn sie nach Hause fuhr und ihre Mutter besuchte. Sie war schon am Ende ihrer Ausbildung, die mit einer Prüfung abschloß, und eines Tages fragte sie mich, ob es mir nicht möglich sei, nach Weimar zu fahren, wo die Prüfung stattfinden sollte, um sie dort zu treffen.

»An der Prüfung werde ich nicht teilnehmen können«, sagte ich. »Hast du Angst?«

»Nein, aber ich möchte dort nicht allein sein. Es wäre eine Hilfe und Erleichterung für mich, wenn ich dich dort sähe.«

So traf ich sie in Weimar, an einem März- und Vorfrühlingstage. Die Prüfung war für den nächsten Morgen angesetzt; ich ging mit ihr in den Park, ging über die Ilm und zeigte ihr Goethes Gartenhaus. Es dämmerte, die Sterne kamen, und die Eulen riefen im Park. »Kannst du deine Rolle?« fragte ich sie.

»Am Schnürchen.«

»Und du hast immer noch keine Angst, hast kein Lampenfieber?«

»Nein, ich spüre das nie.«

In Weimar war ich mit meiner Mutter gewesen, die oft hinfuhr, magnetisch angezogen durch den Ort und seine Umgebung. Zeit ihres Lebens war sie eine Goethe-Leserin; für sie war dies alles ein geweihter Bezirk. Mein Vater nahm an diesen Reisen nicht teil; allenfalls fuhr er bis Jena mit und ging dort in die Werkstätten von Zeiß, um Mikroskope und astronomische Instrumente zu betrachten. Wir fuhren dann weiter und blieben einige Tage in Weimar, gingen durch die Stadt und in den Park, waren in Belvedere und Tiefurt. Hanna begleitete uns, auch Ernst war einmal dabei, und wir fuhren da mit einem Pferdegespann von Weimar nach Ettersburg und zurück. Mir war bei diesen Besuchen der Tiefurter Park lieb geworden, der am Wasser der Ilm liegt, ländlich einfach ist, leicht ansteigt, dann einen weiten Blick in die Landschaft gibt. Ein unerwarteter Zustrom von Licht, Luft, Himmelsraum und ferner Landschaft ist da, eine Offenheit, die mich beim ersten Sehen überrascht hatte und eine Bewegung in mir hervorrief, die nachwirkte. Ich mochte auch jetzt nicht fortfahren, ohne den Park gesehen zu haben, verabredete also mit Elise, daß wir nach Tiefurt hinausgehen wollten.

Als sie am nächsten Morgen von der Prüfung zurückkam und ich sie fragte, wie alles ausgegangen sei, sagte sie: »Gut. Aber sprechen wir jetzt nicht mehr davon; ich habe das hinter mir.« Ich sah, daß sie nachdenklich war, machte mir auch Gedanken darüber, ließ aber die Prüfung Prüfung sein und ging in die Stadt mit ihr. Sie blieb zerstreut, schweigsam, raffte sich aber endlich auf und sagte mir: »Ich wollte dir nicht die Laune verderben. Aber es ist töricht, wenn ich es jetzt nicht sage. Ich bin durchgefallen.«

Ich sah sie an, verblüfft durch ihr Geständnis, und ein Lachreiz ergriff mich, der nicht am Platz war, dem ich aber nicht widerstehen konnte. Offenbar erleichterte es sie, daß ich lachen mußte; ihr Gesicht erheiterte sich, und sie sah mich mit einem Spitzbubenlächeln an.

»Das alles ist nicht so schlimm, nicht wahr?« fragte sie.

»Du mußt es mir genau erzählen«, sagte ich. Sie gab mir einen Bericht über den Verlauf der Prüfung, wiederholte die Fragen, die ihr gestellt worden waren, und ging auch auf die Rollen ein, die sie hatte hersagen müssen. »Ich weiß nicht, warum ich durchgefallen bin«, sagte sie. »Ich habe die Fragen alle beantwortet, und mir scheint, daß ich auch die Rollen gut gesprochen habe.«

»Vielleicht warst du schon durchgefallen, als du hierherkamst. Es hat den Anschein, daß sie die Schüler mechanisch sieben.«

»Fast möchte ich es auch glauben. Aber was soll ich jetzt tun?«

»Darüber brauchst du dir keine Gedanken zu machen.

Solche Prüfungen sind doch Unfug, und es ist ganz gleichgültig, ob man sie besteht oder durchfällt. Entweder kannst du spielen oder du kannst nicht spielen. Kannst du spielen, brauchst du keine Prüfung. Kannst du nicht spielen, hilft dir keine Prüfung. Siehst du das ein?«

»Ja, aber meinst du nicht, daß mir das nachteilig wird, wenn ich mich um eine Rolle bewerbe?«

»Nein, niemand wird sich darum kümmern.«

»Ich war erst traurig und niedergeschlagen und wollte dir das verheimlichen. Laß uns jetzt nicht mehr davon sprechen. Mir ist wieder ganz wohl zumute.«

Wir gingen nun durch den Webicht nach Tiefurt hinaus. Wahrscheinlich, sagte ich mir, als sie neben mir ging, ist ihr dieser Tag verdorben. Sie hat sich abgemüht, hat angestrengt gearbeitet und sieht jetzt, daß sie nichts erreicht hat. Das muß sie beschäftigen. Ihr munteres Gesicht ist wohl nur deinetwegen da. So aber war es nicht, und ich erkannte erst jetzt, wie elastisch sie war. Mehr und mehr verwunderte mich ihre unbefangene Fröhlichkeit, die von einer so widrigen Erfahrung unberührt blieb. Als wir im Park waren, summte sie vor sich hin und begann zu singen. Ich entsinne mich, daß wir am Ufer der Ilm saßen, auf das Wasser sahen, und daß ich sie fragte: »Wie ist dir jetzt zumute?«

»Ganz leicht«, antwortete sie. »Das ist ein schöner Tag. Ich kann mich an keinen schöneren erinnern.«

Bald darauf trat sie in eine Wanderbühne ein, die mit ihren motorisierten Wagen im Lande umherzog. Unsere Wege trennten sich wieder, ich hörte lange nichts von ihr, erhielt aber im Herbst einen Brief von ihr, in dem sie mich fragte, ob ich sie nicht besuchen könne. Ihr Brief kam aus dem Hessischen, aus einem Dorf bei Hanau; ich fuhr also über

Frankfurt nach Hanau und ging von dort durch einen Wald, der in der Ebene lag, nach dem Dorf. An Bäumen und Häusern sah ich schon die Anschlagzettel der Bühne, auf denen ein Lustspiel angekündigt wurde. Elise hatte sich bei einem alten Tischlerehepaar eingemietet, und die Leute, die ihr gewogen waren, empfingen mich mit großer Herzlichkeit. Das Dorf war, weil es den Edelsteinschleifern, die darin wohnten, an Beschäftigung fehlte, arm daran, und auch der Tischler spürte das an seinen Aufträgen. Doch setzte uns seine Frau ein Huhn vor. Ich sah mir nun die Wagen der Bühne an, die hier ein Standquartier hatte, von dem aus sie in die Umgebung fuhr und in den Dörfern spielte. Dann ging ich mit Elise in die Feldebene hinein. Wir setzten uns an den Rand eines Gebüschs, und ich fragte sie, welche Erfahrungen sie gemacht habe und wie es ihr unter den fahrenden Leuten gefalle.

»Nicht gut«, antwortete sie. »Es ist immer Streit und Neid unter ihnen. Ich verstehe das nicht. Warum können sie nicht ihre Arbeit tun und in Frieden leben?«

»Vielleicht ist das schwieriger als das Spielen. Du spielst doch gern?«

»Ja, das Spielen macht mir Freude. Ich habe auch einen gewissen Erfolg damit; die Leute sehen mich gern und sagen mir das. Aber ich habe niemanden, mit dem ich sprechen kann. Jeder sucht in mir nur einen Bundesgenossen gegen die anderen. Ich mische mich nicht ein, und die Folge ist, daß ich, wenn ich nicht spiele, allein in meinem Zimmer hocke.«

»Hast du keine Freundin?«

»Nein, niemanden. Ich kann nicht einmal frei sprechen und muß vorsichtig sein. Das ist schlimm, aber was soll ich tun?«

»Du könntest doch fortgehen.«

»Ja, aber meinst du nicht, daß es anderswo ebenso ist?«

»Vielleicht.«

»Ich sage mir das auch. Und es gibt Schlimmeres; ich halte das gut aus. Auch muß ich arbeiten, wenn ich mich wohl fühlen soll. Und ich weiß nicht, wohin ich gehen könnte. Es gibt jetzt viele Schauspieler, die arbeitslos sind.«

»Worüber streiten sie denn?« fragte ich.

»Über alles. Es ist traurig und lächerlich zugleich. Sie mögen sich eben nicht.«

»Dann taugt euer Direktor nichts.«

»Er taugt schon deshalb nichts, weil er sich in den Streit einmischt, anstatt Frieden zu stiften. Laß uns von etwas anderem sprechen.«

Am Nachmittag ging ich nach Hanau zurück, sie begleitete mich ein Stück des Weges, und als wir Abschied voneinander nahmen, merkte ich, daß sie trübe Gedanken hatte. So wie sie dastand, kam sie mir verlassen vor. »Es ist nicht alles so, wie du es erwartetest«, sagte ich zu ihr. »Geh weg, wenn es dir zu schwer wird.«

»Ich will sehen, wie lange ich es aushalte«, antwortete sie. Ich bat sie, die Tischlerleute von mir zu grüßen und ihnen meinen Dank zu wiederholen. »Der Empfang war herzlich und das Huhn gut.«

»Ja, es war ihr Sonntagshuhn, das sie uns zum Anschnitt überließen.«

»Was sagst du da?« Ich war betroffen, und sie merkte es.

»Du brauchst dir darüber keine Gedanken zu machen. Es ist genug für sie übriggeblieben. Zudem ist das alles von mir geregelt worden.«

»Damit ist nichts getan. Ich werde ihnen etwas schicken.«

»Es ist gewiß nicht nötig. Ich habe sie dafür entschädigt.«

Aber das unglückselige Huhn oder sein Knochengerüst ging mir nach, als ich durch die Feldebene weiterging; ich vergaß es nicht. Und da ich bemerkt hatte, daß der Tischler rauchte, schickte ich ihm eine Kiste Zigarren.

Welche Straßen die Wanderbühne weiterzog, weiß ich nicht, hörte auch nichts von Elise darüber, bis sie mir im Winter aus dem fernsten Schlesien eine dringende, verzweifelte Nachricht zukommen ließ. Aus ihr entnahm ich, daß das Unternehmen ruiniert und zusammengebrochen war. Offenbar war es an seinem eigenen Unfrieden zugrunde gegangen. Die Schauspieler saßen mittellos auf der Straße, und Elise fand sich am fremden Ort, unter fremden Leuten, ohne einen Pfennig Geld in der Tasche. Ich löste sie aus, so daß sie zurückkehren konnte, und damit war ihre Probezeit beendet; sie wurde Schauspielerin an einem städtischen Theater und bekam ein festes Engagement.

Als ich sie nun an ihrem neuen Ort, in Dessau, besuchte und in die Stadt hineinging, begegnete mir zunächst, hinter den Glasscheiben der Geschäfte, ihr Bild. Abgebildet war sie in der Rolle, die sie in einem Lustspiel spielte, und aus dem Text darunter und beigehefteten Zeitungsausschnitten sah ich, daß sie gefiel, ihr Publikum gefunden hatte und schon ein Liebling, wenn nicht der Stadt, so doch der Theaterbesucher geworden war. In übermütigen Stellungen war sie da abgebildet, in Drehungen und Wendungen, die ihre Geschmeidigkeit zeigten, und auch in solchen, in denen sie ihrem Partner eine Nase drehte oder ihn sonstwie abfertigte. Mir gefielen diese Bilder, weil ihre Spielfreude unverkennbar war, doch hatte ich eigene Empfindungen dabei. Hier muß ich sagen, daß ich sie nie spielen sah und auch kein Verlangen hatte, sie spielen zu sehen. Das mag seltsam scheinen, doch kam es für mich nicht in Anschlag, ob sie eine gute oder schlechte Schauspielerin war. Mir war zwar in diesem Augenblick nicht unlieb, daß sie Erfolg hatte, und ich sah das ihretwegen gern, aber weder Erfolg noch Mißerfolg hätten meiner Empfindung für sie etwas wegnehmen oder hinzusetzen können. In ihr war, was diesen Punkt anlangte, ein Zartgefühl, das mir zu denken gab. Sie äußerte nie den Wunsch, daß ich eine Vorstellung, in der sie auftrat, besuchen möge, und ich kam zu der Überzeugung, daß sie meine Anwesenheit scheute, nicht weil sie befürchtete, dann zerstreuter oder schlechter zu spielen, sondern aus einem anderen Grunde. Zwar sang sie ganz unbefangen, wenn ich eine Melodie von ihr wünschte, rezitierte mir auch ebenso unbefangen aus ihren Rollen, doch war nie ein Zuschauer oder Zuhörer dabei. Offenbar machte sie einen Unterschied, ob wir allein waren oder ob sie vor anderen spielte. Meine Vermutung war, daß diese Unterscheidung tief gründete, genauso tief wie ihr Wunsch, daß nicht ihr Spiel, sondern sie selbst mich beschäftigen möge. Ein Vorgang, den ich erwähnen will, bestärkte mich darin. Eines Abends, als ich zu Besuch bei meinen Eltern war, ging ich den Berg hinunter und sah, daß auf den Wiesen am Fluß ein Zelt aufgeschlagen war. Ich wußte nicht, was für ein Fest gefeiert wurde, ging aber in das Zelt hinein, das mit Menschen gefüllt war, und sah jetzt, daß sie allein auf einer freien Fläche tanzte. Sie tanzte gut, ich sah ihr mit Vergnügen zu, doch plötzlich, als sie mich entdeckte, brach sie mitten im Tanz ab, floh von der Tanzfläche und versteckte sich unter den Zuschauern, die ihr Beifall klatschten und sie vergeblich aufforderten, weiterzutanzen.

Ich traf sie nachher, und nie fand ich sie so verlegen wie da. »Hätte ich gewußt, daß du da warst, hätte ich nicht getanzt«, sagte sie.

»Was ist dabei?« antwortete ich. »Du tanzt gut, ich habe dir mit Vergnügen zugesehen.« Aber das Lob beseitigte ihre Verlegenheit nicht. Sprach ich mit ihr über ihren Beruf, so hatte sie das gern und hörte aufmerksam zu. Ich entsinne mich eines Gesprächs, in dem ich ihr sagte, daß die Art, in der die Schauspieler Verse rezitierten, mir wenig gefalle und daß kaum Schauspieler zu finden wären, die ein Gedicht angemessen lesen könnten. Sie fragte mich nach dem Grunde. »Es kommt daher«, sagte ich ihr, »daß sie in das Gedicht etwas hineinbringen, das nicht hineingehört, Mimik, Gesten, Handlung, einen Effekt. Sie sind gewohnt daran, Zuschauer zu haben, und so bringen sie den Zuschauer ins Gedicht hinein. Aber das Gedicht hat keinen Zuschauer.«

Mir schien auch, daß sie das verstand. »Ich habe darüber nie nachgedacht«, sagte sie, »aber ich habe immer gespürt, daß zwischen dem Rezitieren eines Gedichts und einer Rolle ein Unterschied ist.«

Als ich sie jetzt wiedersah, war sie froh gestimmt; ich merkte ihr an, daß sie sich in ihrer Umgebung wohl fühlte, in ihrer Arbeit glücklich und stolz auf die Anerkennung war, die sie gefunden hatte. Ein Überschuß von freudiger Bewegung war in ihr. Ich sagte schon, daß sie ganz uneigennützig war. Recht bittere Erfahrungen lagen hinter ihr, und doch war, als sie neben mir ging und davon erzählte, in ihren Worten keine Spur von Erbitterung, war nichts darin, was einen anderen anschuldigte. Grund dazu war vorhanden, und so beschäftigte mich an ihrem Bericht, daß sie alles Mißgeschick ihrer eigenen Unerfahrenheit zuschrieb und es als Lehrgeld betrachtet wissen wollte. Sie lachte über ihre Abenteuer, aber ich sagte mir da, daß ein ehrlicheres und rechtschaffeneres Geschöpf schwer zu finden war.

»Was soll ich dir hier zeigen?« fragte sie.

»Nichts, ich bin ja gekommen, um dich zu sehen. Aber wenn es dir recht ist, laß uns nach Wörlitz fahren und in den Park gehen. Ich war nie dort.«

An dem Tage, an dem wir in Wörlitz waren, traf vieles zusammen, das ihn mir unvergeßlich machte. Es war ein warmer, blauer Tag gegen Anfang Juni, an dem alles Laubwerk noch frisch und die Blüte reich war. Nie in meinem Leben hatte ich so viele Nachtigallen zugleich schlagen hören wie hier; sie sangen in allen Büschen, und wir gingen von Busch zu Busch, um die beste Sängerin herauszufinden, genauer gesprochen den besten Sänger, denn nur die Männchen singen. Die guten wechseln und verbinden ihre Motive oder singen Reihen von Flötentönen; manche bringen es darüber hinaus zu einem Krescendo, das sehr wohllautend ist. Der Gesang steigt von unten nach oben, denn die Nachtigall ist eine Erdsängerin. Wer sie singen hört, der kann sich der Überzeugung nicht entziehen, daß dieser Gesang sie vollkommen beglückt; es hört sich oft so an, als ob sie in sich hineinsänge und die Wiederholungen für sich wiederholte und auskostete.

Zunächst spürte ich, als wir uns im Park verloren, daß ein Druck von mir wich, ein Druck, der so beständig oder gleichmäßig verteilt war, daß ich ihn erst merkte, als er verschwand. Die Gewohnheit ist eine zweite Schwerkraft. Wieviel Enge und Druck ist nicht in den Gewölben von Zeit und Raum, die auf uns lasten. Viel Finsteres lag in den vergangenen Jahren. Und doch, sagte ich mir, ist auch daran deine Einbildung beteiligt; du bist nicht leicht und stark genug, um diese Last zu heben. Pistors Briefe fielen mir da ein, aber auch der Abend in Venedig und der darauffolgende Morgen, an dem ich den blühenden Baum sah. Hebt sich das Netz einmal, dachte ich wieder, dann verändert und verwandelt sich alles. Ich dachte auch an Tiefurt.

Liegt etwas daran, daß eine große Fläche der Nutzung entzogen wird, daß die Bäume darauf nicht umgehauen werden und der Boden nicht beackert und mit Feldfrüchten besät wird? Gewiß daran, daß dem täglichen, alles verschlingenden Konsum etwas entzogen wird, daß etwas von ihm unberührt bleibt, liegt viel. Müssen wir nicht von allem Gebrauch machen, und richten wir uns nicht so in der Welt ein, als ob sie für unseren Gebrauch allein geschaffen wäre? Ja, aber nicht in dieser Notwendigkeit steckt unsere Muße und Freiheit. Ich kannte die mächtige Bewegung schon, die ein schöner Park in mir hervorrief; sie war immer weit stärker als die des schönsten Gartens. Ich dachte darüber nach und sagte mir, daß sie zunächst von der Verminderung der Nutzung und der Vergrößerung des Spielraums ausgehe. Raum, der nicht verrechnet wird, und Zeit, die nicht dem Uhrgang unterstellt wird, sind nicht leicht mehr zu finden. Geh also dorthin, wo sie noch zu finden sind, und du wirst wahrnehmen, daß ein Glück sich dort verbirgt und daß du freier zu atmen beginnst. Solche Anlagen entwirft kein Mensch, der eng und bedrängt lebt, deshalb gelingen sie heute kaum noch. Einen Baum ins Licht zu stellen, ihn um seiner selbst willen wachsen zu lassen, das setzt schon ein freies Auge voraus. Mächtige Eichen standen hier, alte Wetterbäume, deren Kronen Lichtgesetzen folgten. Solitäre Bäume waren das, nicht gleichmäßig in einem Forst gewachsen, sondern jeder anders und nach eigenem Gesetz im frei zugemessenen Spielraum. Wasser waren da, lautlos, dunkel und daher reich an Spiegeln. Bald gingen wir in dichten Laubkammern, bald öffneten sich Fernsichten. Der Blick geht auf Flußauen und Gärten.

Elise ging bald neben mir, bald tanzte sie vor mir her und suchte die Triller der Nachtigallen nachzuahmen. In ihr war zuviel eigene Bewegung, als daß sie hätte Schritt halten können.

»Wie denkst du?« sagte ich zu ihr, »wenn wir beide in Vögel verwandelt würden und hier unseren Wohnsitz nähmen, würde dir das gefallen?«

»So wie es ist, gefällt es mir besser«, antwortete sie.

Sie konnte nicht wissen, was in mir vorging. In mir war das Gefühl einer Verwundung zugleich mit der Überzeugung, daß sie heilte. Dieser Tag heilte etwas in mir. Solche Tage sind selten, doch schien mir, daß einige, auf ein ganzes Leben verteilt, hinreichten, um uns nicht verzweifeln zu lassen. Wir streiften so lange durch den Park, bis wir ganz ermüdet waren. Ich trennte mich schwer von ihm, sagte mir auch, als wir zurückfuhren, daß ich ihn so wie an diesem Tage nur in der Erinnerung wiedersehen würde.

Mir öffnete sich jetzt, da Ernst nach Goslar gezogen war, der Harz wieder, in den es mich immer hinzog. In meiner Neigung für ihn mag manches Vererbte sein, da schon mein Großvater in ihm wanderte und mein Vater eine Vorliebe für den winterlichen Brocken hatte, die er oft äußerte. Sprach er an Wintertagen davon, wie schön es jetzt auf dem Gipfel sei, wenn unendlicher Schnee niedergehe, der Sturm um das Brockenhaus und die Teufelskanzel fege und die Luft vom Sausen und Heulen der Windsbraut erfüllt sei, so lag darin jenes Behagen, das in festen, wohnlichen Häusern zunimmt, wenn es draußen elementarisch wild und unwohnlich zugeht. Es war der Gegensatz, der ihm behaglich war. Ich mußte dazu manchmal lächeln, da seine Reiselust, die nie groß war, in späteren Jahren ganz erlosch. Er kam auch nicht mehr auf den Brocken. Sagte ich ihm, wenn er sich in solche Winterbilder vertiefte: »Fahr doch hin«, so pflegte er zu antworten: »Ja, wenn man Zeit hätte.« Zeit hatte er, sobald er sie haben wollte, aber er scheute die Reise und blieb am Ort.

Eine meiner frühesten Erinnerungen ist, daß ich mit den Eltern in den Harz fuhr. Es war ein Frühlingstag, der verregnete; alle Bäche waren gefüllt, und die Wiesen und Bachränder gelb von Primeln und Dotterblumen. Ich stand neben Hanna im Zimmer des Gasthofes; wir drückten die Nase ans Fenster, sahen in den Regen hinaus und warteten, daß er nachließ. Manchmal ist mir, als ob die Landregen der Kindheit länger gewesen seien. Vielleicht ist das eine Täuschung, die in einem Kinde entsteht, das in seinem Drang nach Bewegung gehemmt wird. Es sieht in den Regen hinaus und wartet; im Warten aber dehnt sich die Zeit, und die Erinnerung hält die leere Dehnung fest. So hat sich mir dieser Tag erhalten; erstaunlich deutlich hebt er sich aus anderen, vergessenen Tagen heraus, ein Tag, hinter Glasscheiben verbracht, mit kurzen Sprüngen an die strudelnden Bäche und in die Wiesen hinein, um Blumen zu pflücken. Auch eine Harzwanderung, die ich mit Holm und meinen Mitschülern machte, haftete in mir. Wir waren in Goslar und Ilsenburg, wo ich ein Gesicht sah, das ich, so flüchtig die Begegnung war, doch nie vergaß. Damals gingen wir die Täler der Oker und Bode entlang und stiegen durch die Steinerne Renne auf den Brocken. Bei klarem Wetter standen wir auf der Kuppe. Hell war der Tag und so durchsichtig die Luft, daß in weiter Ferne ein goldenes Lichtpünktchen aufleuchtete, die vergoldete Kuppel des Rathauses in Hannover.

Berge hatten für mich, da ich in der Ebene, am Rande von Heide- und Moorlandschaften aufwuchs, zunächst etwas Überraschendes, wie ich es schon als Kind im Erzgebirge gespürt hatte. Waldhügel reichten nicht hin, dieses Staunen zu wecken, das erst dort hervorkam, wo der nackte Felsen und Stein durchbrach und sich auftürmte. Für ein Kind ist der Raum wichtiger als die Zeit, über die es nicht nachdenkt. Lange dauert es, bis das Kind einen Tag übersieht und seinen zeitlichen Zusammenhang erfaßt; seine Bemühungen aber, sich räumlich zurechtzufinden und einzurichten, beginnen früh und haben einen anderen Maßstab als bei Erwachsenen. Der räumliche Bereich, der Vertrauen erweckt, ist eng und erweitert sich langsam; der unvertraute und unheimliche hat eine unübersehbare Ausdehnung. Manches davon mag sich erhalten und uns nachgehen, so wie bei mir, wenn ich ein Gebirge sah, sogleich vergangene, mächtigere Bilder auftauchten. So waren Bilder eines älteren oder, wenn man will, jüngeren Harzes in mir, Bilder einer kaum betretenen, von Menschenhand nicht berührten und nicht verletzten Wildnis, die frei grünte, und in sie verlor ich mich mit Neigung. Der Harzwald, der sich einst weit in die Ebene hineinzog, ist heute zurückgedrängt, geforstet und gelichtet, so daß er nur noch ein Rest jener Altwälder ist, in denen noch die Sachsenkaiser jagten.

Goslar, das an den Vorbergen liegt, ist der Haupteingang zum Oberharz. Aus den Waldtälern, in denen der Schnee lange liegenbleibt, weht kühle Luft in die Stadt hinein. Dächer, Giebel und Seitenwände sind mit grauem, im Regen silbergrau glänzenden Schiefer bedeckt. Noch hatte die Stadt etwas Ländliches, da Kühe und Ziegen morgens auf die Weiden hinaus und abends in die Stadt zurückgetrieben wurden und die Außenbezirke mit dem Geläut ihrer Glocken erfüllten. Der Anblick eines schwarzen, mächtigen Ziegenbockes mit langem Bart und grünen Augen vergnügte uns oft. Wer den Fachwerkbau mit seinen Schwellen, Friesen, Schnitten und Knaggen, seinen Bohlen, Streben, Ornamenten, Schnitzereien und Hausmarken studieren will, kann ihn hier durch Jahrhunderte hindurch verfolgen. Die alten Kirchen, der gotische Arkadenbau des Rathauses, die Gildenhäuser und Kemenaten geben nicht das Bild der kaiserlichen Pfalz, von der sich wenig erhalten hat; in ihnen dauert die alte Reichsstadt fort. Ihr steinernes und hölzernes Gehäuse, in dem der Mensch fortlebt, gleicht einer Muschel, deren harte Schalen bestehen, während längst andere Wesen in sie eingezogen sind und in ihr hausen. Das, was uns beim Anblick solcher Gehäuse betrifft, ist wohl zunächst ihre Festigkeit und das Vertrauen, das sie zu erkennen geben.

Der Gang um die Umwallung der Stadt mit ihren Toren, Türmen und Mauerresten wurde nun unser Hauptgang. Ihre alten Flur- und Straßennamen beschäftigten uns. Nach allen Seiten wanderten wir aus ihr hinaus, suchten die Schiefergruben und Kalksteinbrüche auf, die Granite im Okertal und in Vienenburg. Mannigfachere Gesteinszüge sind selten so nahe beieinander zu finden wie in der Umgebung der Stadt, die daher auch die klassische Quadratmeile der Geographie genannt wird. Das tausendjährige Bergwerk hat den Rammelsberg durch den Auswurf der Halden kahl gemacht, die anderen Berge grünen, und leicht sieht man am Herzberge bei Anbruch der Dämmerung die Hirsche aus ihren Waldrevieren heraustreten. So ist hier am Rande des Gebirges ein merkwürdiger Ort, an dem vieles zusammentrifft, an den sich das Berg- und Hüttenwesen in verborgenen Röhren- und Entwässerungsanlagen heranzieht.

Ich spüre, daß das alles schon einer anderen Zeit angehört, daß ich hier schließen muß. Damals, auf den Wanderungen im Harz, wurde ein Empfinden stärker in mir, das mich oft beschlich, ein Empfinden der Wiederkehr, in dem sich ausspricht, daß wir dagewesen sind, dasind und dasein werden. Das, was es ausspricht, ist Gründen und Beweisen nicht zugänglich, doch ist eine Kraft in ihm, die etwas Überzeugendes hat. Es ist nicht drückend, nicht beschwerlich, sondern vertraut und tröstlich. Zustimmung ist in ihm. Wenn ich auf den Bergwiesen über der Stadt lag und auf sie hinabsah, durchdrang es mich und schien mir so frisch zu sein wie die Wiesen und Wasser, die ich um mich sah. Ich will an das

Ende dieses Kapitels den »Geleitspruch« setzen, den ich lange bei mir trug und als Ermunterung manchmal zitierte.

Was sind Talismane, Amulette?
Hoffe nicht, daß dich ein Fremdes rette.

Was an dir ist von den Salamandern,
Wird die Flamme unverletzt durchwandern.

Feuer hebt dich, und du wirst nicht bangen,
Nicht vor Skorpionen, nicht vor Schlangen.

Heil wie du auf diese Welt gekommen,
Unzerstörbar wirst du fortgenommen.

ERINNERUNG AN DIE ELTERN

Mir kommt zunächst bei, wenn ich an meinen Vater denke, daß er ein ganz anderer Mensch war als ich, ganz anders auch als jedes seiner Kinder. Was könnte daran verwunderlich sein? Die Wurzel aller Verschiedenheit steckte darin, daß er der Vater war. Als Kind – ich erinnere mich dessen wohl – kam mir nicht der Gedanke, daß irgendeine Neigung oder Abneigung auf diese Vaterschaft einwirken könne. Sie war etwas so Mächtiges für mich, daß sie mich allein beschäftigte. Im Grunde ist das so geblieben, und manches ergab sich daraus. Etwa, um ein Beispiel zu nennen, die Verständnislosigkeit, mit der ich in der Zeit meiner Konfirmation das Dogma der Trinität vernahm. Wer der Vater war, wußte ich, und niemand hätte mir darüber mehr sagen können, als ich wußte. Wie aber der Sohn – und ich selbst war doch der Sohn – mit dem Vater eins sein konnte und gleichgestellt werden konnte, das ging nicht in meinen Kopf hinein. Der Geistliche, der mir Unterricht erteilte, sah die Schwierigkeit voraus und suchte sie durch einen Vergleich zu mindern. Er verglich die Trinität mit dem Wasser, das als Wasser, Eis und Schnee zwar in drei Gestalten erscheine, dabei aber eins sei. Dieses Beispiel, obwohl dogmatisch falsch, war für unser Alter nicht schlecht gewählt. Doch rief es in mir keinen eigenen Gedanken hervor. Sollte darin das Geheimnis liegen, sagte ich mir, dann steckt es im Temperaturunterschied.

Mir war, wie das folgende Gedicht zeigt, ganz anders zumute.

Vaters Vogel rief am Morgen.
O wie ist dein Wald so tief!
Auf der Eiche saß dein Adler,
Der mit deiner Stimme rief.

Vor der Eiche, vor dem Steine
Stand ich, und du warest da.
Als im Flusse ich gebadet,
Wußte ich, du warest nah.

Ja, du warst es, den ich hörte
In der Wälder grünem Haus.
Raunend gingst in deiner Eiche
Du zur Windzeit ein und aus.

Weißt du noch, wie im Gewitter
Laut ich deinen Namen rief?
Wie in Regen ich und Blitzen
Nackend auf die Wiesen lief?

In den Haseln geht der Vater,
Daß er mit der Schlange spricht.
Warum spricht er dort so lange?
Seine Schlange ist das Licht.

Dieses Gedicht trifft genau einen Zustand, in dem ich mich als Kind oft befand. Alles war dann sehr nah, und ein Schauer der Erwartung, der Frömmigkeit und Ehrfurcht durchdrang mich. Vaters Vogel war für mich jeder große Raubvogel, den ich in der Luft sah, Vaters Stein jeder große, schroffe Stein, vor allem aber die Findlinge, Vaters Baum jeder alte, mächtige Baum, insbesondere die Eichen und Buchen, von denen sich etliche uralte in der Gegend befanden, die ich oft besuchte. Mit der Betrachtung der Vögel, Steine und Bäume verband sich für mich ein eigener Ritus. Ich mußte dem Vogel mit dem Auge so lange folgen, wie er zu sehen war, den Baum und Stein aber mit der Hand berühren und mich vor ihm verneigen. Ich durfte nicht ohne ein sichtbares Zeichen der Verehrung und Ehrerbietung an ihnen vorübergehen. Die Schlangen aber betrachtete ich mit Staunen und Wißbegier; sie waren nicht Erdtiere und Würmer, sondern Lichttiere für mich.

Ich mußte älter werden, um die Verschiedenheit zu begreifen, die zwischen mir und meinem Vater bestand, diejenige, die sich daraus ergab, daß wir verschiedenen Generationen angehörten, und die zur Person gehörigen. Ich lernte durch ihn und lernte noch mehr an ihm. Wenn ich es überschlage, habe ich durch ihn mehr gelernt als durch jeden Lehrer. Das geschah beiläufig, wie er mir auf Spaziergängen lateinische Pflanzennamen, Namen von Sternen und Gesteinen, chemische Formeln und geschichtliche Daten bezeichnete. Er liebte das Gespräch. Und wir führten ein Gespräch, das sich, mit kurzen und langen Unterbrechungen, über Jahrzehnte hinzog. Seine Neigungen waren mannigfaltig, deshalb floß in das Gespräch viel ein. Nach und nach, im Lauf der Jahre, gelang mir, seine Neigungen und Abneigungen zu verstehen, womit ich sagen will, daß es mir möglich wurde, sie auf ihn zurückzuführen. Seine Sätze wurden mir vertraut, wie uns Figuren vertraut werden, die wiederkehren. Wenn er abbrach und schwieg, erriet ich den Gang seiner Gedanken; ich kannte den Zusammenhang, in dem sie sich bewegten.

Dabei gedenke ich des Zimmers, in dem wir saßen und in dem viele dieser Gespräche stattfanden. Die Ordnung dieses Zimmers veränderte sich nicht; seine Einrichtung aus dunklem, geschnitztem Eichenholz blieb immer die gleiche. Immer saßen wir an dem schweren, viereckigen Plattentisch, der in der Mitte des Zimmers stand. Kaum auszudenken ist, was alles auf diesem Tisch gestanden hat, dessen Platten ausziehbar waren, so daß an ihm wohl zwanzig Personen Platz fanden. Das deutet auf geräumige Verhältnisse hin. Ein solcher Tisch hat seinen eigenen Lar. Vierzig Jahre habe ich an ihm gesessen, eine lange Zeit, abgemessen an unserem flüchtigen Wohnen und Mieten. Solche Verhältnisse sind niemals geringe. In ihnen lag für mich etwas Reguläres, und mehr noch, eine lebendige Symmetrie, die sich gegen alle nagenden, auflösenden Kräfte der Zeit erhielt. Auch in der Verteilung der Plätze lag eine Regel. Der Vater saß am Kopfende des Tisches, die Mutter rechts, Ernst links von ihm, während mein Platz gegenüber dem Vater war. Hanna saß neben der Mutter, Hans und Wolfgang neben mir. In einem Zeitraum von dreiunddreißig Jahren, vom Tode meines jüngsten Bruders Felix bis zum Tode meines Vaters, starb aus der Familie niemand hinweg; das ist für eine siebenköpfige Familie eine lange Zeit.

Abwegig wäre, sich das Haupt dieser Familie als Patriarchen vorzustellen. Alles Patriarchalische, das noch am Großvater sichtbar war, lag hinter ihm. In diesem Sinne war er kein Hausvater, kein Ehemann mehr. Vom Überlieferten, das ungeprüft nachwirkt, suchte er sich frei zu machen. Auf den Glauben verließ er sich nirgends. Er richtete sein Leben so ein, daß er freizügig und unabhängig blieb. Wovon aber wollte er unabhängig sein? Zunächst vom Willen anderer, wie immer er beschaffen war. Aber auch, und das war mehr, von jeder Bindung, die nicht verständig war. Sein Drang nach Unabhängigkeit machte sich heftig, schroff, auch verletzend geltend, wo immer die Vermutung einer Gefährdung auftauchte. Er war dann kalt und zugleich wach. Welche Kälte in der Ironie steckt, habe ich durch ihn begriffen. Doch war er nicht eigentlich ironisch, sondern sarkastisch und beißend. Seine Repliken waren so kurz wie entwaffnend; sie verschlugen dem Betroffenen den Atem. Ich habe das nicht einmal, sondern hundertmal wahrgenommen. In seinen Bewegungen wie in seinen Sätzen war nicht die mindeste Breite, nicht der geringste Umweg. Seine Sätze waren so kurz und genau, wie ein scharfer Wille, gepaart mit einem geübten wissenschaftlichen Denken, sie hervorzubringen vermag. Seine Kürze hatte etwas Willensmäßiges; in ihr steckte ein Befehlston. Dieser hatte nichts Militärisches, sondern war reine, schneidende Verständigkeit. Auch schätzte er das Ungemütliche und war der Ansicht, daß ein einziger ungemütlicher Mensch mehr in Bewegung bringe als ein Dutzend gemütliche. Ich könnte eine Wette darüber eingehen, daß er das Wort Gemüt nie ausgesprochen hat, sowenig wie die Wörter Innerlichkeit, Tugend, Erbauung oder ganze Reihen anderer Wörter, die in seinem Vokabular ausfielen.

Er war wach, er liebte das Wache an anderen und wollte es auch an seinen Kindern sehen, wollte, daß sie genau und geschwind dachten, sich genau und geschwind bewegten. Wenn ein Kind, wie Kinder das tun, vor sich hinsah, in die Luft sah, runde Augen und einen halbgeöffneten Mund bekam, dann betrachtete er es mit seinem sehr wachen Blick und sagte: »Mach kein so dummes Gesicht.« Er sagte das oft, sagte es auch mir, und ich hörte es nicht gern. Ich wußte nicht einmal, was ein dummes Gesicht ist. Er verstand darunter das Abwesendsein und den Blick, der kein Ziel hat, der mit den Augen nicht mehr sieht, auch das Staunen, das Staunen der Kinder, die noch kein Ich haben. Das Wache kommt aus dem Ich, das sich seiner scharf bewußt ist, sich abgrenzt, auf der Hut ist und auf Angriff und Verteidigung sinnt. Er träumte wenig. Ich habe ihn nie einen Traum erzählen hören, der mich beschäftigt hätte. Sein Blick aber, jener Blick an ihm, den Ernst den chemischen Blick nannte, beschäftigte mich oft. Dieser Blick, der sich auf die chemische Beschaffenheit von Menschen und Dingen zu heften schien, hatte selbst etwas Chemisches. Er kam aus einem analytischen Auge, einem analytischen Denken. Mit Analysen und Synthesen war ja mein Vater lange beschäftigt; der Titel seiner Dissertation lautete: »Synthesen in der m-Terpenreihe«. Die trennende Kraft und Schärfe dieses Blickes war groß; er war eindringlich, traf aber, weil er in molekulare Strukturen zu dringen schien, nicht den Menschen, sondern Züge und Beschaffenheit an ihm. Das Auge, aus dem ein solcher Blick kommt, wird zur Linse.

Indem ich darzustellen versuche, wie mein Vater auf mich gewirkt hat, will ich davon ausgehen, daß er Protestant war, und zwar ein Protestant, der die Kirche und die Geistlichen mied, für den die Religion Privatsache war und nicht die seine. Er war independent, aber nicht im religiösen Sinne. Wie verhielt sich der exakte Wissenschaftler des neunzehnten Jahrhunderts, der aus der Reformation hervorging und ohne sie nicht zu denken ist, gegenüber der Religion? Er rieb sich an ihr, oder er ließ sie auf sich beruhen, ohne sich um sie zu kümmern. Er blieb in seinem eigenen Tempel. Doch gehört das Wort »Tempel der Wissenschaft« dem achtzehnten Jahrhundert an. Im neunzehnten, in dem die Arbeit und ihre Methoden hervortreten, genügt das Laboratorium. Im zwanzigsten wird das Laboratorium in die Fabrik verlegt. Jedes Gespräch mit meinem Vater belehrte mich darüber, daß ihm die Wissenschaft genügte, insofern sie exakt war. Was dieses Exakte, als Relation genommen, heißen mochte, beschäftigte ihn nicht. In ihm hatte sich säuberlich die Trennung vollzogen, die zwischen Geisteswissenschaften und exakten Naturwissenschaften eingetreten ist; wer sie bedenkt, der erkennt wohl – ich sprach darüber schon –, daß Mechanisches und Ästhetisches durch sie geschieden werden. Von dem Vertrauen, das er in die exakten Naturwissenschaften setzte, habe ich nichts mehr empfunden, sagte mir auch, daß ihre Exaktheit auf mathematische und mechanische Beziehungen hinauslief und fatal wurde, wenn sie ihr Gebiet überschritt. Nie ging er über die wissenschaftliche Auffassung der Wissenschaft hinaus. Gesetzt, die Wissenschaft erreicht ihr Ziel, was ist damit gewonnen? Gibt es ein solches Ziel? Ist der Weg dahin nicht ein beständiges Überhandnehmen mechanischer Determinationen, und damit des Toten und Starren? Darauf antwortete er wohl, daß ein solches Endziel in großer Ferne liege. Die Wissenschaft war approximativ. In bezug auf wen und was? Gab es approximative Wahrheiten? Vielleicht, doch nahmen meine Skrupel zu.

Er hing noch an den Vorstellungen reiner, das heißt hier nutzloser Wissenschaft und wandte den technischen Verfahren wenig Aufmerksamkeit zu. Vor der Technik hegte er ein unbestimmtes Mißtrauen, und der Anblick einer in aller Frühe rauchenden Fabrik, der Arbeiter, die in Massen ihre Prozession zu den Maschinen antraten, erweckte in ihm ein trübes Unbehagen, das er mir manchmal zu erkennen gab. Sein Bedürfnis nach Unabhängigkeit litt darunter. Das Exakte war für ihn nicht gleichbedeutend mit dem Mechanischen; es war Genauigkeit des denkenden Verstandes. Die Maschinen zogen ihn nicht an, wohl aber die Präzisionsinstrumente. Zwischen der Maschinerie und den Präzisionsinstrumenten ist ein Unterschied, der sich schon in dem verschiedenen Grade der Abnutzung zeigt. Die Maschine dient der automatischen Herstellung und dem Verbrauch, das Instrument der wissenschaftlichen Beobachtung. Daß beides eins wird, wollte er nicht wahrhaben. Er legte in Präzisionsinstrumenten beträchtliche Summen an. Seine astronomischen Instrumente gingen über die Bedürfnisse eines Privatmannes in seiner Lage hinaus. Sein Refraktor von Zeiß, der viele Zentner wog, seine Zenith- und Sonnenprismen, sein Mikroskop und Binokular samt den Zubehörteilen, die Präzisionswaagen, die vergoldeten Gebrauchs- und Kontrollnormale für Gewichte, die Platinbecher und -schalen ergötzten ihn beständig. Diese ganze blanke, gleißende Apparatur hatte für ihn nicht nur einen Gebrauchswert; er liebte sie um ihrer selbst willen und gewiß auch wegen ihres Glanzes, in dem er ein Aufglänzen menschlichen Scharfsinns sah. Er hatte mehr davon, als er in Gebrauch nahm; schon der Besitz war ihm eine Freude.

Ich denke an die Nächte, in denen er an seinen astronomischen Instrumenten hantierte, in denen er bald mit seinem Refraktor, bald mit einem kleineren Instrument beschäftigt war. Er beobachtete die Ringe des Saturn, Jupiter und seine Monde, Mars, Venus, Sternhaufen und Spiralnebel. War ich im Hause, rief er mich herbei und ließ mich an seinen Beobachtungen teilnehmen. Diese Teilnahme am Sternenhimmel wurzelt in Bereichen, die vor aller Wissenschaft liegen, ohne die aber Wissenschaft nicht denkbar wäre. Ihn bewegten die ungeheuren Entfernungen, die Unermeßlichkeit des Raumes und dessen Leere, in der sich Systeme von Welten wie Mikroben verloren. Solche Beobachtungen machen, wie sich versteht, schon deshalb Vergnügen, weil die beobachteten Bewegungen genau sind und weil es vergnüglich ist, Herr eines großen Instrumentes zu sein und mit ihm in den Raum hinauszuspähen. Hätte ich ihm eingewendet, daß dieser Raum sich in dem Kopf, der ihn beobachtet, beliebig vergrößern läßt, und zwar ohne Vergrößerung des beobachtenden Kopfes, daß etwas Falsches darin liege, den Menschen und seine Proportionen an leeren Zeiten und Räumen abzumessen, so hätte er das nicht verstanden. Die Freude des Astronomen gleicht der Freude des Flohs, der sich auf einem Elefanten vorfindet, und die Freude des Flohs ist faßlicher. Die Vorstellung des unendlichen Leeren von Zeit und Raum mehrte die Vorstellung von Unabhängigkeit, die mein Vater hatte; er atmete leichter mit dieser leeren Vorstellung, die kopernikanische Träumereien in ihm hervorrief. Mir aber war, als ob eine künstliche Anstrengung, eine Art Klimmzug vorangehen mußte, um diese Erhabenheit zu empfinden. Ich entsinne mich, daß ich eines Nachts, als wir mit dem Refraktor hantierten, wie auf Kohlen stand, weil ich ein Stelldichein mit Buri hatte, und daß ich Sirius, Arcturus und Spica samt der Milchstraße verschenkt hätte, wenn ich dadurch fortgekommen wäre. Die Frage ist, ob nicht das Gesicht des Menschen erhabener ist als jeder Fixstern, so daß die Runzel im Gesicht einer alten Frau sorgsamer studiert werden muß als alle Nebelhaufen. Dergleichen und anderes ließ sich vorbringen, doch brachte ich es nicht vor. Für mich blieb immer eine gute Empfindung, meinen Vater so teilnahmsvoll und beschäftigt zu sehen, wenn er im Dunkel in seinem weißen Kittel die Instrumente bediente und an den Verstellschrauben rückte.

Durch das Gespräch mit ihm erfuhr ich, was in den exakten Naturwissenschaften vorging. »Der Mensch liebt das Geheimnisvolle«, sagte er mir einmal, »deshalb habe ich Chemie studiert.« Dieser Satz, von ihm ausgesprochen, verblüffte mich. Er verlor die Teilnahme für die Chemie nicht, wie ihn denn in seinen letzten Jahren noch der mißglückte Nachweis von Gold in Quecksilber und die Auffindung des schweren Wasserstoffes beschäftigten. Mehr und mehr aber wandte sich seine Neigung der Atomphysik zu, der mutmaßlichen Gestalt des Atoms und den Modellen, die sie darzustellen versuchten. Er befaßte sich nun mit den Schriften von Planck, Einstein, Niels Bohr, Schrödinger, Heisenberg und anderen, die er unter seine Bücher einreihte.

Manche unserer Gespräche verliefen nach dem Modell des Waldmeistergesprächs, mit dem es die folgende Bewandtnis hatte. Sein Zutrauen in die synthetischen Kunststücke der

Chemie war groß und konnte zu wunderlichen Störungen im Haushalt führen. Einen Rum, der aus Rumessenz hergestellt war, hielt er für gleichwertig mit dem Rum, der in Jamaica aus Zuckerrohrmelasse und Rückständen von Zukkerrohr gewonnen wird. Vanillin war für ihn der Vanille ebenbürtig. Um solche Ansichten kümmerte sich meine Mutter nicht; sie duldete keine synthetischen Erzeugnisse in ihrer Küche. Komische Verschwörungen mußten manchmal stattfinden, um deren Eindringen abzuwehren. Daß etwa das aromatische Prinzip des Waldmeisters einem künstlich hergestellten Kumarin gleich sein sollte, mochte in der Theorie hingehen, aber dergleichen anzuwenden und einer Bowle zuzusetzen, das wollte niemand von uns dulden, am wenigsten mein Bruder Hans, der, obwohl Mathematiker und theoretischer Physiker, darüber heimlich ergrimmte. Da mein Vater es ebenso heimlich tat, wurden die Bowlen sorgfältig seinem Blick entzogen, worüber er manchmal den Kopf schüttelte. In Wahrheit hatte er wenig Zunge, und seine Kumarinbowlen schmeckten abscheulich. Den Einwand, daß in einem Waldmeisterpflänzchen manches sich rege, wovon kein Chemiker etwas wisse, daß die Analysen uns erst dann überzeugen könnten, wenn es den Chemikern gelinge, eine Waldmeisterpflanze hervorzubringen, ließ er nicht gelten. »Die Analysen geben keinen Unterschied«, bemerkte er, führte auch an, daß das aus Rosen hergestellte und das synthetisch fabrizierte Rosenöl sich nicht unterscheiden ließen. Diese Behauptung untersuchte ich aber und suchte sie als eine rein methodische und apriorische zu widerlegen.

» Es gibt auf der Erde nicht zwei Bienenstöcke«, sagte ich ihm, »in denen der gleiche Honig hergestellt wird.«

»Was wird dadurch bewiesen?« fragte er. »Es trifft zu, weil es keine zwei Bienenvölker gibt, die ihren Honig aus den gleichen Blüten zusammensetzen.«

»Und so sind auch die Rosen verschieden. Es macht einen Unterschied, ob Zentifolien oder Damaszener Rosen, Rosa alba oder anglica genommen werden. Zudem ist das aus Rosen gewonnene Öl in keinem Jahre gleich, denn der Boden, die Witterung, das Klima verändern es. Die Destillationsverfahren kommen hinzu. In Bulgarien verfährt man damit nicht sehr sorglich. Heizt man aber die Blasen nicht mit direktem Feuer, sondern auf Dampf, nimmt man zu jeder Portion Rosen frisches Wasser, fängt man das Öl in kaskadenförmig angeordneten Florentiner Flaschen auf, dann gewinnt man ein feineres, intensiveres Öl.«

»Und was beweist das?«

»Es beweist, daß die natürlichen Rosen sich unterscheiden und verschiedene Analysen geben. Um sich gegen grobe Verfälschungen zu schützen, müssen spezifisches Gewicht, Drehungsvermögen, Erstarrungspunkt, Brechungsindex, Stearoptengehalt, Verseifungszahl und Alkoholgehalt bestimmt werden. Das alles reicht nicht hin, und Gildemeister und Hoffmann sagen in ihrem Buch »Die ätherischen Öle«, daß kein Chemiker die Garantie für die Reinheit eines Öles auf Grund physikalischer und chemischer Prüfung übernehmen könne. Wenn also das synthetisch hergestellte Öl, wie du sagst, sich vom natürlichen nicht unterscheidet, dann muß das auf mangelnder Feinheit der Analysen beruhen. Welchem der natürlichen Öle gleicht es denn?«

Hier zuckte er die Achseln, und das Gespräch endete. Kein Zweifel, er wollte, daß das synthetisch hergestellte Öl dem aus Rosen hergestellten gleich sei. Es gab einen Punkt, an dem seine Skepsis sich beruhigte. Die Analysen analysierte er nicht mehr.

Manchmal sagte er mir, daß er Rechtswissenschaft studieren würde, wenn er sich noch einmal einen Beruf wählen könnte. Ob es ihm damit ganz ernst war, weiß ich nicht. Er dachte kausal, in der Weise, die das Logische einschließt, und stützte sich dabei auf Erfahrung. Ein Jurist denkt anders. Doch war das Zeug zu einem tüchtigen Juristen in ihm. Wurde er in einen Streit verwickelt, dann durchdachte er alle Prämissen und Konklusionen gründlich. Sein Kopf arbeitete dabei klar und wach; er nahm sofort wahr, worauf es ankam. Sein Vortrag flößte deshalb auch guten Juristen Achtung ein. Über seine Gesetzeskenntnis, über sein Geschick, die großen Kommentare und die Sammlungen von Entscheidungen zu benutzen, war ich manchmal überrascht. Schwierige rechtliche Begriffe, von denen kein Laie etwas ahnt, das Eigentums- und Besitzrecht etwa, lagen für ihn überschaubar da. Dort, wo geltendes Recht herrschte, war er seiner Überlegenheit sicher. Sein Vergnügen an einer logisch genauen Beweisführung war unverkennbar und ging über die Sache hinaus; der Genuß daran wog das Interesse auf. Darin lag für mich zunächst ein eigentümlicher Widerspruch. Sich unabhängig zu erhalten, war sein erstes Anliegen; er fand dafür Formulierungen von einer Schärfe, die nach Anarchie klang. Diese Unabhängigkeit erhielt sich in einer Welt von komplizierter Abhängigkeit; sie nahm sich wie ein Kunststück aus, war auch eines. Sich in gewaltsamen Verhältnissen zu behaupten, war nicht seine Sache, und einem Angriff, der von dieser Seite kam, war er nicht gewachsen. Wo das rationale Denken aufhörte, dort beschlich ihn die unheimliche Empfindung des Menschen, der auf Treibsand gerät. Unheimlich war ihm zeit seines Lebens das Meer, dem er sich auch nur selten anvertraute. »Wasser hat keine Balken«, war eines seiner Lieblingssprichwörter. Ich verstand erst nach und nach, was dieser Satz bei ihm hieß, was die Balken bei ihm sagen wollten. Ich sann über das Sprichwort lange nach, und ich will hier darauf eingehen, denn es rührt an wichtige Zusammenhänge und Entscheidungen.

Mein Vater war in einem Staat aufgewachsen, der als Rechtsstaat bezeichnet wird; die Mittel und Methoden, mit denen der Einzelne sich in einem solchen Staat behauptet, hatte er genau untersucht. Was verstand er selbst unter einem Rechtsstaat? Einen Staat wohl, in dem die staatlichen und privaten Verhältnisse sich mehr und mehr juridifizieren, in dem jeder durch Verträge genau verpflichtet wird und in dem die Verpflichtung dort aufhört, wo der Vertrag endet. Gesetze und Verordnungen mehrten sich täglich, die Büros wuchsen, und jeder wurde angelernt, sich ins Recht zu setzen. Doch ist ein Staat nicht gut, wenn er viele Gesetze hat, sondern wenn er mit wenigen auskommt. Wer sich ins Recht setzt, der sitzt schon im Unrecht. War dieser Rechtsstaat nicht ein Ergebnis der Auflösung, war nicht seine ganze Rechtmäßigkeit formal, der Beleg der Aushöhlung selbst? Ich sagte schon, daß er sich von allen Bindungen zu lösen suchte, die nicht verstandesmäßig waren, und auch das Recht war ihm ein Mittel dazu. Mir war dabei nicht wohl zumute, sagte ich mir doch, daß das Leben eine andere Breite hatte als das Recht und daß der Versuch, es juridisch in den Griff zu bekommen, zu nichts Gutem führen konnte. Ein solcher Rechtsstaat wird zu einer Maschinerie, die jeder benutzt, wo sie ihm nützlich ist, der jeder aus dem Weg geht, wo sie unnütz für ihn wird. Daran ist nichts Rechtschaffenes mehr.

Gewiß, mein Vater mißtraute diesem Staate. Doch das Mißtrauen gehörte dazu, das Mißtrauen in die Staatlichkeit des Staates und ein hinreichendes Vertrauen in die Bindungen seines Rechts. So schlug alles nach der anderen Seite hin. Verpflichtungen, die durch keinen Vertrag bestimmt waren, ging mein Vater nicht ein. Gut, aber warum wollte er alles selbst tun, sich keinen Handgriff abnehmen lassen? Warum liebte er es nicht, sich bedienen zu lassen, warum sah er ungern, daß man ihm vorlegte, ihm eine Schüssel reichte? Diese kleinen und kleinsten Züge brachte ich auf den gleichen Nenner. Er wollte in nichts bedient sein. Ein Hang zur Unabhängigkeit lag darin, der etwas Isoliertes und Isolierendes hatte. Für ihn war die Unabhängigkeit nicht nur eine selbstgewählte Form der Abhängigkeit, für ihn schien sie eine molekulare Selbständigkeit zu haben. Was also erhielt ihn unversehrt? Eine treffliche Physis zunächst, aber auch etwas, das älter war als die Begriffs- und Arbeitswelt, in der er hauste. Dieses Innerste der Überzeugung, des Lebensgefühls, des Gestimmtseins brach manchmal durch, ein charakter indelebilis, der mich an die urheidnische Steinzeit gemahnte. Ich gestehe, daß mir am wohlsten bei ihm war, wenn ich ihn so gestimmt fand. Die kindliche Traumwelt, in der ich lebte, war eine Ahnenwelt, und der Zugang zu ihr wurde durch den Vater geschaffen. Die Urzeit war für mich die Zeit schlechthin. Grübelte ich darüber nach, dann drang ich bis zu der Ahnung vor, daß der leibliche Vater der Stellvertreter des großen Vaters war, der in die Haseln ging, um sich mit der Schlange zu besprechen.

Ganz unverletzt, gesund und hart war sein Begriff des Eigentums, der sich von dem eines niedersächsischen Bauern nicht unterschied; er ging auf Land und Mehrung und Verbesserung des Landes. Und er umgab dieses Land mit Zäunen, er legte Schlüssel und Schlösser an die Türen. Richtig ist, daß er ein Vater war, der eine große Familie durch böse Zeiten zu lotsen hatte. Von der Güte der menschlichen Natur hielt er nichts; er war ohne Wanken und Weichen vom Gegenteil überzeugt. Als Kind und auch später noch verletzte mich manchmal die Kälte seiner Urteile, die wie auf Eis gebettet waren. In der Theorie, in theologischen und politischen Prämissen hat die Überzeugung von der Verderbtheit alles Menschenwesens ihren Platz; etwas anderes ist wieder, wenn sie in allem Umgang beachtet wird. Ein Vorschuß von Vertrauen ist im Umgang mit anderen unerläßlich, auch auf die Gefahr hin, daß ein Schaden dadurch entsteht. Der Satz Quisquis praesumitur bonus, donec probetur contrarium, an den sich die vorsichtigen Römer hielten, leuchtete mir ein. Davon wollte er nichts wissen. Nur scharfe Wachsamkeit konnte vor Schaden bewahren, und Wachsamkeit setzt das Mißtrauen schon voraus. Mir wird dabei deutlich, daß mein Vater mehr Sachkenntnis als Menschenkenntnis besaß. Das lag in seinen Grundsätzen eingeschlossen, denn er wollte die Menschen gar nicht kennenlernen; ihm genügte die Kenntnis jener Fäden, die das Interesse zieht. Er täuschte sich selten in den Motiven, und ich mußte ihm oft dort recht geben, wo mir wenig daran lag. Cui bono? war eine .Frage, die er nicht außer acht ließ.

Er war, wie auch meine Mutter, ein starker Leser, las in der Frühe vor dem Aufstehen, nach dem Essen und abends im Bette vor dem Einschlafen. Historische Schriften beschäftigten ihn, und Neigung zu solcher Lektüre ist bei einem Naturwissenschaftler nicht vorauszusetzen. Wo sie vorhanden ist, verdient sie vielleicht eine Erwähnung. Indem er mit uns sprach und auf seine Neigungen zurückkehrte, stopfte er uns Kindern den Kopf voll mit einem Wissen, das sehr verzweigt war und ins Entlegene, ja Wunderliche ging. Daraus formen sich noch heute Figuren und Kombinationen in meinem Kopf, über die ich lächeln muß. Ich las die Bücher, die er las und mir gab; wir wiederholten ihren Inhalt im Gespräch und knüpften Betrachtungen daran. Wunderliche Gespräche, die wohl die Frage erlauben, wozu er solche Kenntnisse brauchte. Nun, er brauchte sie nicht; sie gehörten zu seinem Überfluß. Diese Neigungen und manche andere, von denen ich nichts erwähnte, ließen sich wohl auf einen Nenner bringen. Wo der Einzelne als Handelnder hervortrat, fühlte er sich stark angezogen, weshalb auch das Zeitalter Alexanders des Großen und Napoleons ihn immer wieder beschäftigten. Manche Bücher ließ er kaum von sich. Prescotts Geschichte der Eroberung von Mexiko und Peru las er so oft, daß ich darüber erstaunte; sie lagen oft Monate hindurch auf seinem Nachttisch, und er begann sie von neuem, wenn er sie beendet hatte. Die Lektüre dieser beiden Bücher hatte für mich etwas Quälendes, quälend wie der Anblick eines groben Fußes, der hohe Sonnenblumen zertritt. Dazu lächelte er nur und verwies die Art meiner Teilnahme ins Reich der Träume.

Solche Neigungen machen noch keinen musischen Menschen. Auch war er keiner, da ihm Muße und Selbstgenügsamkeit fehlten. Er war mehr wach als heiter, mehr rastlos als ruhig. Sein Verstand war scharf, war in der Anwendung auf praktische Verhältnisse gerichtet. Über die Philosophie äußerte er sich mit einem Spott, der mir zu erkennen gab, daß er durch sie in seinem empirischen Streben gestört und beunruhigt wurde. Sie griff über den Zuschnitt des wissenschaftlichen Denkens hinaus, in dem er verharrte. Romane las er nicht, sondern fertigte sie sich, wie er bemerkte, abends vor dem Einschlafen im Bett an. Wie weit er damit gedieh, weiß ich nicht, da er nie Kapitel seiner Erfindungen vortrug. Indessen las er oft im Homer, in den Erzählungen aus Tausendundeiner Nacht und im Don Quixote, der ihn zum Lachen brachte. Er lachte nie laut und schallend, nicht nach außen hin, aber auch nicht zwinkernd oder vergnügt blinzelnd. Weder hatte er Humor noch schätzte er ihn. Auch war in seinem Lachen nichts Vertrauliches. Er bog sich dabei vor, legte wohl auch die Hände gegeneinander. Paradoxe Situationen und scharfe, beißende Widersprüche belustigten ihn.

Musik war ihm unentbehrlich. Er spielte selbst einige Instrumente und liebte Bach, Händel, Gluck und die älteren Italiener. Doch ging ihm Mozart über alles, und das Werk, das er am höchsten stellte, war, wie ich schon erwähnte, die Zauberflöte. Er summte, pfiff und sang die Arien vor sich hin und suchte sie uns deutlich zu machen. Viele Aufführungen der Oper muß er in seinem Leben gehört haben. Seine Verehrung für diese Musik war groß, weil sie ihn durchaus erheiterte, ihn glücklich machte, und zwar so, wie nichts anderes auf Erden ihn glücklich machen konnte. Sie nahm ihm den Stachel und brachte ihn zur Ruhe. Und sie erweckte Empfindungen in ihm, die er selbst nur unvollkommen zu beschreiben vermochte, Empfindungen, als ob er sich in sehr wohlgefügten Räumen befinde, in Zauberschlössern, aus denen der Gesang von Genien ertönt. Gewiß, wenn er je über das Paradies und seine Einrichtung nachgedacht hätte, in der Engelmusik dort hätte er diese Töne wiedererkannt. Immer war mir merkwürdig, wie sein so waches Gesicht beim Lauschen auf diese Musik eine andere Aufmerksamkeit gewann, die etwas Zärtliches hatte. Verstohlen betrachtete ich ihn – er stützte den Kopf auf die Hand wie auf eine Muschel, und die scharfe Wachheit seines Gesichtes verlor sich; hier hörte aller Verdacht, alles Mißtrauen auf.

Mich erfreut immer, daß das Verhältnis zwischen meinem Vater und mir ein gutes blieb und nicht durch Verstimmungen beeinträchtigt wurde. Es so zu erhalten, fiel mir nicht schwer, nicht weil wir uns ähnlich waren, denn wir waren verschiedene Menschen, so verschieden, daß Gegensätze nicht herausgebildet wurden. Jeder lebte in einem Kreis eigener Neigung, der den anderen ungestört ließ. Wie er Autorität schwer ertrug, so übte er selbst keine. Der Verstand weiß nichts von Autorität und ist sein eigener Autor. Er war kein väterlicher Vater, er hatte nichts Familiäres und richtete sich auch im Hause unabhängig ein. Mit Zeichen der Zuneigung ging er sparsam um; am zärtlichsten war er in seinen letzten Jahren gegen die Enkel. Jede erkennbare, sichtbare Gemütsbewegung scheute er, und ihm gegenüber scheute auch ich sie. Er hatte eine eigentümliche Art, die Hand zu geben; er gab sie nie voll und drückte oder schüttelte die fremde Hand nicht. Zwei oder drei Finger schlug er von oben nach unten durch die Luft und ließ sie so für den anderen stehen. Es war, als wolle er durch diese Begrüßung alles Pathos des Abschiednehmens und Wiedersehens vernichten und zugleich die Körperlichkeit der Berührung. Ganz widrig war ihm, von Fremden an der Hand gefaßt zu werden. Immer wieder, wenn ich mit ihm in eine Wirtschaft eintrat und der Wirt ihm entgegenkam und ihm die Hand geben wollte, wiederholte sich der gleiche Vorgang. Er übersah die dargebotene Hand und sagte recht hörbar: »Widerwärtige Angewohnheit, dieses Flossengeben.«

Pathos, und nicht nur das rhetorische, war etwas, das ihm fernlag. Ein Grauen vor allem Tragischen war in ihm; er hat nicht mit mir darüber gesprochen, aber ich muß annehmen, daß er das Leiden für sinnlos hielt. Auch als Genießender wollte er allein sein, wollte keine Gemeinschaft. In seiner Begrüßung lag Ironie, Abstand, zuletzt auch Verlegenheit vor allem Unmittelbaren. Die feste Distanz zwischen ihm und mir habe ich immer gespürt. Daß sie fortbestand, war ein Anliegen zwischen uns, und ich merkte in einer frühen Zeit, als Kind schon, wenn in diesem Abstand sich etwas veränderte. Es ängstigte mich, auch wenn nichts dadurch geschah. Deshalb war er für mich auch unberührbar; ich konnte nicht auf ihn zutreten, ihn nicht am Arm fassen. Ich konnte ihm vieles nicht sagen, ohne daß es mich gequält hätte, denn ich begriff, daß so, wie wir sind, immer etwas Verschlossenes und zu Verschließendes an uns ist. Das schließt ein Verständnis nicht aus. Es gibt stillschweigende und summarische Abmachungen zwischen Vätern und Söhnen, Abmachungen, die auf Anerkennung beruhen und ein Gewährenlassen zur Folge haben. Er merkte, daß ich ihn in nichts einschränkte, und es muß ihn beschäftigt haben. Ich vergesse nicht den Blick, mit dem er mich betrachtete; es dauerte lange, bis ich diesen Blick verstand. In ihm vermischte sich das Spöttische mit der Zustimmung. Ich war ein guter Partner im Gespräch für ihn und ging auf seine Vorlieben und Steckenpferde ein, aber das hatte nichts mit dem Blick zu tun, mit dem er mich betrachtete. Vielleicht kann ich es so sagen: sein Blick ruhte sich in mir aus und verlor die Kälte und wache Klugheit. Ein Vater, dessen Kinder heranwachsen, kommt an einen Punkt, an dem die Kinder ihn überraschen und erstaunen. Er erstaunt, wenn er bemerkt, daß seine Kinder ihm nicht nur verwandt und vertraut, sondern auch unverwandt und unvertraut sind. Sie sind nicht nur seine Kinder; es ist in ihnen etwas Neues, etwas Eigenes. Er sah einen Sohn, der auf unerwartete Weise anders war, dessen Selbständigkeit er aber billigte. Was ihn überraschte, war schon die Art, in der ich diese Selbständigkeit gegen ihn geltend machte. Er erkannte am Gang und der Folge des Gesprächs, daß ich mich gegen ihn behauptete, und die Zähigkeit, mit der es geschah, verwunderte ihn.

So wie es nach seinem sechzigsten Jahre war und blieb, lebt er in meiner Erinnerung, groß, schlank, jugendlich. Weder Runzeln noch graue Haare zeigten sich an ihm, auch behielt er seine Zähne. Auf sein Äußeres verwandte er wenig Sorgfalt, und von der Eleganz seiner jungen Jahre war nichts mehr an ihm zu bemerken. Jahraus, jahrein trug er, wenn die Witterung es irgend gestattete, Leinenanzüge der billigsten Sorte, mied Mäntel, Schuhe und Hüte und ging in der Kleidung eines Arbeiters umher. Im Hause trug er stets einen weißen Kittel. Züge von zynischer Gleichgültigkeit gegen alle Standesbegriffe und geselligen Konventionen zeigten sich an ihm. In der Morgendämmerung, wenn er zur Post ging und seine Briefe holte, zog er den weißen Kittel über das Nachthemd und ging in Sandalen, mit bloßen Füßen durch die Straßen, es mochte Sommer oder Winter sein, schneien oder regnen. Er kümmerte sich nicht um das, was andere über ihn sagten oder dachten. Auch darin war er unabhängig.

Das was ich eben jetzt, unmittelbar nach seinem Tode, niedergeschrieben habe, ist ein Nekrolog. Im Zimmer sitzend, spüre ich die Leere, die mir aus dem Haus entgegenkommt. Ich werde den schnellen Schritt, mit dem er bis zuletzt die Treppen emporsprang, nicht mehr hören. Er hat das Haus verlassen, an dem er hing, und wird in keines seiner Zimmer zurückkehren. Drüben, in der kleinen Kammer, in der er schlief, ist sein Bett frisch bezogen, und die Bücher, die er las, liegen noch auf dem Nachttisch. Alles hält sich noch in der Ordnung, die er den Dingen bestimmte. Indem ich in das stille Haus hineinlausche, spüre ich, daß mir daraus etwas entgegenkommt; mir ist, als ob das Haus wartete, als ob mir aus ihm die Frage gestellt würde, wo er geblieben ist. Ich spüre die Lücke, die er hinterlassen hat, auch an den leblosen Dingen; sein Besitz hat nun etwas Verwaistes. Die Hand fehlt, welche diese Dinge ordnete, und so kommen sie zu mir und machen mir zu schaffen. Indem ich mit ihnen beschäftigt bin, mitten in der Winternacht, im Kriege, der eben jetzt eine verhängnisvolle Wendung nimmt, spüre ich auch, wie diese von ihm geschaffene Ordnung, die ein Teil seiner selbst ist, mit ihm fortgeht. Alles verändert sich schon deshalb, weil er nicht mehr da ist. Die Lebenden dulden keine Lücken. Neue Menschen, Sachen, Bestimmungen dringen auf mich ein; ich finde mich inmitten einer Tätigkeit, die mir lästig ist, die aber auf mir und niemand anderem ruht und sorgsames Überlegen und Handeln fordert. Der Nachlaß gleicht einer Waise, die geschützt werden muß.

Eine andere Empfindung dringt in mich ein, die, daß der Tod etwas Abschließendes hat. Rund kommt mir jetzt sein Leben vor. Die Zeit allein hat nicht die rundende Kraft, die der Tod hat. Als er ins Krankenhaus gebracht wurde, sagte er zu meiner Mutter: »Ihr müßt nun sehen, wie ihr ohne mich fertig werdet.« Schnell und ohne Schmerzen starb er an einer Lungenentzündung, in seinem fünfundsiebzigsten Lebensjahre, dem Aussehen nach ein Fünfziger. Der Anblick seiner Totenmaske überraschte mich. Wie hatte er den Tod gefürchtet, wie sehr ihn auch im Worte gemieden. Wie schob er ihn immer hinaus, wie gern redete er sich ein, daß er hundert Jahre alt werden würde. Jetzt zeigten seine Züge jene Erleichterung, die vom Abwerfen einer Last kommt. Nichts von Schmerz, Erschöpfung und Furcht, nur Leichtigkeit, Heiterkeit, als ob er der besten Musik lauschte, einer Musik, die noch heller und süßer war als die Ouvertüre zu »Cosi fan tutte«, die er so sehr geliebt hatte.

Wasser hat keine Balken, war ein Satz, den ich von meiner Mutter nicht hörte, den sie auch nicht zu beherzigen brauchte, denn dort, wo die Balken fehlten, schwamm sie ohne Bedenken. Damit ist viel gesagt. Im Element, in allem Unmittelbaren war sie stärker als mein Vater, und durch sie bin ich gewiß, daß Frauen den Männern gewachsen sind und überlegen sein können, wenn die Entscheidungen zudrängen und Entschlüsse gefaßt werden müssen, die nirgends verzeichnet stehen. Sie lebte aus sich selbst, lebte aus eigenem. Und sie war furchtlos. Ihre Kraft war es, die den Zusammenhalt und das Gedeihen der Familie begründete. Die Sicherheit meines Vaters, seine Überlegenheit ist mir ohne Wissen und Besitz nicht denkbar. Auch seine Unabhängigkeit war auf Wissen und Besitz gegründet. Bei all seiner Klugheit konnte er verzagen, denn Klugheit reicht nicht weiter als Mittel und Zwecke, und wo keine sind, sind wir nicht mehr klug. Aber meine Mutter verzagte nicht. Den Zorn des Vaters mieden wir, ohne ihn wahrhaft zu fürchten. Das war ein Verstandeszorn, der nicht tief gründete und schnell verrauchte. Wenn aber die Mutter einmal zornig wurde, geriet für mich alles ins Wanken. Es war mir, als ob die Zwischenwände abgebrochen, als ob Stützen und Halt mitvernichtet würden und das Element selbst ins Haus eindrang. Eine so leidenschaftliche Bewegung war schon deshalb furchtbar, weil sie selten sich zeigte.

Heimlich und unheimlich kommen vom Heim, und Heimat kommt eben daher. Das Wort ist alt, uralt, so daß es sich nicht ableiten läßt; um so mehr kommt von ihm. Wir wohnen in vielen Häusern. Ob aber ein Haus nur ein Haus ist oder ob es zugleich ein Heim ist, ob es, da Haus und Heim nicht eins zu sein brauchen, ein Heim enthält, daran liegt viel. Ein Kind, das zu Bewußtsein kommt, spürt, daß das Haus weiter und fremder ist als das Heim, spürt die Unheimlichkeit des Hauses, von dem das Heim umschlossen ist, und es vermag genau die Grenzen anzugeben, die zwischen beiden liegen. Eine Treppe, ein Keller, ein Bodenraum, eine abgelegene Kammer sind ihm unheimlich. Es entdeckt, daß der Bereich des Heimlichen enger ist als der des Unheimlichen, so eng, daß er ringförmig, kreisförmig vom Unheimlichen umgeben ist. Deshalb bauen sich die Kinder kleine Häuser in das Haus ein, kleine Zimmer in die großen. Zunächst war, wie meine eigene Erfahrung und früheste Erinnerung ausweist, fast alles unheimlich für mich, den Ort ausgenommen, an dem sich die Mutter befand. Ein Kind, so heißt es, hängt an der Schürze der Mutter und wagt sich kaum von ihr zu entfernen. Langsam nur erweitert sich der Bereich des Heimlichen, aber das Unheimliche bleibt. Auch die Heimat ist von ihm umgeben und liegt innerhalb des Fremden und Unvertrauten. Unheimlich bleibt die Welt, in der der Mensch heimisch ist. Und heimisch muß er sein, wenn das Unheimliche draußen bleiben soll. Wenn ich als Kind in der Winternacht in meiner Kammer lag, der Sturm draußen pfiff und orgelte, die Äste der Eichen knirschten und ihre Zweige aneinanderschlugen, war mir wohl zumute. Ich sann darüber nach und spürte wohl, daß alles Heimliche von der Mutter her kam. Auch die Heimat kam von der Mutter. Wie konnte es anders sein. Die Schutzgeister des Hauses, die es heimlich und heimisch machen, saßen von jeher in seiner Mitte am Herd, und immer waren es Frauen.

Aus der Kindheit meiner Mutter will ich hier einiges aufzeichnen. Sie wuchs in München auf, als einziges Mädchen unter drei Brüdern. Was sie mir vom Hause, dem Garten und dem großen Taubenschlag des Großvaters in früher Zeit erzählte, haftete in mir. Die Tauben gediehen und vermehrten sich stark, weil in der Nachbarschaft große Getreidespeicher waren, an deren verstreutem Korn sie sich die Kröpfe füllten. Die Neigung, Tauben zu halten, war in mir manchmal sehr stark, deshalb beschäftigte mich der großväterliche Taubenschlag, und seine gurrenden, rucksenden, heftig mit den Flügeln klatschenden Bewohner drangen noch in meine Träume ein. Sie erzählte mir auch Geschichten von dem weißen Spitz, den sie als Mädchen besaß, der sie auf ihren Gängen durch die Stadt begleitete. Dieses Tier, das anhänglich und klug war, hatte sie sehr geliebt, und wenn uns irgendwo ein weißer Spitz begegnete, gedachte sie seiner.

Mir fiel mit der Zeit auf, daß sie wenig erzählte, daß sie schweigsam war. Dachte sie an ihre Kindheit nicht gern zurück? Ich fand sie einmal in Tränen und fragte sie, warum sie weine. Sie hatte die Nachricht vom Tode ihrer Mutter erhalten, und mir schien, daß sie sich Vorwürfe machte, daß sie ihr Verhalten gegenüber der Mutter nicht ohne Trauer und Bitterkeit beurteilte. Doch wer tut es in solchen Stunden nicht. Wir tun ja nie genug und hätten immer mehr tun können. Ihr Schweigen aber gab mir zu denken, und die Vermutung stieg in mir auf, daß ein schmerzlicher Riß sie von ihrer Kinderzeit trenne. Über diese Zeit hat mir ihr Bruder Paul manches erzählt. Ich lernte ihn erst kennen, als er über achtzig Jahre alt war, nach dem Tode meiner Mutter. Der Onkel hatte Jahre seines Lebens in der Atacama-Wüste verbracht als Leiter eines Unternehmens, welches Salpeter abbaute. Dort gab es weder Wasser, Pflanzen und Tiere noch Frauen, nur Wüste und blendendes Licht, Konserven und Baracken. Der Onkel, der rüstig geblieben war und ein genaues Gedächtnis hatte, sprach gern über die Mädchenzeit meiner Mutter mit mir; er war ihr Lieblingsbruder gewesen.

In den Ferien fuhr sie mit ihm nach Dießen auf den Gebelehof, von dem mein Großvater stammte. Sie nahmen dazu, da die Bahn nach Dießen noch nicht gebaut war, das Frachtfuhrwerk eines Hauderers. Der Onkel, der den Gebelehof bewirtschaftete, nahm die Kinder gut auf. Auch der Onkel Nikolaus, ein kleiner, alter Mann, lebte auf dem Hofe, wo er sein Zimmer und seine Kost hatte. Er war Braumeister in La Plata gewesen. Einschichtig und schweigsam verbrachte er auf dem Hofe seine alten Tage. War er gut gelaunt, dann sprach er mit den Kindern indianisch. Der Hof mit seinen Ställen und dem Obstgarten war für die Kinder etwas Neues, vor allem wurde meine Mutter durch das Melken überrascht. Sie fand sich abends dazu im Stall ein, und als sie hörte, daß die Kühe auch morgens gemolken wurden, äußerte sie, daß morgens wohl die Butter gemolken werde. Die Kinder badeten und ruderten und lernten bei ihren Kahnfahrten den Maler Leibl kennen, der sich auf dem Schlosse Greifenberg aufhielt und auf dem See Wasservögel jagte. Leibl, dem die Kinder gefielen, beschloß, sie zu malen, und fertigte eine Skizze von ihnen an. Da er plötzlich abreisen mußte, wurde aus dem Bilde nichts; die Skizze aber kam nach vielen Jahren in den Besitz meines Onkels Paul und verbrannte bei einem Bombenangriff auf Stuttgart im Jahre 1944, mit ihr das einzige Bild aus den Kinderjahren meiner Mutter.

In München lernte sie den alten Papa Schmid kennen und half ihm an seinem Marionettentheater. Paul zog an den Drähten; sie schaffte die Puppen herbei und räumte sie hinweg. Der alte Puppenspieler war immer von Kindern umgeben. Kasperl schuf besonderes Vergnügen, wenn er mit dem Rufe »Perliko! Perlako!« die Pritsche auf seine Gegner niedersausen ließ, bis sie regungslos auf dem Boden lagen. Wie alle Kinder wiederholten sie diese Rufe und hatten sie immer bereit, wenn sie irgendwo eine Bewegung nach unten bemerkten. Eines Abends, als der Vater nach Hause kam und sich setzen wollte, verschwand er plötzlich unter dem Tische; er hatte übersehen, daß der Stuhl nicht am gewohnten Platze stand, und sich auf den Boden gesetzt. Beide Kinder, verblüfft durch sein Verschwinden, hatten eben noch Zeit, »Perliko! Perlako!« zu rufen, dann tauchte der Vater wieder auf, und Paul bekam eine kräftige Ohrfeige, die sich ihm tief einprägte, denn sie war und blieb die einzige, die er vom Vater erhielt.

Meine Mutter wurde zu den Englischen Fräulein in die Schule gebracht. Sie war lebhaft, leidenschaftlich und wißbegierig. An den Sonntagen und in den Ferien kam sie nach Hause. Sie war vierzehn Jahre alt, als Ludwig II. starb, sah die Stadt in Bewegung und ging in der Prozession, die den aufgebahrten König betrachtete. Das München der achtziger und neunziger Jahre war ländlich, war geräumig und wohnlich. Damals wie heute ließ der freie, breite Umgang aller Schichten der Bevölkerung keine schroffen Gegensätze aufkommen. Bayern hat etwas Irdisches; Lebensgenuß und Genügsamkeit sind gut ausgeglichen. Diese Verbindung fand sich auch bei meiner Mutter.

In ihr entfaltete sich ein Drang nach Selbständigkeit, der sie von Eltern, Geschwister und Familie, von allen Verhältnissen, in denen sie heranwuchs, absonderte. Zu den Freunden ihres Bruders Paul gehörten die beiden Franzosen Juan Cadell aus Carcassonne und Marcel Thouvain aus Calais, dazu ein Lombarde aus Brescia. Diese jungen Leute besuchten Schulen in Deutschland, und die Begegnungen und Gespräche mit ihnen beschäftigten meine Mutter. Sie war ein Augenwesen, das sehen, betrachten, genießen wollte. Immer, während ihres ganzen Lebens, war die Reiselust in ihr stark; sie sehnte sich nach fremden Ländern, nach neuen Landschaften. Und da mein Vater das Reisen nicht liebte, begleitete ich sie oft. In ihr war ein Zug von ungeduldiger Kraft und Zuversicht, der sich früh regte, ein eigener Wille und ein Vertrauen, das sie nie verließ. Sie haftete nicht an der Umgebung, in der sie geboren und aufgewachsen war, sie strebte aus ihr hinaus und erkannte schon an ihren ersten selbständigen Gedanken, daß die Erziehung, die sie erhalten hatte, das verhinderte. Den Zwiespalt, in den sie geriet, schlichtete sie selbst. Ihre Leidenschaft, die bis zur Wildheit gehen konnte, war nie ohne Besonnenheit. Bei einem jungen Mädchen sind Scharfsinn und Vorahnung eins, und sie täuschte sich weder über ihre eigenen Kräfte noch ließ sie sich hinreißen. Sie hat mir selbst erzählt, daß sie dem Zug ihrer Neigung, wo er stark genug war, ganz vertraute, mehr als eigener oder fremder Verständigkeit, und daß sie bereit

Vertrauen in eig. Neigung

war, sich ihm ganz hinzugeben, selbst wenn sie anderen dabei unverständig schien. Ich glaube, daß sie so, wie sie beschaffen war, von ihrer Zukunft sicher geleitet wurde. Das omnia sua secum portans gilt für ein junges Mädchen noch mehr als für einen jungen Mann.

Dabei denke ich an eine Begebenheit, die sie mir in späteren Jahren mehr andeutete als genau berichtete. Sie war etwa achtzehn Jahre alt, als sie in München einen Mann kennenlernte, der sich um sie bewarb. Er mußte die Stadt verlassen, schrieb ihr und schlug ihr ein Zusammentreffen in Lindau am Bodensee vor; eine Aussprache sollte stattfinden. Es versteht sich, daß die Bekanntschaft, die Korrespondenz und die Reise, zu der sie sich entschloß, ein Geheimnis bleiben mußten. Für ein junges Mädchen, das bei den Englischen Fräulein erzogen worden war, war eine solche Reise nichts Geringes, sondern ein Wagnis, das anderen als Leichtfertigkeit erscheinen konnte. Sie war nicht unempfindlich gegen diese Werbung, aber noch unentschieden und schwankend. Die Aussprache schien ihr ein gutes Mittel, um Klarheit zu gewinnen und zu einem Entschluß zu kommen. Sie fuhr nach Lindau, traf ihren Bewerber und reiste in der Gewißheit zurück, daß sie sich nicht an ihn binden könne und ihn nicht wiedersehen werde. Ich weiß nicht, wie sie zu dieser Gewißheit kam, welche Mittel sie ergriff, um ihn auf Herz und Nieren zu prüfen. Als sie mir davon erzählte, dabei lächelte und die Schönheit des Bodensees rühmte, berührte mich ihre Erzählung stark. Ich dachte manchmal darüber nach, vor allem dann, wenn ich in München in den Zug stieg, um nach Lindau zu fahren. Setzte sich der Zug in Bewegung, zog der Dampf der Lokomotive durch den Bahnhof, dann fiel mir die Reise meiner Mutter ein. Ich sah sie vor mir, wie sie, ein schlankes, dunkelhaariges, braunäugiges Mädchen, durch das Allgäu an den Bodensee fuhr. Warum dachte ich darüber nach? Nicht deshalb, weil ich mich fragte, welchen Gang die Dinge genommen hätten, wenn sie ihn geheiratet hätte. Eine solche Spekulation führt zu nichts und hat etwas Unsinniges wie die pascalschen Spekulationen über die Nase der Kleopatra oder das Sandkorn in der Harnröhre Cromwells, welche Spekulationen nicht von Frömmigkeit, sondern von Skrupeln zeugen. Was mich beschäftigte, war die Unruhe des Herzens und die Sicherheit in dieser Unruhe. Noch etwas anderes beschäftigte mich. Dieser Bewerber war wie mein Vater ein Norddeutscher, war gleichaltrig und hatte das gleiche Studium hinter sich. Nahe lag die Vermutung, daß er auch sonst Ähnlichkeit mit ihm hatte, woraus ich den Schluß zog, daß diese Reise keine Reise ins Blaue war, sondern eine ernstliche Prüfung. Endlich vermutete ich, daß diesem Bewerber etwas fehlte, was mein Vater besaß, der zähe Wille, die Schärfe des Verstandes, der rastlose Drang nach Selbständigkeit und Unabhängigkeit. Wie weit geht die Vorahnung bei einem jungen Mädchen? Weiß das Mädchen schon, daß es als Frau sieben Kinder zur Welt bringen wird? Sie weiß das so wenig, wie der Vogel die Zahl seiner Eier weiß, wenn er sein Nest baut. Doch begründet die Wahl vieles, auch das Nichtgewußte.

Manches wiederholt sich. Meine niedersächsische Urgroßmutter Marie Hansemann, die einen Mann heiraten sollte, den sie nicht liebte, ging in der Nacht vor dem Tage, für den sich der Bewerber angekündigt hatte, in den Stall, sattelte ein Pferd und ritt fort zu ihrer ältesten, verheirateten Schwester. Sie war die Tochter eines Hofbesitzers, und das Pferd, auf dem sie ritt, war gewiß kein feuriger Renner, sondern ein tüchtiges Ackerpferd. Und gewiß ist, daß Ehen, die nur durch die Neigung der Kinder zusammenkommen, damals weder die Regel waren noch immer gebilligt wurden. Sie liebte einen anderen und bekam ihn, denn ihr Vater, erstaunt und betroffen durch die Entschlossenheit der Tochter, erteilte die Zustimmung, die er bisher verweigert hatte. So verließ, ich erwähnte es schon, auch meine Mutter heimlich das Haus ihrer Eltern, verließ München und folgte meinem Vater nach Heidelberg. Die leidenschaftliche Zuneigung, die sie zu ihm gefaßt hatte, blieb ihr während ihres ganzen Lebens. Diese Neigung beruhte nicht auf Verwandtschaft oder Ähnlichkeit des Wesens, sondern auf Gegensätzen. Meine Eltern waren durchaus verschiedene Menschen. Und ihre Verschiedenheit führte nicht dazu, daß der eine Teil über den anderen ein Übergewicht oder eine Vorherrschaft hätte gewinnen können. Dort aber, wo die Balken fehlten, war sie stärker als er, und er wußte das. Weder in meinem Vater noch in meiner Mutter war etwas Nachgiebiges und Schwankendes. Meine Mutter war nie eine gefügige Frau. Sie war nur durch Neigung zu bändigen, und wo sie sich verletzt fühlte, dort wallten ihr Zorn, ihr Unmut siedend auf. Sie mußte sich dann, um wieder frei atmen zu können, Luft schaffen, und sie tat es. Leidenschaftliche Menschen sind oft zugleich sanft, doch unter dem Spiegel der Sanftmut gehen starke Bewegungen vor sich. Ihr vulkanisches Feuer erschreckte mich manchmal und nötigte mir zugleich Bewunderung ab. Wie unmittelbar war sie doch, und wie konnte sie sich über bloßes Rechtswesen, über pure Verständigkeit erzürnen. Sie riß vor meinen Augen manches Gespinst ein, das mir logisch genau und annehmbar schien.

Ich will noch eins erwähnen. Mein Vater war kein festlicher Mensch und konnte keiner sein, weil schon sein Begriff von Zeit dem entgegenstand, ein genauer, schnurgerader Zeitbegriff, der sich nirgends rundete. Von Wiederkehr wußte er nichts, und wer davon nichts weiß, kann kein festlicher Mensch sein. So war er an den Festen nicht wirklich beteiligt; er war anwesend, aber er blieb Zuschauer. Es kam nur selten vor, daß er in der Neujahrsnacht bis zur Mitternachtsstunde am Tisch saß. Er hätte kein Fest vorbereiten können. Mehr noch, in ihm sträubte sich etwas gegen alle Festlichkeiten, gegen die Gemeinsamkeit des Festes, gegen das Aufheben von Schranken, Grenzen, Unterschieden. Etwas Verlegenes war da an ihm, und wenn ich ihn betrachtete, sagte ich mir manchmal, daß der Kreis keine Figur war, die er von innen her erfaßte. Was von dieser Seite kam, geschah durch die Mutter. Durch sie war Weihnachten für uns ein mächtiges Fest, das sich schon Wochen vorher ankündigte und Nachklänge hatte, die tief in das neue Jahr hineingingen. Sie versäumte nichts, und ihr verdanke ich, daß das Fest in meiner Erinnerung etwas Dramatisches hat, eine Peripetie, einen Umschwung, an dem der Überfluß hereinbrach. Nichts war übersehen, und nichts konnte fehlgehen. Ein Fieber breitete sich im Hause aus, ein schwebender Glückszustand, als ob alle guten Feen sich zu einer Versammlung rüsteten. In die Heimlichkeit und das lange Schweigen brach plötzlich Licht herein. Der große Baum, der mit seinem Wipfel die Decke des hohen Zimmers erreichte, stand voll gelber Bienenwachskerzen, und wochenlang schwebte der köstliche Duft von Bienenwachs und Fichtengrün durch das Haus. Ein so mächtiges Fest konnte, nicht nur wegen des Jahreskreislaufs, sondern auch wegen der Schwäche der Menschen nur einmal im Jahr gefeiert werden. Ostern war ein Fest, das schneller vorüberging und bald im Freien, bald, wenn das Wetter unfreundlich war, im Hause gefeiert wurde. Mit ihm kam der Frühling, und etwas Frühlinghaftes war an dem Fest, selbst wenn draußen der Schnee in dicken Flocken fiel und Hauben von Schnee auf den Bäumen lagen.

Es gibt Augenblicke, in denen ich mich meiner Mutter besonders nahe fühlte; ich will zwei Begebenheiten erzählen, die sich mir tief einprägten. Ich sagte schon, daß wir oft zusammen reisten; so waren wir in Sizilien, hatten in der Nähe des Meeres ein Haus gemietet und lebten einige Wochen darin. Für das Haus hatten wir eine Aufwärterin angenommen, die Witwe eines Fischers, der beim Fischfang ertrunken war. Rosa, in der Mitte der Dreißig und schon verblüht, reinigte die Zimmer, bereitete uns auch am Mittag und Abend ein kleines Gericht, einen Fisch, eine Languste, Krabben und dergleichen, wozu sie ein Holzkohlenfeuer und als Blasebalg einen Schilfbesen benutzte. An diesem Feuer sah ich sie oft, den Besen schwenkend und mit den Pfannen hantierend. Wir waren miteinander zufrieden, und als der Tag der Abreise kam, brachte sie uns die Koffer an die Stelle der Straße, an der wir den Wagen erwarteten, der uns und unser Gepäck nach dem Hafen bringen sollte. Dort standen wir einige Zeit, und Rosa betrachtete meine Mutter. Die beiden Frauen standen sich lächelnd gegenüber, dann ergriff Rosa die Hand meiner Mutter, streichelte sie und sagte mit ihrer rauhen Stimme: »La buona Signora«. Sie wiederholte die Worte, heftiger und klagender, indem sie meine Mutter mit starren Blicken ansah. Und schon, während sie ihr »La buona Signora« immer rauher hervorbrachte, füllten sich ihre Augen mit Tränen. Die Tränen liefen ihr über die mageren, braunen Wangen, sie brachen wie Bäche hervor, und ein krampfhaftes Schluchzen, dem sie nicht wehren konnte, erschütterte sie durch und durch. Ich betrachtete sie und erkannte, wie diese Tränen zu einer Wohltat für sie wurden, dann sah ich meine Mutter an. Sie stand reisefertig auf der Straße und lächelte, während sie auf die weinende Rosa blickte. Wunderbar war mir nun, wie ihr Lächeln sich in Trauer wandelte, wie es in Züge der Schwermut überging und auch ihre Augen sich mit Tränen füllten. Plötzlich ließ sie alles, was sie in den Händen hielt, auf die Straße fallen, neigte sich zu der kleineren Rosa und umarmte sie heftig. So standen beide auf der Straße, und Rosa stammelte immer noch ihr rauhes » La buona Signora«. In mir aber kehrte sich bei diesem Anblick alles um. Besser gesagt, ich sah und spürte das, was unserem Leben allein Halt und Grund gibt. Ich weiß nicht, ob es Schmerz oder Freude oder beides war; ich war so bewegt, daß ich zitterte. Wir waren bei diesem Abschied nicht unbemerkt, denn die Leute, die an der Haltestelle warteten, sahen ihn, und die, die vorbeikamen, blieben stehen und erkundigten sich, was hier vorging. Als sie hörten, daß hier Herrin und Dienerin voneinander Abschied nahmen, erhellten sich ihre Gesichter, sie begannen zu murmeln und miteinander zu sprechen und begleiteten den Abschied mit ihren Gesten. Eine Welle von Zuneigung und Einverständnis durchflutete diesen Kreis von Leuten, der sich zufällig bildete und jetzt nichts Zufälliges mehr hatte. Meine Mutter und Rosa kehrten sich nicht daran; sie nahmen die Zuschauer nicht einmal wahr. Ich aber fand mich im Gespräch mit Fremden, die auf mich zutraten, mir die Hand schüttelten und mir ihre Sympathie zu erkennen gaben, eine Sympathie, die nicht mir galt, sondern ein Zeichen ihrer Teilnahme war. Gleich darauf kam der Wagen und trennte meine Mutter und Rosa für immer. Für mich blieb alles unvergessen. Warum drang es so tief in mich ein? Damals bewegte mich am meisten die Wahrnehmung, daß meine Mutter, die stolz war, sich ganz ihres Stolzes entäußerte und sich beugte. Ein Mensch muß wohl Stolz haben, wenn sein Beugen Wert haben soll, denn die bloße Demut taugt nichts. Sie stand auf der offenen, staubigen Straße und hielt die Fischerfrau umfangen, die ihr gewiß für Gaben und freundliche Worte dankbar war. Aber sie ehrte nicht nur die Dankbarkeit dieser Frau, sie liebte sie selbst, und wie zwei Liebende standen beide auf der Straße und flüsterten sich törichte Zärtlichkeiten zu. Gewiß ist, daß meine Mutter die

bloße Demut taugt nichts

arme Rosa nie vergaß. In späteren Jahren bemerkte ich, daß schon der Anblick einer Rose im Garten sie an den Abschied erinnern konnte, so daß sie lächelnd vor sich hinflüsterte: »La buona Signora«.

Ich will auch des Besuches gedenken, den sie mir im April des Jahres 1944 machte. Sie kam mit Hanna an den See, im Frühling, als die Obstbäume blühten. Ich ging in die Weinberge und pflückte einen mächtigen Strauß blühender Muskathyazinthen für sie, an denen sie ein eigenes Wohlgefallen hatte. Ich sah, daß sie heiterer wurde, und freute mich darüber; sie verwand den Tod meines Vaters nicht. Damals, im vorletzten Jahre des Krieges, begannen die großen Zerstörungen der Städte, und wir hörten nachts oft das Surren der starken Geschwader, die auf ihren Zielflügen den See überflogen. Nichts war von ihnen zu sehen, ein dumpfes Rollen und Brausen erfüllte den Nachthimmel, tausend Bomber zogen mit ihrer Fracht vorbei. Als Bewohner einer kleinen Stadt, die den Aufwand solcher Flüge nicht lohnte, pflegten wir im Hause zu bleiben. Eines Abends aber, als mir der Lärm in der Luft anders vorkam, ging ich hinauf und sagte meiner Mutter: »Komm herunter in den Garten.«

»Was ist?« fragte sie.

»Mir scheint, daß der Angriff auf Friedrichshafen geht. Wir wollen uns in den Hausgang stellen.«

Sie kam mit den anderen Hausbewohnern herunter, und wir stellten die kleinen Koffer, in denen das Fluchtgepäck bereit lag, in den Garten. Schon hörten wir den dumpfen Ton der Explosionen, und der Osthimmel begann sich vom starken Feuerschein zu röten. Obwohl die Entfernung stattlich war, begannen die Fenster des Hauses zu klirren und die Türen aufzuspringen. Mächtige Luftwellen strichen über den See; das Haus erzitterte von ihnen. Sie stand im Dunkel neben mir, ich sprach mit ihr und erwähnte, daß nichts zu befürchten sei. Sie schwieg, dann merkte ich an ihren Antworten, daß sie weit entfernt und mit anderem beschäftigt war, nicht mit dem Krieg und dem Angriff, sondern mit ihren Erinnerungen. Daß sie furchtlos war, wußte ich, doch berührte mich ihre ganze abwesende Ruhe stark. Ein Vertrauen, das nicht reflektiert, lag darin. Zwei Tage darauf begleitete ich sie im Dampfer über den See. Wir kamen an dem zerstörten, noch rauchenden Friedrichshafen vorbei. Sie warf nur einen kurzen Blick auf die Stadt, wandte sich ab und sprach von anderen Dingen. Ihre Teilnahmslosigkeit verwunderte mich, doch war sie die Folge einer anderen Teilnahme, die von der Zerstörung weit entfernt lag. Sie wollte diese Trümmer nicht sehen, weil sie mit etwas Heilem beschäftigt war. Als ich am Zug in Lindau von ihr Abschied nahm, dachte ich wieder an ihre Mädchenreise dorthin. Damals sah ich sie zum letzten Male.